KB148996

주몽

신화에서 역사로 다시 태어난
위대한 불멸의 영웅

주몽 朱蒙

3

극본_최완규·정형수
소설_홍석주

황금나침반

영혼의 고향인 조상들의 나라,

그로부터 비롯되었고

다시 그로 돌아갈 영원한 빛의 나라,

태양이 지지 않는 산봉우리,

그 영원한 땅,

그곳으로 돌아갈 수 있기를.

작가의 말

드넓은 영토보다 더 웅대했던 우리 영웅들의 기상을 찾아

_최완규 · 정형수

서양의 철학자나 예술가들은 풀리지 않는 난관에 부딪칠 때면 희랍으로 달려간다는 얘기를 들은 적 있습니다.

역사의 세계이며 또한 신화의 세계이기도 한 그곳은, 영토보다 소중한 정신의 보고寶庫이기 때문일 것입니다.

작업실 책상 앞에 커다란 지도 한 장을 붙여놓았습니다.

광활한 만주 벌판…… 옛 우리 선조들이 고조선, 부여, 고구려, 발해를 세우고 거침없이 말 달렸던 대지…….

눈을 감으면 어느새 고구려 고분벽화 속 말 한 마리가 튀어나와 푸른 바이칼에서 시작해 거친 동북평원을 지나 쑹화 강까지 힘차게 내달리는 장면이 떠오릅니다.

드넓은 영토보다 더 웅대했던 선조들의 기상과 정신이 온몸을 휘감습니다.

그러다 눈을 뜨면 우리의 현실이 답답해집니다.

광활한 만주에서 한반도로, 그도 모자라 휴전선으로 두 동강 난 영토보다 더 서글픈 것은, 너무도 작아진 우리들의 정신입니다.

잃어버린 영토는 언젠가 되찾을 수 있어도, 잃어버린 정신은 다시 복원하기 어렵다는 것을 압니다.

해모수, 금와, 유화, 주몽, 소서노, 대소……. 우리의 기억 속에서 풍화되어가는 부여와 고구려의 영웅들.

이 책을 통해 고분벽화 속에 깃든 그분들의 영혼이 깨어 나와 움츠러든 우리의 기상과 정신을 일깨워줄 수 있다면, 이 글을 쓰는 그 어떤 의미보다 소중할 것입니다.

가장 뜨거웠던 시대를 향한 간절한 그리움

_ 홍석주

《삼국사기》를 쓴 김부식은 그 책의 표문表文에서 임금의 말을 빌려, 당대의 지식인들이 중국의 역사는 잘 알면서 정작 우리나라 동방삼국의 역사는 제대로 알지 못하는 것은 참으로 유감스러운 일이라고 탄식하고 있다.

이러한 김부식의 탄식은 그로부터 천년에 가까운 세월이 흐른 오늘날에 이르러서도 여전한 형편이니 안타까운 일이 아닐 수 없다.

어디 중국의 역사뿐이겠는가. 그보다 더 아득한 그리스나 로마의 옛 역사에 대해서는 줄줄 꿰면서도 정작 우리 민족의 고대사는 실재한 사실로서가 아니라 기껏 신화나 전설의 꼴로 의식 속에 박제화되어 있을 따름이다. 이는 이 시기를 기록한 사서의 신화적 기술 방식에 연유한 바 크지만, 그보다는 이를 우리의 역사로 끌어안으려는 적극적인 노력이 부족한 탓이 아닐까 싶다.

최근 들어 고구려에 대한 일반의 관심이 커져 가히 열풍이라 할 정도라 하니 반가운 일이다. 이러한 현상이 고구려를 자신의 변방정권으로 자리매김하려는 중국의 소위 '동북공정'에 의해 촉발되었음을 부인할 수 없지만, 또한 이에는 우리 민족의 유전자 속에 각인된 민족의 원형으로서의 고구려에 대한 간절한 그리움이 내재되어 있는 까닭이라고 믿는다.

한 가지 염려스러운 것은 고구려에 대한 우리의 관심이 얼마나 광대한 영토를 가진 위대한 대제국이었냐 하는 데만 집중된 듯한 점이다. 오늘날 우리에게 고구려가 새로운 인식의 대상으로 떠오르는 것은 대륙을 호령한 동아시아 최대강국으로서 이 시대가 요구하는 새로운 국가적 패러다임의 모델이어서가 아니라 우리 민족사의 뿌리와 내력이 거기에 있기 때문이다. 고구려에 대한 관심의 시작은 바로 거기서부터 비롯되어야 하리란 것이 나의 생각이다.

이 책은 고구려를 건국한 주몽의 파란만장한 일대기를 다룬 소설이다. 주몽은 단언컨대 우리 민족사를 통틀어 그 유類를 찾아보기 어려운 풍운아이자 일대 영웅이다. 그가 산 시대는 우리 역사상 진취적 기상과 민족적 활력이 가장 뜨겁게 달아오르던 시대였다. 그리고 그가 걸어간 땅은 이제는 우리가 잃어버린 땅, 요동의 광활한 대륙이었다. 그 인물과 그 시대를 다룬 이야기가 어찌 신나고 재미있지 않으랴.

이제는 찾기 어려운 미덕이 되어버린 사내들의 야성과 강건미, 진정한 용기와 참다운 의로움, 인간의 위대함과 존엄 등은 이 소설을 쓰는 내내 나의 마음을 달군 잉걸불이 되었다. 이 소설이 주몽을 비롯한 숱한 영웅들의 장엄하고 통쾌무비한 삶을 다루고 있긴 하지만, 단순한 무협 영웅담으로 읽혀지는 것을 염려하는 까닭이 여기에 있다.

그 아득한 옛날, 그 땅의 사람들을 이야기하는 일에 어찌 어려움이 없었겠는가. 이에는 그간 고구려의 역사를 연구해온 훌륭한 학자들의 수고와 노력이 큰 힘이 되었다. 이 자리를 빌려 우리 학계의 많은 고구려사 연구자들에게 깊이 감사드리는 바다. 특히 고대사에 대한 다양한 자료를 제공하고 조언해준 서강대의 조경란 선생에게 각별한 감사를 표한다.

등장인물

해모수解慕漱 동이족의 청년 영웅. 망국 조선의 부흥을 위해 노력하며 조선의 유민을 구출하는 일에 신명을 바친다. 생명을 구해준 유화와 아름다운 사랑을 나누지만, 토벌군의 대장이자 어린시절의 친구 양정에게 목숨을 잃을 위기에 처한다. 하지만 후일 유약한 주몽을 강건한 사내로 일으켜 세우는 데 결정적인 역할을 한다.

유화柳花 비류수 가의 서하국 군장 하백의 딸. 해모수와의 슬픈 사랑으로 주몽을 얻고, 금와의 궁에서 그의 보호 아래 지내게 된다. 금와의 황후인 원씨의 갖은 핍박을 견디며 주몽을 새로운 나라의 창업주로 만들기 위해 노력한다.

금와金蛙 부여국 왕. 태자 시절, 오랜 벗인 해모수를 도와 조선 유민의 구출에 힘쓰고 조선의 부흥운동에도 도움을 준다. 유화를 깊이 사랑해 해모수가 죽은 후 유화를 자신의 궁에 들이고, 일생 그녀를 향한 사랑을 그치지 않는다. 해모수의 아들인 주몽을 아끼고 사랑한다.

주몽朱蒙 해모수와 유화 사이에 태어나 부여국 왕 금와의 궁에서 자라난다. 갓난 아기 때 여미을의 모해로 죽을 고비를 겪고, 성장해서도 부여의 황후와 왕자들의 모략으로 숱한 위기를 겪는다. 소서노와 운명적인 사랑을 나누는 한편, 새로운 왕국에 대한 동이족의 열망을 자각, 부여를 떠나 마침내 위대한 제국 고구려를 건국한다.

소서노召西弩 계루국 군장 연타발의 딸로, 빼어난 미색과 뛰어난 지혜를 겸비한 여인. 거상 연타발의 상단을 이끄는 행수로 활약하다 주몽을 만나 사랑에 빠진다. 주몽을 도와 고구려 건국에 결정적인 역할을 하고, 후일 아들 비류, 온조와 함께 남하해 백제를 건국하는 일에도 주도적 역할을 한다. 우리나라 역사상 두 나라를 창업한 전무후무한 여걸이다.

대소帶素 부여국 왕 금와의 장자로 무예가 출중하고 야심이 크다. 다물활 사건 이후 주몽의 존재에 극도의 경계심과 두려움을 가지고 그를 제거하려 한다. 사랑하는 소서노마저 주몽을 사랑하기에 이르자 그의 분노와 증오는 더욱 커진다. 주몽과 그의 증오와 대립은 후일 고구려와 부여의 길고 긴 전쟁으로 이어진다.

부영芙英 부여국 대장군의 딸로 아비가 토벌하러 간 숙신의 무리에게 투항하자 지방 제가의 노비로 팔린다. 뛰어난 용모가 여미을의 눈에 띄어 신궁의 여관이 되지만 주몽의 철없는 행동으로 궁에서 쫓겨난다. 이후 저잣거리의 객점에서 비참한 생활을 이어가지만 역시 궁에서 내침을 받은 주몽을 만나 사랑하게 된다. 후일 홀로 주몽의 아들 유리를 낳아 키운다.

부득불不得弗 부여의 최고 대신인 대사자. 지략과 충성심이 뛰어난 인물로 동이에 새로운 나라가 일어나 부여를 위협하게 될 상황을 우려해 해모수와 주몽을 제거하려 한다.

여미을汝美乙 부여 신궁의 주인인 신녀神女. 용모가 아름다울 뿐만 아니라, 천문과 역학에 밝고 예지력과 지모가 뛰어나 인간사의 길흉을 헤아림에 막힘이 없다. 나라의 크고 작은 일에 가르침을 내리고 갖가지 의식을 주관한다.

연타발延陀勃 졸본에 위치한 소국 계루국의 군장. 상재가 뛰어나 동이 지역 최대의 상단을 이끄는 거상으로 막대한 재부를 이루었다. 자신의 나라를 부강하게 만들 새로운 방편으로 강철의 개발에 뛰어든다.

영포英圃　금와의 둘째왕자로 대소의 동생. 거대한 체구에 용력이 출중하다. 대소를 도와 주몽을 제거하는 일에 앞장선다.

황후 원씨元氏　금와의 부인으로 태자비 시절 금와가 궁으로 데려온 유화에게 극도의 질투심을 갖는다. 자신의 아들 대소를 왕으로 세우기 위해 노력하는 한편, 유화와 주몽을 제거하는 일에 방법을 가리지 않는다.

양정楊晶　해모수와 금와의 어린 시절 친구. 조선의 마지막 왕 우거를 모살하는 일에 앞장섬으로써 이들과는 다른 길을 걷는다. 한나라의 거기장군에 오른 후 해모수를 토벌하는 일에 앞장선다. 후일 현토군 태수로 부임해 부여국 왕 금와를 압박한다.

계필季弼　오랜 세월 연타발을 보필해온 졸본 상단의 행수. 상술이 뛰어나고 금전의 출납에 밝다.

우태優台　계필의 아들로 아버지와 함께 졸본 상단의 상업에 중요한 역할을 한다. 어릴 때부터 함께 자란 소서노를 마음으로 연모하고, 후일 그와 혼인하여 비류, 온조 두 아들을 얻는다.

사용泗茸　소서노의 벗이자 졸본 상단의 지략가. 남녀를 구분할 수 없는 신비한 용모에 천문과 역, 산술, 의술에 밝고 하늘과 땅의 흐름을 살펴 인간사를 예지하는 신묘한 능력을 지녔다. 대소의 음모에 빠져 심한 상처를 입은 주몽을 구명하고, 그의 몸에 깃든 여미을의 저주를 벗기는 데 힘쓴다.

무덕无德　유화 부인을 모시는 별궁 여관. 남자같이 큰 체격에 입이 무겁고 행동이 근실하다. 유화 부인의 뜻에 따라 주몽에게 오라비 무송을 무예 선생으로 소개한다.

무송無鬆 무덕의 오라비. 주몽의 무예 선생. 한때 부여 최고의 무사로 부여국 훈련교관이었으나 술을 먹고 상관을 두들겨패는 바람에 쫓겨나 두타산 비밀 옥사의 옥사장이 된다.

마리摩離 부여국 저잣거리의 무뢰배. 꾀가 많고 상황 판단이 기민하다. 후일 협보, 오이 등과 함께 주몽을 도와 고구려 건국에 크게 기여한다.

협보陜父 부여국 저잣거리의 무뢰배. 우직하고 맨손으로 황소를 상대할 만큼 힘이 장사이다. 후일 주몽의 충직한 부하로 고구려 건국의 주역이 된다.

오이烏伊 지혜가 뛰어나고 의협심이 남다르다. 도치에 의해 색주가로 팔려가려는 부영을 구한 뒤 오누이 사이가 된다. 고구려 건국의 주역 가운데 한 사람이다.

벌개伐价 부여국 궁정사자. 왕후 원후의 오라비로, 잔꾀에 능하며 원후와 함께 태자 대소의 왕위 등극을 위해 애쓴다.

흑치黑雉 부여국의 대장군. 영포의 무예 선생이기도 하다.

도치屠痴 부여 도성 뒷골목 불한당 패거리의 수괴. 부여에서 가장 큰 객전을 운영하는 등 많은 재산을 가졌으며 성정이 모질고 잔인하다. 나라에서 금하는 소금을 밀매하다 소서노의 공격을 받는다.

나로那擄 예족 출신으로 악명 높은 자객집단인 월영방의 자객. 대소의 명을 받고 주몽의 목숨을 노린다.

한당邯螳 도치가 운영하는 객전의 지배인이자 도치 패거리의 부두목. 눈썹이 희고 성격이 잔혹하다.

무루막치 毋婁莫馳 소금산이 있는 사막 속 고산국의 촌장. 비적에게 신성한 소금산을 빼앗기고 핍박을 받다 주몽의 도움으로 이를 되찾는다.

차 례

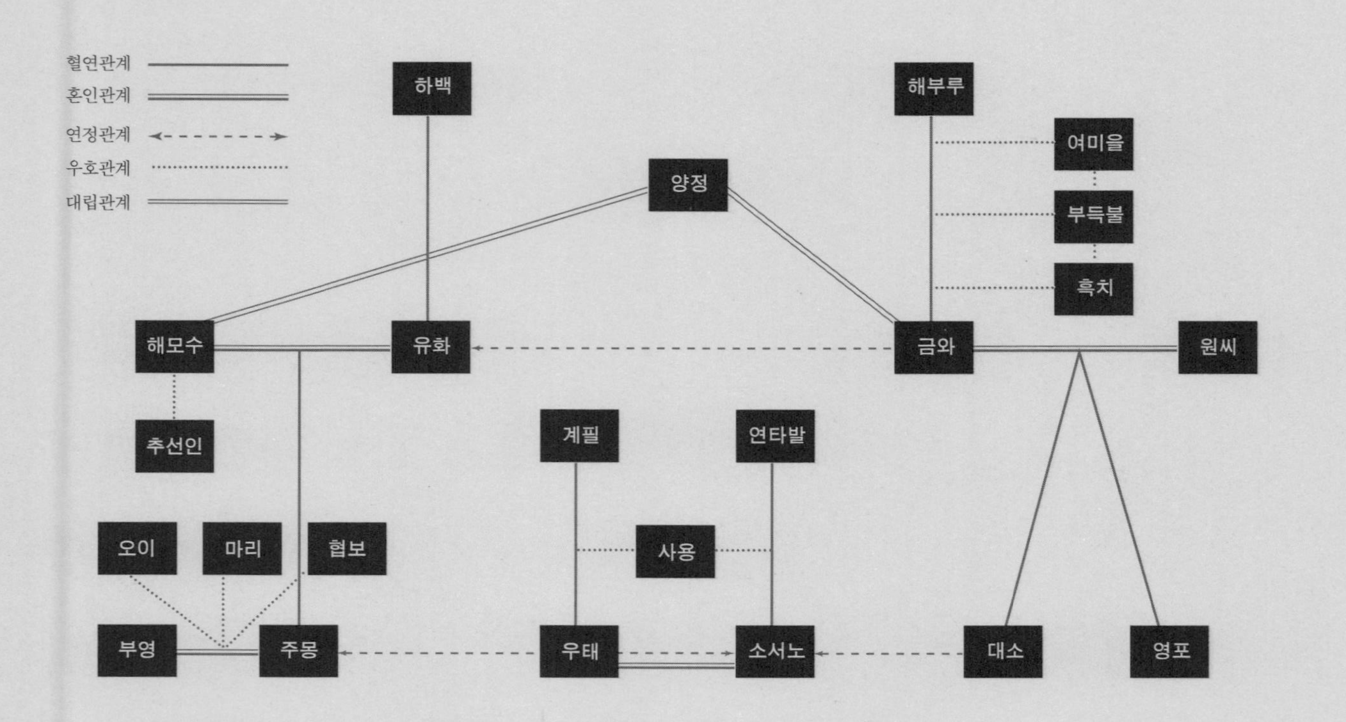
인물관계
혈연관계
혼인관계
연정관계
우호관계
대립관계
하백
해부루
여미을
양정
부득불
흑치
해모수
유화
금와
원씨
추선인
계필
연타발
오이
마리
협보
사용
부영
주몽
우태
소서노
대소
영포

말할 수 없는 천륜

노인의 목소리가 사나운 우레처럼 동굴 안을 울렸다.

"그대가 금와의 아들이란 것이 정녕 사실인가?"

동굴 안의 암벽이, 습한 공기가, 희뿌윰한 어둠이 노인의 목소리에 귀를 기울이는 듯한 긴장된 시간이 잠시 흘렀다. 주몽이 당황한 목소리로 말했다.

"그렇습니다, 어르신. 그런데 어찌……."

"……어머니는 어떤 분이신가?"

"서하 고을 군장이셨던 하河 자 백伯 자 어른의 독녀인 유화 부인이십니다."

"으음……."

거대한 암석의 절리를 비집고 새어나오는 용천수처럼 해모수의 입 속에서 무거운 신음과도 같은 탄식이 흘러나왔다. 주몽이 물었다.

"그런데 어찌하여 그러십니까, 어르신? 혹 저의 어머니를 아시는지요?"

"……."

노인은 다시 꼿꼿이 허리를 세우고 정면을 응시하는 태도로 말이 없었다. 하지만 내부에서 소용돌이치는 거친 격정을 다스리기 어려운 듯 어깨가 가늘게 떨리고 있었다.

"어르신, 저의 아버님과 어머니를 아십니까?"

잠시 뒤 노인이 천천히 고개를 저으며 입을 열었다.

"……그럴 리 있겠는가. 이 절해고도와도 같은 동굴 속에서 20여 년을 살아온 몸이 하늘같이 고귀하신 부여국의 대왕과 황후마마를 알 까닭이 있겠는가……."

하지만 노인의 어딘지 경직된 목소리와 어투에서 자신의 대답을 강하게 부정하는 어떤 느낌이 묻어나고 있었다. 하지만 쉽게 범접할 수 없는 위엄과 단호함에 주몽은 솟구치는 의문을 스스로 갈무리할 수밖에 없었다.

잠시 후 주몽의 내면의 시선은 이 어두운 동굴 속에 불청객으로 서 있는 자신의 처지로 향했다.

아, 이제부터는 이곳이, 햇빛 한 점 들지 않는 이 어둡고 습하고 고약한 냄새로 가득한 이곳이 나 주몽의 육신을 누일 거소란 말인가. 목숨을 노리는 사나운 짐승을 피해 좁고 어두운 구멍 속에 몸을 숨긴 쥐새끼와 다를 바가 무엇이란 말인가. 대체 이곳에서 나는 무엇을 할 수 있단 말인가. 이곳에서의 기약 없는 나날이 얼마나 계속될 것인가.

억눌린 듯한 탄식이 자신도 모르게 입술 사이로 가늘게 흘러나왔다.

"자네는 어찌하여 이곳에 온 것인가? 부여국의 왕자가 있을 만한 곳이 아니지 않은가?"

노인이 조용한 목소리로 물었다. 잠시 할 말을 찾던 주몽이 머뭇거리며 말했다.

"곡절이 없지는 않지만, 노인장께 말씀드릴 만한 일이 못 됩니다. 헤아려 주시길 바랍니다."

고인 물속과도 같이 고요한 굴혈 속의 날들이 지나갔다. 시간의 흐름조차 무겁게 정체된 느낌을 주는 하루하루였다. 그곳에는 천둥도 없고 번개도 없고, 비도 없고 바람도 없었다. 오직 주체할 수 없는 긴 시간만이 존재하고 있었다.

하지만 주몽의 내면이 그처럼 평온한 것은 아니었다. 무엇보다 사로잡힌 느낌을 떨치기 어려웠다. 한동안 주몽은 꿈속에서조차 굵은 쇠창살이 둘러쳐진 형옥 속에 온몸이 포승줄로 꽁꽁 묶인 채 던져진 자신을 발견하고 소스라쳐 놀라 깨어나곤 했다. 하지만 깨어난 현실에서도 자신은 작은 조롱 속에 갇힌 한 마리 힘없는 새였다. 때때로 짐승처럼 목이 터져라 소리치고 싶은 충동을 억제하기 어려웠다. 그럴 때면 주몽은 상처 입은 한 마리 들짐승이 되어 굴 속을 오래 어슬렁거리곤 했다.

며칠이 지난 어느 날 주몽은 검술 수련을 시작했다. 그것만이 사로잡힌 짐승의 처지에서 벗어나는 유일한 길이란 생각이 들었다. 무송이 일러준 초식을 머릿속에 그리며 날마다 많은 시간 검술 수련에 매달렸다. 좁은 동굴 안이 주몽이 흩뿌리는 매서운 검기로 자욱한 날들이 계속되었다.

이상한 것은 노인의 태도였다. 첫날의 난데없는 질문 이후 지금껏 한 마디도 주몽에게 말을 건네지 않았다. 좁은 동굴 안에서 이루어지는 주몽의 무술 수련에도 오불관언吾不關焉, 뿌리 깊은 나무처럼 그저 꼿꼿한 자세로 형옥 한가운데 조용히 앉아 있을 따름이었다.

단 한 번, 주몽이 무술 수련을 끝낸 뒤 온몸으로 땀을 쏟으며 바닥에 주저앉아 있을 때 이렇게 물어온 적이 있었다.

"젊은이가 그리도 열심히 무술을 익히는 까닭은 무엇인가?"

주몽이 거친 숨을 몰아쉬며 대답했다.

"장부가 무술을 익히는 일에 달리 까닭이 있겠습니까? 장부라면 마땅히 무예를 익혀 가깝게는 자신의 몸을 위험으로부터 지키고 멀리는 천하의 불의를 징계하는 일에 써야 합지요."

"하늘을 덮는 절후의 무예라 하여도 한 자루의 칼로 열 명의 적을 상대하기란 쉽지 않은 일일세. 하지만 군사를 쓰는 병법은 백 리 밖에 있는 수만의 군대도 능히 무너뜨리며, 심지어 그 가족의 생사조차 여탈할 수 있는 것이네. 그대는 일국의 왕자인 몸, 큰 뜻을 펼치려면 한낱 무부의 기예보다는 마땅히 병법을 익힘이 옳지 않겠는가?"

"지당하신 말씀이나 천군만마를 깨뜨릴 신묘한 병법도 우선은 제 한 몸을 온전히 보전한 다음에야 소용이 있을 것입니다. 하나 어르신의 말씀은 마음에 깊이 새겨 장차 큰 훈계로 삼겠습니다."

이따금 마리와 협보, 오이가 산에 올라 바깥소식을 전해주었다. 도치는 주몽과 마리 등을 잡기 위해 혈안이 되어 있으며, 여전히 도치의 객전에 있는 부영은 그 일 이후 당하는 고초가 이만저만이 아니라고 했다. 자신들은 도성 안에서 알고 지내던 거리패들의 도움을 받아 이곳저곳을 전전하고 있다고 했다.

"나 때문에 너희들이 겪는 고난이 크구나. 면목이 없다."

"그런 말씀 마십시오, 형님. 소인들, 이제껏 남의 눈치 본 적 없이 거침없이 하고 싶은 일 하며 살아왔지만 요즘처럼 무언가 제대로 살고 있다는 생각이 든 적도 없습니다. 아무 염려 마시고 그저 편히 계십시오. 도치 놈이 아직은 독 오른 독사처럼 미쳐 지랄을 떨어대지만 머잖아 제풀에 지칠 날이 있을 것입니다."

자신들도 숨어 지내는 처지에 어디서 구했는지 말린 고기와 여염집 아낙의 손으로 지은 갖가지 반찬, 과일 따위를 지고 오기도 했다.

햇볕 한 조각 쬐지 못한 날들이 이미 여러 날이었으나, 이곳이 바로 내가 살 집이다 마음먹으니 그럭저럭 지낼 만하다는 생각이 들기도 했다. 다만 가시를 삼킨 듯 마음에 걸려 고통스러운 것은 어머니 유화에 대한 생각이었다. 궁으로 어머니를 찾아뵌 것이 언제인지 아득한 일처럼 느껴졌다. 매사에 대범하고 너그러운 어머니였으나 아들의 생사조차 알 수 없으니 그 불안함과 마음 졸임이 얼마이랴. 어머니를 생각하면 죄스러움에 입맛을 잃을 정도였다. 며칠을 망설이던 주몽이 무송에게 다가가 말을 넣었다.

"형님! 수고스럽지만 무덕에게 부탁해 제가 무탈하게 잘 있다는 것을 어머니께 전해주시면 좋겠습니다."

◆ ◆ ◆

그로부터 사흘이 지난 날의 일이었다.

비가 오려는지 오후 들면서 무겁고 습한 바람이 동굴 안으로 밀려들었다. 음력 팔월이었지만 한여름의 뜨거운 열기가 바람에 고스란히 묻어 있었다. 하지만 비가 내리고 나면 이 산의 나무들도 서서히 조락을 준비하리라.

무거운 침묵에 사로잡힌 동굴 속으로 칼이 일으키는 바람 소리와 힘이 실린 기합 소리가 규칙적으로 들려왔다. 해모수는 형옥 바닥의 갈댓잎 위에 정좌한 채 주몽이 온몸으로 빚어내는 소리에 귀를 기울였다.

유화와 금와의 아이. 이름이 주몽이라고 하였던가…….

청년에게선 좋은 심성의 인간에게서 느낄 수 있는 친절한 태도와 온유함, 미쁜 기운이 느껴졌다. 용모 또한 마찬가지리라. 아름다운 유화 아가씨의 미목을 닮았을 터이니 어찌 그렇지 않겠는가. 생각이 이에 미치자 해모수는 청년에 대한 궁금증이 아련한 그리움처럼 가슴속에서 솟아올랐다.

뜻밖에도 청년이 동굴 옥사를 거처로 삼았다는 것을 알았을 때, 해모수는 연인을 맞이하는 소녀처럼 가슴이 두근거렸다. 유화…… 한시도 내 마음의 화원을 떠난 적이 없었던 사랑하는 여인, 그 유화의 아들이라니…… 청년에게 하고 싶고 듣고 싶은 말이 해일처럼 가슴속에서 일렁였다. 그를 불러 유화가 얼마나 자애로운 어머니인지, 금와가 얼마나 어진 덕치를 베푸는 군왕인지 밤이 새도록 듣고 싶었다. 또 부여의 가을 하늘은 얼마나 높고 맑은지, 후원 화원의 꽃들은 얼마나 아름답고 화사한지…… 입을 열면 그 모든 궁금증이 폭포수처럼 자신의 입에서 쏟아질 것만 같았다.

하지만 해모수는 안간힘을 다해 말을 참았다. 천하에 다시없이 허망하고 부질없는 일을 하려는 자가 있다면 바로 지금의 자신일 거라는 생각이 들었다. 예의 바르고 다정한 심성을 가진 이 청년이 유화와 대체 무슨 상관이란 말인가. 어진 덕으로 부여국 백성들의 숭모를 한 몸에 받고 있다는 부여국 제2왕후는 나의 유화와 조금도 상관없는 여인일 따름이다. 그럴진대 새삼 그 아들을 통해 유화와 금와의 이야기를 듣는 일이 무슨 의미가 있을 것인가…….

아득한 그때, 서하국 성 밖의 초가에서 처음 유화를 본 이래 지금껏 단 한순간도 유화는 자신의 마음에서 떠난 적이 없었다. 이 무덤 속같이 어두운 동굴에서 보낸 그 길고 긴 시간 속에서도 유화는 자신의 유일한 현실이 되어 늘 자신과 함께 있었다. 그녀와 함께한 모든 시간은 언제나 충만한 기쁨과 사랑의 시간이었다. 지금도 유화를 생각하면 어디선가 향기로운 들꽃 향기가 풍겨오고 허공에선 은종 울리는 소리가 들리곤 했다.

아아, 그러나 그 아름다운 나의 유화는 오직 내 가슴속에 존재할 뿐, 이 젊은이의 어머니와는 아무 상관도 없는 사람이다.

하지만 그럼에도 때때로 청년과 무엇이든 말을 나누고픈 욕망이 동통처럼 가슴을 아프게 했다.

이 아이는 어찌하여 궁을 버리고 이 끔찍한 곳에 발을 들인 것일까. 무술을 연마하는 사이사이 탄식처럼 쏟아놓는 저 깊은 한숨은 또 어인 까닭이란 말인가.

청년은 무예 수련에 놀랄 만한 열의를 가지고 임했다. 거기에는 단순히 심신을 강건히 하고 적으로부터 몸을 지키려는 이상의 무언가 다른 절박한 까닭이 있어 보였다. 정말이지 부여 왕자의 고귀한 지체인 이 아이가 무슨 연유로 이 끔찍한 곳에서 숨어 지내야 한단 말인가…….

아무려나 청년은 참으로 열심히 수련에 매달렸다. 잠귀 밝은 산새조차 아직 잠에 빠져 있는 이른 새벽, 청년은 조용히 자리에서 일어나

홰를 밝혔다. 그리고 바닥에 무릎을 꿇은 채 천지신명께 새로운 하루의 시작을 고한 뒤 무술 수련에 들어갔다. 그렇게 시작된 수련이 깊은 밤까지 이어지는 날도 드물지 않았다.

그날도 주몽의 무술 수련은 오후에 이르도록 쉬지 않고 계속되었다. 비가 내리기 시작하는지 동굴 입구 쪽으로부터 흙내와 뒤섞인 물비린내가 풍겨오기 시작했다.

바닥에 좌정한 채 묵상에 잠겨 있던 해모수는 어느 때 비 냄새에 뒤섞여 낯선 향기가 풍겨오는 것을 느꼈다. 고귀한 여인의 몸에서 풍겨나는 것임에 분명한, 부드럽고 청묘한 향훈……. 순간, 해모수의 마음이 거대한 바윗덩이가 되어 천리 만길 바닥으로 요란한 소리를 내며 굴러 떨어졌다. 20여 년간 가까이하지 못하였으나 단 한순간도 잊은 적이 없었던 이 향기…… 아, 그 날의 숲을 환히 밝힌 달빛, 그 달빛 속으로 난 길을 나란히 걷던 여인, 그녀의 온몸에서 느껴지던, 숲의 청신한 기운을 닮은 몸 내음…….

청년이 칼을 휘두르는 소리 사이로 나직한 발자국 소리가 들려오고 있었다. 자박자박 자박자박…… 주몽의 칼 휘두르는 소리가 멎었다.

"어머니!"

주몽이 어둑한 홰의 불빛 너머를 응시하다 놀란 소리를 냈다.

"어떻게 여기까지 오셨어요?"

유화가 깊은 눈길을 들어 아들을 바라보았다. 여관 무덕이 그녀의 뒤를 지키고 있었다. 흔들리는 불빛을 등에 지고 아들이 다가와 무릎을 꿇었다.

"송구합니다, 어머니."

"……몸은 괜찮으냐? 어디 아픈 곳은 없느냐?"

"예, 어머니. 건강히 잘 지내고 있습니다."

"어인 일이냐? 무슨 일이 있었기에 이 벽지고 흉한 곳에 숨어 지내야 할 처지가 되었느냐?"

"……그럴 일은 없었습니다. 다만 무예 수련에 좀 더 정진하기 위해 거처를 옮겼을 뿐입니다. 너무 심려 마십시오, 어머니."

"그 말이 정녕 사실이냐?"

오오…….

해모수는 자신의 심장이 석고를 들이부은 듯 점점 딱딱하게 굳어가는 것을 느꼈다. 심장뿐 아니라 두 어깨가, 두 팔이 돌처럼 굳어갔다. 저 목소리, 맑고 청량한 개울물 같은 목소리. 서하 고을 성 밖의 그 작은 초가, 자상을 입고 누운 자신을 향해 가슴의 상처보다 더 깊은 곳을 어루만지듯 한없이 따뜻하게 들려오던 목소리. 아, 유화였다…….

유화는 형옥의 철창 밖에 마주 서서 주몽과 이야기를 나누었다. 해모수는 온몸이 귀가 되어 유화의 말소리에 귀를 기울였다. 나직하게 말을 이어가는 유화의 부드러운 목소리가 천둥처럼 해모수의 몸과 마음을 흔들어대고 있었다.

유화, 그대이구려…….

사랑은 흘러가고 추억도 흘러가고, 기쁨도 흘러가고 생명도 흘러가고, 오직 희미한 추억의 잔영과 탄식과 회한만이 그의 것인 세월이었다. 자신이 앓고 있는 병에 대해서만 말하는 병자처럼, 자신이 겪은 전쟁에 대해서만 떠들어대는 늙은 퇴역 병사처럼, 날마다 한 여인의 영상과 체취와 음성만을 그리고 되새기며 살아온 지난날이었다. 그런데 다시 어두워진 귀에, 화석이 되어가는 몸뚱어리에 꿈결처럼 들려오는 이 그리운 목소리라니……. 이것은 스러져가는 나의 생에 내린 신의 축복인가, 아니면 또 다른 고통과 슬픔의 씨앗인가. 아, 나는 또 얼마나 이 여인의 향기와 음성을 사무치게 그리워할 것인가. 해모수는 여전히 알 수 없는 불가해의 세계로 뻗어 있는 자신의 삶에 두려움과 슬픔을 느꼈다.

"……너의 말을 믿으마. 자고로 물이 깊으면 옷을 입은 채로 건너고, 얕으면 옷을 걷고 건넌다. 사람은 처한 형편과 당한 사태에 따라 부대불소不大不小, 크지도 않고 작지도 않도록 맞추는 것이 현명한 자의 처신이다."

"예……."

"세상 어떤 곳이든 군자가 살고 있으면 누추한 곳이 없고, 장부가 거하면 부끄러운 곳이 없다. 용과 뱀이 겨울에 고요히 엎드려 있는 것은 몸을 보전하기 위함이니, 일시간의 어려움이 있더라도 참고 견뎌 부디 큰 뜻을 이루는 데 거름이 되는 시간으로 삼도록 하여라."

"명심하겠습니다, 어머니."

유화가 떠나갔다. 자애로운 목소리의 여운을 남기고, 부드러운 향기의 여훈을 남기고 조용히 동굴을 떠났다. 수행해온 여관이 그 뒤를 따랐다. 동굴을 걸어나가는 희미한 발자국 소리가 해모수의 가슴에 모래밭 위의 발자국처럼 점점이 자국을 남기며 사라져갔다.

유화는 이 더럽고 냄새 나는 형옥의 한켠에 버려진, 짚북데기처럼 앉은 자신에게 한 번이라도 눈길을 주었던 것일까. 그녀의 사랑스럽고 예지에 찬 눈이 단 한 번이라도 자신을 향해 빛났으면, 그리하여 오욕과 슬픔과 절망으로 빚어진 자신의 몸뚱어리를 한 번이라도 살펴보아주었으면……. 그랬다면 해모수는 이곳에서 보낸 그 긴 시간의 고통과 슬픔을 모두 잊을 수 있을 것 같았다. 그리고 세상과 맺은 모든 은원과 분노도 씻어버릴 수 있을 것만 같았다. 아, 그녀의 눈길이 스치기만 하였어도…….

유화가 떠나간 동굴에 적막이 깃들기 시작했다. 그녀가 있어 향기롭고 부드럽던 동굴 속의 공기가 단단한 돌처럼 빠르게 굳어가기 시작했다. 그리고 그 속의 자신 또한 청동처럼 차갑고 푸른 몸으로 굳어가고 있었다. 빗줄기가 거세지는지 자옥한 빗소리가 동굴 속으로 밀려들어왔다. 무거운 공간이 깊이를 알 수 없는 나락으로 끝없이 추락해갔다.

유화, 내 그리운 이여. 그 긴 세월 날마다 손마디가 저릴 정도로 그대를 그리워한 나는 이렇게 그댈 눈앞에 두고도 부르지 못하였구나. 불러 그대의 숨결과 손길, 나를 향한 그대의 따뜻한 눈길을 구하지 못하였구나. 아, 나는 무엇을 바라고 그 긴 세월 이 지옥 같은 굴혈에서 목숨을 부지하여 온 것인가. 이것이 살아 있음이라면 나는 무엇을 위해 살아 있는 것인가.

유화, 내 그리운 이여…….

◆ ◆ ◆

"동굴 옥사라 하였느냐?"

"예."

십수일 동안 그림자처럼 유화의 일거수일투족을 지켜본 나로가 가져온 소식은 대소로서도 뜻밖이었다. 궁의 용마루를 두드리는 자옥한 빗소리에 묻혀 소리 없이 나타난 나로가 태자궁 침소 장방 밖에 조용히 부복해 있었다.

"오늘 유화 부인이 여관 하나를 데리고 궁을 빠져나가 다녀온 곳이 옥사란 말이냐?"

"그렇습니다, 태자님!"

"금성산에 동굴 옥사가 있다는 말은 금시초문이다. 대체 어떤 자들을 가두어둔 옥이란 말이냐?"

"알지 못하였습니다만 고작 네 명의 옥정이 수직을 서는 걸로 봐서 많은 수인을 가둔 옥사는 아닌 듯합니다."

"으음…… 그곳에 주몽이 숨어 있단 말이냐?"

"달포 전, 도성 안 무뢰배의 수괴인 도치란 자가 주몽 왕자를 찾으면 그 즉시 척살하라는 통문을 저잣거리에 띄웠다고 합니다. 그 일 이후 그곳에 몸을 숨긴 듯합니다."

대소가 터지려는 탄식을 쩝, 입맛을 다시며 갈무리했다. 명색 부여국의 왕자가 한낱 저잣거리의 무뢰배에게 쫓겨 도망을 다녀? 그것도 수인을 가두는 옥사 속으로?

이런 천하의 멍청이를 두고 그간 애면글면 속을 끓여온 자신이 스스로 한심할 지경이었다. 생각하면 그런 것이 주몽이란 녀석이었다. 궁 안 사람들은 녀석을 두고 성정이 온화하고 다정하고 소박하여 자애로운 치자治者의 자질을 갖추었다고 입을 모았다. 마음이 여리고 따뜻하여 궁인들의 어려움에도 곧잘 함께 눈물을 지을 정도였다. 하지만 그런 말이란 기실 사내답지 못하고 소심한 졸보를 이르는 말과 무엇이 다르단 말인가. 실제 녀석이 저지른 어리석고 멍청한 짓들을 헤아리자면 양손이 모자랄 지경이 아닌가.

그런데 그런 녀석이 언제부턴가 하늘이 놀라고 땅이 놀랄 성시의외誠是意外의 일을 가볍게 해치우곤 한 것이다. 어디서부터 무엇이 잘못

되어 녀석에게 그런 일이 일어나는지 대소로서는 도무지 알 수 없는 노릇이었다. 하지만 아무리 신령이 에우고 도는 놈이라 할지라도 죽은 몸이 할 수 있는 일이라곤 아무것도 없을 터. 이제 녀석의 꼬리를 잡았으니 남은 것은 쥐도 새도 모르게 처치하는 일뿐이었다. 그런 다음이면 놈이 설혹 천자의 성품을 지니고 초패왕의 용력을 지녔다 한들 무슨 상관이랴. 이번에는 내 반드시 네놈을 죽이고야 말리라.

"너희 방주에게 일러 몸이 날래고 무예가 뛰어난 자로 열을 조발해 두어라. 오는 그믐날 밤에 내가 쓸 것이다!"

"알겠습니다, 태자님."

◆ ◆ ◆

"참, 별 소식이 다 있네……."

소서노가 읽고 있던 죽간을 말아 쥐며 중얼거렸다. 그러곤 왼편 바닥에 놓인 버들고리 속에 죽간을 던져 넣었다. 맞은편에 앉은 사용이 시선을 들어 소서노를 바라보며 물었다.

"무슨 소식이기에 그러십니까, 아가씨?"

소서노와 사용과 우태가 마주앉은 사방탁자의 아래윗간에는 아직도 그들이 읽어야 할 죽간 다발이 수북이 쌓여 있었다. 외방에 나가 있는 연타발 상단에서 올라온 여러 나라의 정세 보고서였다.

"구다국句茶國에서 한 여인이 자식을 열둘이나 낳았는데, 열세 번째 자식을 낳다가 그만 죽고 말았대. 어휴, 아무리 그래도 열둘이 뭐야. 욕심이 과했어. 그런데 더 웃기는 건 그 일로 구다국 왕이 크게 슬퍼하며 손수 장례를 치러주었다는 거야, 글쎄."

안쪽 장방에서 소서노와 사용이 가려 올린 죽간들을 하나씩 읽고 있던 연타발이 고개를 들었다. 연타발의 눈길을 받은 사용이 일어나 바닥에 놓인 버들고리 속에서 소서노가 던져버린 죽간을 찾아냈다. 그리고 연타발의 탁자 위에 올렸다.

죽간을 읽고 난 연타발이 담비 털로 만든 난필蘭筆에다 먹을 찍어 비단 두루마리에 그 내용을 옮겨 적기 시작했다. 부여 국왕 금와에게 올릴 연타발의 계서計書였다. 지난 가을 부여 도성의 소금 전매권을 따낸 뒤 한 삭朔에 두어 번 꼴로 천하 각처의 정세를 담은 계서를 부여 국왕에게 올리고 있었다. 그런 연타발을 지켜보던 소서노가 물었다.

"아버지. 여인이 아이를 낳다 죽는 것은 오뉴월의 소낙비보다 더 잦고 흔한 일인데, 그게 어째서 부여 왕에게 보고할 사항이에요?"

연타발이 고개를 들어 소서노를 가만히 바라보더니 사용을 향해 말했다.

"사용아! 너는 내가 이 계서에 무엇이라 적었는지 알겠느냐?"

"부여는 앞으로 구다국의 정세를 보다 면밀히 살핌과 더불어 구다국에 인접한 개마국蓋馬國과의 선린에 더욱 힘써야 하리라고 건의하셨습니다."

"어째서 그러하냐?"

"부여 도성의 동남쪽 1천여 리에 상거한 구다국은 가호가 1천 호 남짓한 작은 나라입니다. 구다국 왕이 그 여인의 죽음에 그토록 애통해 했다는 것은 구다국이 다산多産을 적극 장려하고 있다는 뜻입니다. 다산은 부국과 강병의 초석으로, 이는 구다국이 나라의 힘을 기르는 데 그동안 남다른 노력을 기울여왔다는 사실을 드러내는 일입니다."

"음……."

연타발은 무표정한 얼굴로 사용의 말을 듣고 있었다.

"국력이 강성해지면 구다국은 필시 영토 확장에 나설 것이고, 그 첫 번째 대상은 필시 약소한 개마국이 될 것입니다. 구다국의 팽창은 장차 부여에게 심복지환心腹之患과도 같은 걱정거리가 될 것인바, 따라서 부여는 구다국의 정세를 면밀히 파악하고 있다가 구다국이 개마국 정벌에 나서면 즉시 개마국과의 선린을 앞세워 군사를 보내 개마국을 보호함으로써 구다국의 세력 확장을 막아야 할 것입니다. 이는 또한 개마국의 신뢰를 이끌어 장차 부여에 큰 이득이 될 수 있는 일입니다."

"소서노야! 이는 한 나라의 존망과 부여의 커다란 국익이 달린 일이다. 그러니 어찌 이 소식을 가볍다 하겠느냐?"

말없이 연타발의 말을 듣고 있던 소서노가 쑥스러운 웃음을 베어 물며 투덜거렸다.

"거참, 이상한 사람들이네. 그러면 그렇다고 좀 소상히 적어 보낼 일이지, 달랑 자식 열둘이 어떻다느니 하는 얘기만 적어놓았으니 알 수가 있나……."

연타발이 잠시 무거운 눈빛으로 소서노를 건너다보고는 입을 열었다.

"인간과 세상사에 대한 정확한 지식 없이는 참다운 지혜를 얻을 수 없고, 또 그 본질을 통찰할 수 있는 지혜가 뒷받침되지 않은 지식은 참된 지식이라 할 수 없다. 지식과 지혜는 함께하는 것이니, 이를 얻기 위해서는 부단한 정진과 자기 수양이 필요하다. 너는 이 말을 명심하여라."

"알겠습니다, 아버지."

잠시 시무룩한 표정을 짓고 있던 소서노가 이내 특유의 쾌활한 표정을 되찾으며 우태를 향해 물었다.

"오라버니! 요즘 그 도치란 녀석 쪽은 어때요? 아버지의 제안을 순순히 받아들일 작자는 아닌 듯한데. 그렇다고 나에게 당한 일을 잊어버릴 만한 도량이 있는 자도 아니고. 또 무슨 엉뚱한 일을 획책하고 있는 건 아닌가요?"

"그 일 이후 별다른 움직임은 없어 보입니다. 소금 밀매에서도 손을 떼고, 수하들도 별달리 이상한 점은 엿보이지 않습니다. 아직도 한나라 상고들에게 인신을 매매하고 있지만 그조차도 이전보다는 훨씬 횟수가 줄었습니다."

우태는 연타발의 특별한 다짐을 받고 지금껏 도치와 그 무리의 일거수일투족을 면밀히 살펴오고 있었다. 듣고 있던 연타발이 다시 한 번 다짐을 두듯 말했다.

"저잣거리에서 잔뼈가 굵은 자이니 그자도 사세 판단이 빤할 터, 함부로 경거망동하지는 않을 것이다. 소금 밀매든 우리 상단에 대한 복수든, 어느 것 하나 녹록치 않은 일이란 걸 깨달았을 테니 세찬 소나기는 잠시 피해간다는 심사겠지. 하지만 우리가 약점을 보이거나 의지할 든든한 세력가라도 생긴다면 놈은 당장 사나운 이빨을 드러내며 우리에게 달려들 것이야. 그때를 대비해 그자와 무리들에 대한 경계를 더욱 엄히 하고 수상한 점이 눈에 띄면 즉시 보고하여라!"

"알겠습니다, 군장 어른!"

연타발의 말을 듣고 있던 소서노의 얼굴이 어느 순간 먹구름이 드리운 듯 어두워졌다. 부여와 주변국의 정세를 두고 연타발과 우태가 나누는 대화를 듣는 둥 마는 둥 하더니 결국 몸을 일으켜 방을 나섰다.

바람이 전혀 느껴지지 않는데도 느릅나무의 푸른 잎은 쏟아지는 빛살을 되쏘며 이리저리 흔들리고 있었다. 마당가에 심어진 커다란 느릅나무 아래에 선 소서노는 고개를 들어 밝은 햇살 아래 푸른 나뭇잎들이 저희들끼리 몸을 부비는 양을 지켜보았다. 그 푸른 잎들 사이로 떠오르는 얼굴이 있었다.

그날, 짐승의 피비린내와 노린내가 등천인 창고에서 자신의 발길에 옆구리를 걷어채어 바닥을 구르던 그자가 소리쳤다.

"야, 이 계집애야! 난 널 구하러 온 거야!"

엎치락뒤치락 자신과 몸싸움을 벌이던 그자가 다시 소리쳤다.

"시간이 없어. 널 잡아온 자들이 다시 돌아올 거야. 죽기 싫으면 여길 빠져나가야 해!"

그자와 간신히 창고를 빠져나온 소서노는 그러나 곧 자신을 납치해 간 패거리와 마주쳤다.

"어서 달아나! 이자들은 내가 맡을 테니까, 어서!"

그러곤 사내들이 내지르는 발길질에 가슴팍을 세차게 얻어맞고 그는 바닥을 굴렀다…….

그날의 일들이 방금 일어난 일인 듯 소서노의 머릿속에 뚜렷이 떠올라 종내 사라지지 않았다. 무지막지한 매질을 고스란히 당해내면서도 자신을 향해 어서 달아나라고 소리치던 순간의 그 안타깝고도 간절한 눈빛이 너무도 선명히 떠올랐다.

"어서 도망가! 어서!"

어리석은 놈! 아무리 급하다 해도 그렇게까지 자신을 던져버리듯 행동하면 대체 어쩌자는 셈이야. 적어도 살 궁리는 하고 일을 만들어야 할 것이 아닌가. 멍청한 놈…….

그 일이 있은 뒤 사람을 풀어 도치 객전에서 일어난 일을 소상히 살피도록 했다. 여차하면 자신이 졸본의 무사들을 이끌고 객전을 쓸어버리리라 마음먹었다.

그날 이후 그자는 도치의 객전을 나온 것으로 보였다. 한 가지 이해할 수 없는 사실은 자신을 납치했던 그 털북숭이 사내 패거리도 그와 함께 사라졌다는 사실이었다. 오래전 현토성 상로에서 처음 만났을 때 그랬던 것처럼 그자와 관련된 일들은 온통 수수께끼투성이였다.

"아가씨!"

언제 다가왔는지 사용이 등 뒤에 서 있었다.

"응."

"벌써 달포가 흘렀습니다. 아직까지 별 소식이 없는 걸 보면 아마도 어딘가 안전한 곳에 몸을 숨기고 있음이 분명합니다. 그러니 이제 그자에 대한 염려는 잊으십시오."

그랬으면 참으로 다행한 일이련만. 소서노가 다시 고개를 들어 느릅나무 잎사귀를 올려다보았다. 그 야수 같은 도치가 그렇다고 그를 찾는 일을 포기하지는 않을 터. 혹 일이 잘못되어 그자의 손에 붙잡히기라도 하는 날이면 그 일을 어찌할 것인가.

부여 도성 저잣거리의 범죄자, 야바위꾼, 무뢰배, 불한당 패거리를 한 손아귀에 틀어쥐고 있는 도치였다. 그가 언제까지 도치의 눈을 피해 몸을 보전할지 알 수 없는 일이었다. 불행하게도 그의 손아귀에 드는 날이면 그로부터 일어날 참혹한 일은 가히 짐승을 도축하는 일에 비해도 모자람이 없을 것이다. 생각이 거기까지 이르자 소서노는 모골이 송연해지는 느낌이었다.

"사용아! 무슨 일이 있더라도 도치보다 먼저 그자를 찾아야 해. 아버지께 얘기해서 사람을 더 붙일 테니, 다시 한번 철저히 찾아보도록 하거라."

"알겠습니다, 아가씨!"

바람에 흔들리는 나뭇잎을 바라보는 소서노의 시선이 문득 나뭇잎처럼 흔들렸다. 그자와 자신이 한 몸이 되어 바닥을 뒹굴던 일이 떠올랐다…….

"이 망할 놈. 이거 놓지 못해!"

"조용히 해, 이 멍청한 계집애야! 곧 사람들이 달려올 텐데, 잡히면 넌 고스란히 죽거나 창기로 팔려갈 거야!"

내지르는 발길을 피해 그자가 자신의 몸을 붙안은 채 바닥을 뒹굴었다. 새삼 자신의 가슴을 단단히 옥죄어 안은 그자의 두 팔과, 이마를 맞댄 그자의 숨결이 온몸에 생생히 느껴지는 듯했다. 그러자 알 수 없게도 얼굴이 붉게 달아오르며 심장이 쿵쿵 천둥치는 소리를 내며 빠르게 뛰기 시작했다.

뭐야, 이 난데없는 기분이라니.

소서노는 당황한 낯빛이 되어 자신을 건너다보고 있는 사용의 얼굴을 외면했다. 처음 만났을 때부터 잔뜩 얽히고 꼬이는 일만 일으킨 녀석이었다. 다 죽어가는 처지에 건방지게 고래고래 큰소리나 내뱉던 놈, 기껏 죽어가는 걸 살려놓았더니 쓰다 달다 말 한 마디 없이 달아난 놈, 그럼에도 시도 때도 없이 불쑥불쑥 나타나 자신을 혼란스럽게 만들어놓고 사라져버리는 수수께끼 같은 녀석.

망할 녀석. 대체 어디에 살아 있기나 한 걸까, 아니면 죽어버린 것일까.

동굴 감옥의 혈투

아침에 낳은 아기가 저녁에 인사한다는 기나긴 유월의 해가 저물어 갈 무렵이었다.

동굴 옥사를 파수 선 두 명의 젊은 옥정은 문득 이전과는 달라진 세상 속에 서 있는 듯한 느낌에 서로의 얼굴을 올려다보았다. 하늘을 뜨겁게 달구던 태양은 서쪽 산봉우리 너머로 몸을 감추고 없었지만 맞은편 숲의 머리는 여전히 밝은 햇빛으로 환하게 빛나고 있었다. 그 아래 무거운 어둠을 품에 안은 듯 웅크린 소나무숲도 평소와 다를 바 없었고, 숲의 굵은 소나무 둥치 사이를 헤집으며 불어온 바람에 묵은 송진 냄새와 달콤한 수액 냄새가 어려 있는 것도 여느 때와 마찬가지였다.

의아한 눈길로 서로의 얼굴을 살피던 사내들은 문득 이 낯선 느낌이 노송 숲으로부터 번져오는 깊은 적막 때문이란 걸 깨달았다. 그러고 보니 숲이, 산이, 하늘이 평소보다 한 발은 더 깊은 고요 속에 몸을 담그고 있는 듯 느껴졌다.

두 옥정의 얼굴에 비로소 짙은 의혹의 빛이 떠올랐다. 서로의 눈을 맞춘 사내들이 수상한 적막에 사로잡힌 숲을 노려보았다. 사내들이 허리에 찬 환두대도에 손을 가져가며 숲을 향해 막 걸음을 옮기려던 찰나였다.

획!

허공을 찢는 날카로운 휘파람 소리와 함께 바른편에 서 있던 뱁새눈의 옥정이 가슴을 붙안으며 뒤로 넘어졌다. 눈동자를 허옇게 뒤집은 사내가 비명조차 지르지 못한 채 온몸을 부들부들 떨더니 그대로 절명했다. 가슴을 꿰뚫은 활촉이 가슴을 뚫고 등 뒤까지 튀어나와 있었다. 옥정의 몸뚱어리를 꿰뚫은 것은 활이 아닌 쇠뇌의 촉이었다.

곁에 서 있던 검은 낯빛의 텁석부리 옥정이 본능적으로 몸을 숙여 바닥을 굴렀다. 그와 동시에 사내의 몸 위로 다시 휘파람 소리를 내며 쇠뇌의 살이 날아갔다. 바닥을 구른 사내가 환두대도를 뽑아들고 화살이 날아온 방향을 가늠하며 겨누었다.

한순간에 동료의 몸을 산적처럼 꿰뚫어 생명을 앗아가버린 뒤에도 숲은 여전히 숨 막힐 듯한 정적만 가득했다.

"누, 누구냐!"

뱁새눈의 옥정이 떨리는 음성으로 소리쳤다. 잠시 후 눈으로 보지 않았다면 믿지 못할 만큼 조용하고 민첩한 몸놀림으로 열 명 남짓한 검은 경장의 사내들이 숲에서 빠져나와 자신과 옥사 입구를 에워쌌다. 얼굴에는 하나같이 검은 복면을 쓰고 예도와 봉이 짧은 단극短戟, 쌍검, 철필鐵筆, 검신이 가늘고 얇은 유엽비도柳葉飛刀 같은 단병접전에

용이한 병장기들로 무장하고 있었다.

뱁새눈의 옥정은 사내들의 날랜 보법과 손에 든 병장기를 보며 가슴이 서늘해지는 공포를 느꼈다. 그의 시선이 검은 비단 두건에 수놓아진 흰 초승달에 가 닿았다.

"너, 너희들은 월영방月影坊?"

옥정이 턱을 떨며 간신히 그렇게 중얼거렸다. 지옥에서 온 두억시니처럼 차가운 눈길로 자신을 노려보고 있는 이 사내들이 바로 눈 위를 걸어도 발자국 하나 남기지 않는다는 그 전설 속의 자객 집단인 월영방의 사내들이란 걸 깨달았던 것이다.

그들 뒤에서 새의 깃털을 꽂은 조우관에 사냥복을 입은 젊은 사내가 천천히 걸어나왔다. 그는 눈앞의 옥정은 아랑곳 않는 듯 차가운 시선을 들어 동굴의 입구를 응시했다. 여성스러운 느낌이 들 만큼 준수한 사내의 얼굴이 어딘지 낯이 익은 듯했지만 기억이 나지 않았다.

"뉘, 뉘신데 이러시오? 이곳은 나라에서 관리하는 옥사요! 관의 옥사를 범하는 것은 나라에 중한 죄를 짓는 일인 줄 모르시오? 어서 썩 물러가시오!"

옥정이 겨우 용기를 내어 그렇게 소리쳤다. 하지만 조우관의 사내는 옥정의 존재 따윈 안중에도 없는 듯 성큼 앞으로 걸음을 옮겼다. 그와 동시에 좌우로 늘어선 10여 인의 경장 무인들이 허공을 날아 일제히 옥정을 향해 뛰어들었다.

"으아악!"

비록 산간의 동굴 옥사를 지키는 옥정이라 하나 무송이 부득불에게 청을 넣어 무예가 뛰어난 군관 가운데 가르고 골라 뽑은 자였다. 그런 옥정이 어어 하는 사이 사방에서 날아든 병기와 암기에 온몸이 베이고 찔리고 잘라져 한순간에 다진 살코기가 되어 핏덩이와 함께 바닥에 뿌려졌다.

그와 함께 옥정들의 임시 거소인 동굴 맞은편의 작은 초막에서 쉬고 있던 두 옥정이 낯선 소리에 주섬주섬 신발을 찾아 신고 밖으로 나서고 있었다.

"어이, 무슨 일이야? 옥사장님이 벌써 돌아오셨어? 웬일로……."

사내들의 중얼거림이 채 바닥에 굴러 떨어지기도 전에 월영방 자객들이 그들을 향해 바람처럼 덮쳐갔다. 그들 또한 자신들의 동료와 같은 운명을 면치 못했다.

예도를 빼어든 월영방 사내 하나가 천천히 걸어가 이미 어육이 되어버린 텁석부리 옥정의 옷섶을 뒤져 옥사의 열쇠를 끌렀다.

무거운 쇳소리를 내며 옥사의 철문이 열렸다. 월영방의 자객들이 바람을 밟듯 가벼운 걸음으로 동굴 안으로 스며들었다.

◆ ◆ ◆

그것은 분명 단말마의 비명이었다. 단 한 번 들려온 그 짧고 모진 외침이 깊은 묵상에 잠겨 있던 해모수의 오감을 바늘 끝 같은 날카로움으로 자극했다. 그러자 잠들어 있던 온몸의 감각기관들이 일제히 촉수를 세우며 바깥으로부터의 기척에 귀를 기울였다.

주몽이 무예를 수련하면서 일으키는 칼바람 소리와 호흡, 내딛는 발소리 사이를 비집고 낯선 소리들이 섞여들고 있었다. 나뭇가지 위에 내려앉는 눈 같은, 살갗을 어루만지는 아기 새의 깃털 같은 부드럽고 여린 음향. 고강한 무예의 소유자임을 단번에 알 수 있는 날랜 보법의 사내들이 동굴 안으로 다가오고 있었다. 형옥의 문이 하나 둘 열리고 닫히는 나직한 소리. 긴장을 억누른 사내들의 호흡 소리…….

오관을 닫고 자신의 내면을 향해 열려 있던 해모수의 마음이 순간 날카로운 날을 세우며 일어섰다. 불길한 예감과 함께 잊고 있었던 무사의 혼이 전율처럼 온몸의 핏줄을 휘돌며 팽팽하게 되살아났다. 해모수가 나직한 소리로 주몽을 불렀다.

"이보게, 젊은이!"

"예, 어르신!"

휘두르던 검을 거두어들인 주몽이 형옥의 문 앞으로 걸어왔다.

"형옥의 문을 열게!"

"무슨 일이십니까, 어르신? 제게는 옥의 열쇠가 없습니다."

"형옥의 경쇄를 부수게, 어서!"

나직했으나 거역할 수 없는 힘과 위엄이 어린 목소리였다. 주몽이 칼자루를 들어 경쇄를 내려쳤다.

텅!

오랜 시간 열린 적이 없는 형옥의 문은 어지간한 힘에도 요지부동이었다. 그때서야 주몽은 동굴 입구 쪽에서 들려오는 인기척을 들었다.

"어르신! 사람들이 오고 있습니다!"

"상관할 것 없네. 어서 문을 열게!"

형옥의 경쇄가 부서져나감과 동시에 동굴 안을 밝힌 희미한 홰의 불빛 속으로 검은 인영들이 뛰어들었다. 주몽이 예도를 갖추어들고 괴한들 앞으로 나섰다.

"웬 자들이냐? 누구길래 이곳에 무단히 난입한 것이냐?"

한결같이 검은 경장 차림에 검은 복면을 한 사내들이 어둠에 섞이는 어둠처럼 조용히 다가와 주몽의 좌우에 벌여섰다. 하지만 그저 조용히 바닥의 어둠에 발을 담그고 섰을 뿐, 더 이상의 행동도 말도 없었다.

사내들을 살피던 주몽의 시선이 한 사내에게 가 닿았다. 순간 놀라움을 억누른 나직한 탄성이 주몽의 입에서 터져나왔다.

"아!"

무리를 이끌고 앞서 달려온 젊은 사내였다. 복면으로 얼굴을 가리고 전날과는 달리 짧은 예도를 들었지만, 주몽은 한눈에 사내를 알아보았다. 미로같이 복잡한 부여 도성의 주택가 골목, 무거운 정적 속에 나타나 앞을 가로막아 서던 사내…… 언젠가 자신을 습격한 자객이었다.

검은 경장 차림에 갈대를 엮어 만든 삿갓을 깊이 눌러쓴…… 사내의 장도에서 뿌려지던 눈부신 흰빛. 그리고 가슴을 불로 지지는 듯하던 열기와 통증…… 정체를 알 수 없는 복면 무사의 도움을 받지 않았다면 자신은 그날 이자의 칼날 아래 싸늘한 주검으로 눕고 말았으리라.

사내를 바라보는 주몽의 눈에 은은한 분노가 끓어올랐다.

망할 자식! 네놈이 누구든 오늘은 결단코 네놈에게 진 빚을 갚고야 말겠다.

주몽이 예도를 뽑아들고 앞으로 나서려는 순간이었다. 벌여선 사내들의 뒤에서 한 남자가 천천히 앞으로 나섰다. 홰를 든 사내, 나로를 향해 칼을 뻗으려던 주몽이 조우관의 사내를 발견하고 헉 숨을 들이마셨다.

"혀, 형님!"

대소가 걸음을 옮겨 주몽 앞에 다가와 섰다. 형편없이 혼란스러운 표정을 짓던 주몽이 더듬거리며 입을 열었다.

"이자들을 이끌고 온 것이 형님이십니까?"

"……."

"그렇다면 이곳에 온 까닭이 절 죽이기 위해서입니까?"

대소가 표정 없는 얼굴로 대답했다. 주몽을 바라보는 그의 눈길이 얼음처럼 차가웠다.

"네 말이 옳다. 난 네놈의 목숨을 거두기 위해 이곳에 왔다!"

"혀, 형님……."

"……."

"절 죽이려는 까닭이 대체 무엇입니까? 전 이미 폐서인되어 궁에서도 쫓겨난 몸. 더구나 저잣거리 무뢰배에게마저 쫓겨 이 좁고 더러운 옥사에 몸을 숨긴 처지입니다. 대체 무슨 원념이 깊어 이렇게 제 목숨을 앗으려 하십니까?"

"너는 우리 부여에 큰 앙화를 끼칠 놈이다. 네놈이 부여 전래의 신물神物인 다물활을 꺾은 일을 잊었단 말이냐? 부여의 시조이신 동명성제께서 남기신 신물이 네놈의 손에서 부러졌다는 것이 무엇을 의미하는 것이냐! 부여의 400년 사직을 수호할 대임大任을 안은 태자로서 네놈을 용납할 수가 없다!"

얼음덩이가 되어 바닥으로 굴러 떨어질 듯 차가운 대소의 말이었다.

"형님!"

주몽이 안타깝게 말했다.

"천만부당한 말씀입니다, 형님! 저 또한 부여의 왕자였던 몸, 제가 어찌 부여의 국기國基를 어지럽히고 부여를 위험에 빠뜨리겠습니까.

어찌하면 좋겠습니까, 형님? 제가 어찌해야 하겠습니까? 형님이 명하시는 일이면 목숨을 버리는 한이 있더라도 그리 행하겠습니다. 형님이 원하신다면 어머니와 저 우리 모자, 궁을 떠나 다시는 형님과 황후마마 앞에 나타나지 않을 것입니다."

"이미 늦었다. 종기는 그 뿌리를 뽑아야 고칠 수 있는 법. 어찌 네놈을 살려 장차 후환을 사겠느냐. 여기 이자들은 남의 목숨을 빼앗는 일에 이골이 난 자들이다. 나는 이자들이 얼마나 자신의 일을 잘 수행하는지 지켜볼 생각이다."

주몽이 한동안 말없이 대소를 바라보았다. 그런 그의 눈길 속에 은연한 분노의 불꽃이 피어오르고 있었다.

"그렇다면, 지난 국중대회의 사냥에서 영포 형님을 앞세워 절 죽이려 했던 것도, 그리고 저기 저자를 앞세워 거리의 부랑자가 된 절 죽이려 했던 것도 모두 부여의 사직을 보전하기 위함이었습니까?"

"하하하……."

대소가 문득 하늘을 우러르며 큰 웃음을 터뜨렸다.

"네놈이 그 일들의 사정에 대해 알고 있으리라 짐작했던 바다. 그때 산중에서 죽었으면 다시 이런 흉한 일을 당하지 않아도 되었을 터. 어쩌겠느냐, 네놈의 운이 박복함을 탓할 수밖에!"

"……."

"난 네놈이 싫다. 너의 그 어린아이 같은 철없는 행동과 유약한 태도가 싫고, 끊임없이 아버님의 총애를 도적질하는 너의 가장된 순진함도 싫다. 또한 끊임없이 네놈에게서 일어나고 있는 그 기이한 일들이 싫다."

"……."

"얼음과 숯불은 한 그릇에 둘 수가 없다. 네놈과 나, 네놈과 부여는 같은 하늘을 이고 살아갈 수가 없는 존재들이다. 해서 네놈과의 모든 연을 여기서 끝낼 셈이다. 젊은 나이의 죽음이 어찌 한스럽지 않겠냐만, 그 하소연일랑 저승에 가서 하거라!"

말을 마친 대소의 시선이 나로를 향했다. 기다리고 있었던 듯 나로의 몸이 바닥을 박차고 솟구치며 주몽을 덮쳐갔다. 동굴 안을 사로잡고 있던 팽팽한 긴장을 단숨에 박살내는 단호하고도 신속한 공격이었다.

진작부터 나로의 움직임에 경계심을 갖고 있던 주몽이 예도를 내밀어 날아드는 칼날을 맞받았다.

쨍!

서너 차례의 공방이 둘 사이에 불꽃이 튀듯 맹렬하게 펼쳐졌다. 숨 막히는 일합을 겨루고 물러선 나로의 얼굴에 의아한 빛이 뚜렷이 떠올랐다. 전력을 다한 자신의 공격을 가볍게 받아낸 이자가 과연 전날 자신의 장도 아래 스스로 죽음을 청하던 그 무기력한 사내란 말인가. 맞은편에 서서 한 가닥 숨결조차 흐트러뜨리지 않은 채 자신을 건너다보고 있는 주몽을 보며 나로는 섬뜩한 두려움을 느꼈다.

나로가 다시 칼자루를 고쳐 잡고 주몽을 향해 뛰어들려는 순간 대소가 소리쳤다.

"오래 끌 일이 아니다! 어서 이놈을 해치워라!"

다음 순간, 한여름의 사나운 우박처럼 맹렬한 공격이 주몽을 향해 쏟아졌다. 주위에 벌여서 있던 복면의 괴한들이 저마다 병기를 앞세워 주몽을 공격하기 시작했다. 칼과 창이, 철필이, 쇠뭉치가 주몽의 머리와 가슴과 허리와 종아리를 노리며 일제히 날아들었다.

잠시만 기민한 대응을 지체하면 즉시 온몸이 어육으로 변해버릴 것이 분명한 매서운 공격이 사방에서 날아들었다. 주몽은 놀라운 신법과 도법으로 사방에서 쏟아지는 공격을 피하고 막아냈다.

하지만 놀라움은 거기까지였다. 처음부터 승부를 겨룰 만한 상대와의 싸움이 아니었다. 비록 주몽이 놀랄 만한 무예와 정신력으로 공격을 막아내고 있었지만 상대는 사람 죽이는 일에 이골이 난 자객단의 사내들이었다. 시간이 흐를수록 날아드는 창검과 암기를 막아내는 주몽의 칼끝이 무뎌지고 무거워져갔다. 애당초 칼 한 자루에 의지해 목숨을 놓아먹이는 자객 집단의 사내들과 혼자 몸으로 겨룬다는 것이 될성부른 일이 아니었다. 여차하면 금세라도 날아든 흉기에 몸이 꿰뚫려 바닥으로 쓰러질 듯 위태로워 보였다. 그런 순간이었다.

"헉!"

주몽의 빈틈을 노리며 공격 기회를 엿보던 한 사내가 묵직한 신음을 토하며 바닥으로 쓰러지고 있었다. 폭풍 속의 빗줄기처럼 방향을 가리기 어렵게 쏟아지던 공격이 일순 멎었다.

방금 사내가 서 있던 자리에 대신 바래고 해진 낡은 옷차림의 노인 하나가 서 있었다. 노인의 손에는 쓰러진 사내의 손에 들려 있던 환도가 들려 있었다. 그 발치께에 어디를 어떻게 맞았는지 방금 전까지 펄펄 뛰던 사내가 죽은 듯 널브러져 있었다.

"아!"

주몽의 입에서 나직한 탄성이 솟아올랐다. 한 자루 환도를 들고 우뚝 선 노인의 모습이 마치 천군만마를 호령하는 대장군과도 같은 드높은 권위와 위엄으로 빛나고 있었다. 그것은 지금껏 주몽이 어떤 인간에게서도 본 적이 없는 장엄하고 위대한 인간의 모습이었다.

그러한 느낌은 대소와 복면 자객들에게도 다름이 없었던지 저마다 창검을 손에 든 모습 그대로 망연히 노인을 건너다보고 있었다.

날마다 희미한 불빛 아래 빛의 그림자와 같은 모습으로 조용히 앉아 묵상에 잠겨 있곤 하던 노인이었다. 입이 아예 없는 것이 아닐까 싶게 말수가 적은 노인이었으며 행동 또한 지극히 조용하고 신중했던 노인이었다. 그런 노인의 어디에 이토록 놀라운 위엄과 압도적인 권위가 숨어 있었는지 주몽은 다만 놀라울 따름이었다.

그 당당한 태도에 놀란 얼굴을 하고 있던 대소가 문득 노인이 눈먼 장님인 것을 깨닫고는 잠시 난감해하는 표정을 지었다. 나로가 나직이 소리쳤다.

"뭣들 하느냐! 어서 해치워라!"

노인의 가까운 쪽에서 단극을 들고 서 있던 사내가 바람처럼 창을 휘두르며 달려들었다. 모두에게 잊히지 않을 놀라운 광경이 펼쳐진 것은 그로부터의 일이었다.

"으악!"

단극의 사내가 구슬픈 비명을 올리며 바닥으로 고꾸라졌다. 사내의 갈라진 가슴에서 흘러내린 피가 조금씩 동굴 바닥을 적시기 시작하는 것을 사람들은 경악에 찬 눈길로 보았다. 노인이 어떤 검식으로 공격자의 가슴을 갈라버렸는지 알아챈 사람이 아무도 없을 만큼 재빠른 솜씨였다.

"아!"

믿기지 않는 사실에 사람들이 저마다 나직한 탄성을 쏟아냈다. 눈먼 노인의 이 신묘막측한 무예라니…… 마치 두 눈을 부릅떠 지켜보고 있었던 듯, 공격자의 움직임을 정확하게 읽고 단숨에 환도를 휘둘러 사내의 가슴을 베어버린 것이었다. 일찍이 본 적도 들은 적도 없는 놀라운 일을 앞에 두고 사람들은 저마다 망연자실한 표정이었다.

서너 명의 복면 괴한이 천천히 노인을 에워싸며 다가들었다. 신중하고 경계심이 가득한 움직임이었다. 공격의 기회를 엿보던 사내들이 일제히 소리를 내지르며 노인을 향해 달려들었다. 전설이 되어 떠도는 월영방의 놀라운 비술이 한눈에 드러나 보이는 빠르고 강한 공격이었다.

하지만 그 순간 다시 한번 확인한 것은 역시 노인의 신묘한 무술 솜씨였다. 사내들의 칼날이 자신의 몸에 와 닿기 직전, 훌쩍 위로 솟구친 노인의 몸이 구름을 밟듯 허공을 걸어 사뿐히 건너편 바닥으로 내려섰다. 그리고 환도를 내밀어 본격적으로 사내들을 상대하기 시작했다. 그때쯤에야 멍하니 정신을 놓은 채 노인의 움직임을 지켜보던 주몽이 복면 괴한들 속으로 뛰어들었다.

일방적으로 주몽을 몰아대던 싸움판이 이로부터 사뭇 다른 양상을 띠며 전개되었다. 용이 구름을 불러 그 위력을 더하고, 호랑이가 질풍을 맞아 그 기세를 더하듯이 눈먼 노인과 약관의 청년, 두 사람의 힘과 기예가 서로 어우러지면서 복면 괴한들을 압도하기 시작했다. 접전의 와중에 구슬프고 고통스러운 비명이 오르면서 하나 둘 복면 괴한들이 바닥으로 나동그라졌다.

사세가 예기치 않은 방향으로 흐르는 것을 지켜보던 대소가 허리에 차고 있던 환도를 뽑아들고 어지러운 싸움판으로 뛰어들었다.

"네 이놈, 주몽! 어디 나에게도 덤벼보아라!"

부여 최고의 무사이며, 동이 전체를 보아도 그 상대를 찾기 어려우리라 칭송받아온 대소였다. 대소가 가세하자 한쪽으로 기운 듯하던 전세가 균형을 찾으면서 싸움판은 다시 한 치 앞을 예측할 수 없는 상황으로 빠져들었다.

일진일퇴를 거듭하는 공방 속에서 오직 칼에 온 정신을 쏟은 채 괴한들을 상대하던 주몽의 귓가에 나직한 음성이 들려왔다.

"입구 쪽으로 걸음을 옮기게. 천천히. 걸음을 옮길 때마다 기합을 넣어 위치를 알려주게."

등 뒤에서 등을 맞댄 채 적을 상대하고 있던 노인이 속삭이듯 전한 말이었다.

"알겠습니다, 어르신!"

치열한 접전이 한 식경이나 계속되었다. 하지만 그즈음 주몽과 노인은 어느덧 동굴 옥사의 입구 어름에 다다라 있었다.

"어르신, 왼편으로 다섯 걸음이면 옥사 문입니다. 형편을 봐서 제가 출입문을 뚫을 것이니 어르신께선 절 따르십시오!"

◆ ◆ ◆

밀생한 잡목으로 인해 눈앞의 발길조차 내닫기 어려운 산간 벽로를 따라 주몽이 힘겨운 걸음을 옮기고 있었다. 간간이 고통을 견디는 듯한 해모수의 신음소리가 그들의 뒤를 따랐다.

"어르신, 조금만 참으세요. 곧 거처로 삼을 만한 곳을 찾아보겠습니다."

의식을 잃은 것인지 축 늘어진 몸으로 주몽의 등에 업힌 노인의 저고리가 온통 피로 붉게 물들어 있었다. 이따금 걸음을 멈춘 주몽이 고개를 돌려 등 뒤의 소리에 귀를 기울였다. 하지만 뒤를 쫓는 무리의 기척은 느껴지지 않았다. 무송은 어디로 가버린 것일까…….

간신히 동굴의 입구를 벗어나 밖으로 나왔지만 정작 힘겨운 싸움은 거기서부터였다. 좁은 동굴 안과 달리 사방이 터진 너른 공간에서 복면 괴한들의 공격은 더욱 흉맹스러웠다. 더구나 동굴 입구를 지키고 있던 서너 명의 괴한들까지 합세하면서 적의 기세는 더욱 거칠고 사나운 양상을 띠었다.

주몽이 계속된 괴한들의 무자비한 공격에 목숨을 보전할 수 있었던 것은 가히 하늘의 가호라 할 만했다. 하지만 노인은 그렇지 못했다.

죽어 널브러진 몸뚱어리들이 하나 둘 늘어날수록 괴한들의 공격은 더욱 잔인하고 모질어졌다. 동료의 몸에서 뿜어진 피가 괴한들의 야만스러운 수성獸性을 부채질한 것일까. 어느새 노인의 옷섶이 검붉은 선혈로 물들어 있었다. 그 가운데 대소의 빗긴 환도에 찢긴 등의 상처가 뼈를 가를 만큼 깊고 중했다.

"으윽!"

노인의 움직임이 눈에 띄게 느려지고 있었다. 노인의 머리 위로 날아드는 창을 몸을 날려 칼끝으로 받아낸 주몽이 소리쳤다.

"어르신!"

가까스로 몸을 가누는 노인의 얼굴이 백랍처럼 핏기를 잃어갔다. 다시 괴한들의 공격이 두 사람의 온몸을 넘보며 쏟아지기 시작했다. 주몽은 비로소 자신이 사방이 막힌 벽에 갇힌 몸이 되었음을 깨달았다.

그 순간이었다. 요란하게 바닥을 두드리는 소리가 들리더니 소나무숲 쪽에서 마필 하나가 쏜살같이 달려와 치열한 접전의 한가운데로 뛰어들었다.

"추모!"

"……형님!"

하늘에서 내려온 신장처럼 마상에 의젓이 올라앉아 장창을 휘두르며 달려오는 것은 오전에 저잣거리로 술을 푸러 내려간 무송이었다. 무송이 놀라운 기세로 한바탕 장창을 휘저어 괴한들의 공격을 흩뜨린 뒤 주몽을 향해 소리쳤다. 언제나 감긴 듯 흐릿하던 눈이 불길을 뿜듯 사납게 번득이고 있었다.

"추모, 말에 올라 타! 어서!"

허물어져 내리는 노인의 허리를 한 손으로 붙안은 추모가 두 발을 굴려 말 위에 몸을 얹었다. 다시 한번 긴 창을 휘둘러 날아드는 병기를 물리친 무송이 발뒤꿈치로 말의 뱃구레를 세차게 걷어찼다.

불을 맞은 듯 한 차례 펄쩍 허공으로 뛰어오른 말이 쏜살같이 앞을 향해 내달리기 시작했다. 주몽에게도 낯이 익은 대소의 오환마烏丸馬였다.

노송 숲을 벗어난 말이 무송의 초막을 지나 산등성이를 바라고 달렸다. 잡목이 어지러운 비탈길을 오환마는 평지를 내닫듯 달렸다.

"어르신, 정신 차리십시오! 어르신!"

하지만 노인은 의식이 혼미한 듯 엷은 신음을 흘릴 뿐 대답이 없었다.

"누구냐, 저놈들은?"

한 번도 들어본 적 없는 노여움이 깃든 음성으로 무송이 물어왔다.

"……."

"웬 놈들인데 내 옥사에 난입한 것이냐! 보아하니 도치 패거리는 아닌 듯한데……."

그 순간, 문득 떠오르는 것이 있는 듯 무송이 말의 고삐를 당겨 걸음을 세우며 소리쳤다.

"월영방!"

무송이 주몽을 돌아보며 다그치듯 말했다.

"놈들의 복면에 새겨진 것은 분명히 흰 초승달이었어. 대체 월영방 사람들이 어찌하여 내 옥사에 난입하였단 말인가? 그들이 노린 것이 자네인가, 추모?"

"……."

"아니면 이 노인장인가?"

"저도 모르는 일입니다, 형님. 하지만 지금은 우선 저들의 손아귀에서 벗어나는 일이 급합니다. 곧 저들이 마필을 몰아 뒤를 쫓아올 것입니다."

"놈들이 타고 온 말을 모두 흩뜨려버렸으니 당장 뒤를 쫓아오지는 못할 거야. 하지만 그림자의 흔적도 찾아내 뒤를 쫓는다는 월영방 놈들이니 곧 말의 자취를 밟아 뒤쫓아오겠지."

무송이 다시 말을 몰아 앞으로 달려가기 시작했다.

나지막한 영마루를 넘은 말이 조붓한 개울가에 이르렀을 때 무송이 다시 걸음을 멈췄다. 하루에 천 리를 닫는다는 오환마도 세 사람을 등에 태우는 것은 아무래도 무리한 일이었다.

"이렇게 가다간 머잖아 곧 놈들의 손에 잡힐 거야. 내가 저들을 유인할 테니 추모 자네는 여기서 개울을 거슬러 올라가게. 비록 월영방 자객들이지만 물길을 거슬러 올라가면 자네의 자취를 찾지는 못할 거야."

"고맙습니다, 형님!"

노인을 등에 업고 바닥에 내려선 주몽이 고개를 숙였다.

"몸조심해! 사람 목숨 해치기를 숭늉 들이켜듯 즐기는 놈들이니, 무조건 놈들과는 상종을 피하는 게 상책이야. 산 속으로 들어가면 사냥꾼들이 지어놓은 빈 초막이 있을 테니 몸을 숨기고 있게. 일의 형편을 살핀 뒤 자넬 찾겠네."

"……."

무송의 시선이 의식을 잃은 노인에게로 향했다.

"어떤가? 살아날 것 같아?"

"모르겠습니다. 지혈을 하였습니다만, 워낙 많은 피를 흘려서."

"인간의 목숨은 하늘에 달린 것이라 하였으니 설혹 죽는다 하여도 어쩔 수 없는 일이지. 그럼 노인은 자네에게 맡기겠네."

말을 마친 무송이 말의 고삐를 가로채더니 훌쩍 개울을 건너뛰었다. 그리고 말과 한 몸이 되어 모래흙이 흘러내리는 가파른 산비탈을 오르기 시작했다.

노인이 정신을 차린 것은 계곡을 따라 한 시진時辰가량을 오른 뒤 다시 산등성이 하나를 넘어 작은 개울가에 이르렀을 때였다. 주몽이 노인을 물가 바위 위에 누인 뒤 비처럼 쏟아지는 땀을 들이고 있었다.

"여기가 어딘가?"

주몽이 놀라 돌아보니 노인이 천천히 몸을 일으키고 있었다.

"어르신! 정신이 드셨습니까?"

"자네가 날 구했구먼. 자넨 어디 다친 데는 없는가?"

"예, 다행히 별다른 상처는 없습니다. 어르신께선 좀 어떠십니까?"

"……여기는 어디인가?"

"금성산 북쪽 산허리인 듯합니다."

"……."

엄습하는 통증을 가까스로 참아내는 듯 노인의 어깨가 여리게 떨리고 있었다.

"어르신……."

"남서쪽을 바라고 능선을 타고 가다 보면 마천골이란 깊은 계곡이 나온다네. 그곳에서 미시未時* 방향으로 벼랑길을 따라 내려가면 넓은 구릉이 있고 그곳 어름에 옛 군막의 자취가 있을 걸세. 그곳으로 가게나."

◆ ◆ ◆

"금성산 옥사가 파옥되었다고? 괴한들의 습격을 받아?"

"그렇습니다, 대사자 어른. 전날 잠시 성 안 걸음을 하고 돌아가 보니 괴한들에 의해 파옥이 되어 있었습니다. 옥사를 파수하던 옥정 넷은 모두 죽임을 당했습니다."

"죄수는? 형옥 안의 늙은 죄수는 어찌되었느냐?"

부여국 대사자 부득불이 경악한 얼굴로 무송을 다그쳤다. 평소 위엄 있고 근엄하기가 반석 같던 얼굴이 하얗게 실색을 하고 있었다.

"……송구합니다. 어디론가 사라지고 없었습니다."

"으음……."

짐승의 그것과도 같은 침통한 신음이 부득불의 입에서 흘러나왔다. 이 무슨 난데없는 날벼락 같은 소리란 말인가. 해모수가, 20여 년 동안

---

* 미시 : 오후 1시에서 3시 사이.

동굴 속에 갇혀 있던 해모수가 사라지다니…….

"대체 어떤 자들이 그런 짓을 저질렀단 말이냐? 혹 단서가 될 만한 것은 없었느냐?"

머리를 깊이 조아리고 있던 무송이 고개를 들어 대답했다.

"없었습니다. 소직이 돌아갔을 때 남은 것이라곤 옥정들의 주검뿐이었고, 싸움의 흔적은 이미 말끔히 수습된 뒤였습니다. 어떤 자들인지는 알 수 없으나 매우 치밀한 계획 아래 저질러진 일임에 분명한 듯합니다."

실제가 그러했다. 말을 타고 밤이 깊도록 산야를 달리다 어느 낯선 계곡에 말을 버리고 돌아왔을 때, 금성산 옥사는 옥정들의 참혹한 주검 외엔 물로 씻은 듯 깨끗이 치워진 뒤였다. 혹 잠복이 있을까 하여 숲과 가까운 산과 계곡을 샅샅이 살폈지만 어디에도 그 참혹한 일의 흔적은 남아 있지 않았다.

월영방…….

부여뿐 아니라 동이 전역에 걸쳐 그 세력을 두고 활동하고 있는 월영방은 예족 출신의 악명 높은 자객 집단으로 알려져 있었다. 전해오는 말에 의하면 백 년이 넘는 전통을 지닌 월영방은 의뢰인의 지시라면 자신의 아비마저도 숨통을 끊어놓을 만큼 비정하고 냉혹한 자객 집단이다. 봄바람보다 가볍게 움직이고 폭풍보다 강하게 들이친다는 월영방은 그 집단의 수가 얼마인지, 그들의 무술이 얼마나 고강한지, 그들의 암기가 얼마나 잔혹한지 아는 자는 세상에 아무도 없었다. 단지 얼굴을 가린 복면 위에 새겨진 흰 초승달 문양만이 그들의 존재를 증언할 뿐이었다. 그들이 나타났다가 사라진 곳에는 언제나 참혹한 살육의 피비린내와 싸느랗게 변한 주검이 나뒹굴었다. 이제껏 월영방의 목표물이 된 자로서 그들의 살수를 벗어난 자는 다른 하늘이 있다면 모를까 이 하늘 아래에서는 단 하나도 없었다.

월영방 자객들을 사촉하여 옥사를 범한 자가 과연 누구란 말인가.

금성산 초막에 누워 밤새 생각에 생각을 거듭해보았지만 무송으로선 도무지 알 수 없는 노릇이었다. 20여 년 동안 세상이 감춘 비밀 옥사에 갇혀 지내온 의문의 노인. 그 일을 지시하고 은밀히 관리해온 부여국의 대사자와 신녀. 왕실의 지친이 분명해 보이는 젊은이. 그리고 오늘 그들을 습격한 월영방의 그 많은 자객들…… 생각하면 모든 것이 수상하고 모든 것이 이해할 수 없는 일이었다.

무송은 이 수수께끼 같은 일의 바닥에 숨겨진 엄청난 음모의 냄새를 맡았다. 그러자 잠자고 있던 무인의 본능이 이 비밀의 뿌리를 자신의 손으로 파헤쳐보고자 하는 강한 욕망으로 되살아났다.

이 일에는 분명 경천동지할 무서운 내막이 숨겨져 있음이 분명하다. 그것이 대체 무엇일까.

무송은 대사자에게 월영방 자객단의 존재를 알리는 일은 뒤로 미루기로 마음먹었다. 우선은 자신의 손으로 이 수수께끼 같은 사건의 숨겨진 비밀을 밝혀보리라. 대사자에게는 일의 경과를 살핀 후에 보고하여도 늦지 않으리라.

"옥사장!"

한동안 침통한 표정으로 침묵을 지키고 있던 부득불이 날카로운 눈빛을 들어 무송을 불렀다.

"예, 대사자 어른!"

"처음부터 그랬듯이 이 일은 자네와 나 둘만 아는 일이 되어야 할 것이야. 자네가 옥정들의 시신을 처리하게. 나머지 일은 내가 알아서

할 터이니."

"알겠습니다."

"그리고 은밀히 그 늙은 수인의 행방을 수탐하여 내게 보고하라. 또 이 일을 벌인 자들에 대해서도 반드시 그 정체를 밝히도록 하라."

"그리하겠습니다, 대사자 어른."

공손히 읍을 한 무송이 고개를 들어 부득불을 바라보았다.

"대사자 어른!"

"……."

"분부하신 일을 수행하는 데 도움이 될까 하여 여쭙습니다. 그 늙은 수인은 어떤 인물이며, 어인 까닭으로 그 옥사에 갇히게 되었습니까?"

무송을 바라보는 부득불의 얼굴에 문득 불꽃같은 노여움이 피어올랐다. 곧 칼로 끊어내듯 단호하고도 냉정한 목소리가 무송의 머리 위로 떨어졌다.

"네놈이 알아야 할 것은 그자의 행방과 그 일을 벌인 자들의 정체밖에는 없다! 공연히 쓸데없는 것을 알려고 입부리를 놀렸다간 혓바닥을 잘라 네놈 목구멍을 막아줄 것이다. 알겠느냐?"

청천벽력과 같은 놀라움은 여미을도 다를 바 없었다. 평소 백랍처럼 흰 피부가 더욱 창백해지면서 감은 눈꺼풀이 연신 가늘게 떨렸다.

잠시 후 눈을 뜬 여미을이 부득불을 건너다보며 물었다.

"누가 그런 짓을 했는지 대사자께서는 혹 짐작 가는 데라도 있으신지요?"

"있을 턱이 있겠소. 이런 생급스러운 일은 꿈에도 생각해본 적이 없소. 해모수 장군은 20년 전에 이미 세상에서 사라진 인물. 이제야 괴한들이 나타나 그를 구명하여 가리라고 상상이나 하였겠소."

"……."

"하지만 분명한 것은 상상할 수 있는 가장 나쁜 일이 벌어지고 있다는 사실이오. 누가 무슨 이유로 해모수 장군을 옥에서 데려갔든, 이 일은 우리 두 사람과 부여에게 재앙에 다름 아닌 일이 될 것이오."

"……."

"혹 해모수 장군을 추종하는 다물군의 잔당이 벌인 일이라면 참으로 큰일이오. 아직 이 나라 백성들의 마음에 면면히 남아 있는 해모수 장군에 대한 그리움을 생각하면 부여는 장차 전란에 가까운 재난을 겪게 될 것이 분명하오…… 그리고 이 일을 대왕께서 아시기라도 하는 날엔 그대와 나 두 사람은 필시 목숨을 보전하기 어려울 것이오."

"옳은 일을 행하다 목숨을 버림은 천하의 의로운 이들이 한결같이 바라는 일이니 어찌 두려워만 할 일이겠습니까. 다만 일이 이리 된 까닭과 연유를 밝혀 다가올 불행과 재난을 막는 노력이 필요할 것입니다. 그 일이 일어난 것이 언제라고 하셨습니까?"

"어제 저녁 무렵이었소."

"으음……."

잠시 생각에 잠긴 듯 말이 없던 여미을이 나직한 소리로 말했다.

"대사자께서는 너무 염려하지 않으셔도 좋을 듯합니다. 어젯밤 천문을 읽던 중 문곡성文曲星이 갑자기 뭇 별들을 압도하며 뚜렷이 빛을 발하기 시작하는 것을 보았습니다. 필시 이 일과 무관치 않을 징조입니다."

"문곡성이라면……?"

"북두의 일곱 별 가운데 중심에 있으면서 하늘의 모든 권세를 한손에 거머쥔 뭇 별들의 우두머리지요. 하지만 어쩐 일인지 지금껏 별빛이 약해 그다지 눈에 띄지 않던 그 별이 지난밤 문득 환한 빛을 뿌리며 밝게 빛나고 있었습니다. 이는 곧 해모수 장군에게 미친 일신의 변화에 대한 하늘의 감응이 분명합니다."

"이보시오, 여미을! 그것이 해모수 장군의 별이라면, 장차 그가 다시 한번 부여 땅에 그 위세를 크게 떨치리란 징조가 아니오?"

"그렇지 않습니다, 대사자 어른. 무릇 세상의 이치란 것이 차면 이지러지고 밝으면 다시 어두워지는 법입니다. 만개한 꽃은 조락의 전조이며 만월은 휴월虧月의 전조지요. 지난밤 문곡성의 광휘는 해모수 장군의 남은 수壽가 그리 길지 않다는 것을 뜻함이 분명합니다."

"해모수 장군의 수가 다하였다? 그렇다면 참으로 다행한 일이 아닐 수 없겠소이다만……."

"필시 그러할 것입니다. 다만 이런 일을 저지른 자가 무슨 연유로 그리했는지 알 수가 없으니, 이 일이 부여에 어떤 영향을 미칠지 그것이 근심일 따름입니다."

"……."

"이를 위해 대사자께서 한 가지 하셔야 할 일이 있습니다."

"말씀해보시오."

"계루 군장 연타발의 계서를 비롯해 변방 장수의 장계 등 날마다 폐하께 갖가지 상주문이 올려지고 있는 것으로 압니다. 대사자께서 이들 상주문 가운데 이상한 것이 없는지 각별히 살펴주시기를 바랍니다."

"상주문을 살피라? 그건 또 어인 까닭이시오, 여미을?"

"그 상주문이 곧 대사자 어른께 스스로 까닭을 밝히게 될 것입니다. 이는 매우 중한 일이니 반드시 유념하셔야 합니다, 대사자 어른!"

다물군의 옛터에서

해가 지고 있었다. 주몽은 너른 바위 위에 앉아 산머리 위로 해가 지고 하늘로부터 붉은 저녁 빛이 지상으로 내려앉는 것을 가만히 지켜보았다.

숲이 끝나는 곳에 너른 초원이 펼쳐져 있었다. 조금 전까지 눈부시도록 푸른빛으로 빛나던 초원은 저녁이 되면서 사뭇 다른 풍경으로 변모하기 시작했다. 하늘에 떠 흐르던 눈덩이 같은 구름송이들이 조금씩 붉은빛을 띠는가 싶더니 이내 드넓은 초원이 주단을 깐 듯 온통 신성한 황금빛으로 번쩍였다. 동시에 초원 위로 신비로운 정적과 순결한 고요가 깃들기 시작했다. 그것은 지금껏 주몽이 넋을 잃고 바라보던 푸른 초원과는 전혀 다른 모습이었다.

주몽은 가슴을 열고 큰 호흡을 하며 초원을 가로질러온 바람을 들이켰다. 내내 가슴속을 채우고 있던 분노와 절망과 슬픔이 서서히 걷히면서 대신 새로운 용기와 희망이 새살처럼 돋아나는 것을 느꼈다.

'아, 그동안 나는 이 신성한 대자연의 가르침을 눈앞에 두고도 날마다 분노와 복수와 살의에 마음을 매달아두고 있었구나. 이 장엄한 대자연에 비하면 나란 인간은 얼마나 비소하고 나약한 존재인가.'

그때 등 뒤에서 느린 발자국 소리가 들리더니 다정한 목소리가 어깨를 짚듯 들려왔다.

"초원 위로 생풀들이 한창이구나. 바람이 이토록 싱그러운 것을 보니……."

"어르신!"

주몽이 훌쩍 몸을 날려 바위 위에서 뛰어내렸다. 등 뒤편 흰빛을 띤 사토로 덮인 낮은 둔덕 위에 해모수가 서서 이편을 바라고 있었다. 주몽이 뛰듯 다가가며 말했다.

"어르신! 아직 상처가 다 아물지 않았는데 어찌 거동하셨습니까? 혹 상처가 덧나기라도 하면 어쩌시려구요?"

"걱정할 것 없네. 내 수족과 사지를 굴신해보니 쉽게 죽을 상처는 아닌 듯하네. 자리보전이야 죽어 무덤에 들면 지겹게 할 터이고……."

"하하하! 다행입니다, 어르신! 전 어르신께서 반드시 자리를 털고 쾌차하실 거라 믿고 있었습니다!"

주몽이 아이처럼 즐거워하며 큰 소리로 말했다. 노인의 회복이 주몽에게 준 기쁨이 뜻밖에도 컸다. 주몽은 노인이 자리를 털고 일어나 자신 앞에 서 있는 모습에서 더할 수 없는 기쁨을 느꼈다.

노인은 한 삭이 넘도록 꼼짝없이 자리에 누워 상처를 다스린 끝에 오늘 비로소 처음으로 바깥 걸음을 하였다. 괴한들에게 입은 등과 다리의 상처는 생각보다 깊었다. 무엇보다 너무 많은 피를 쏟은 뒤였다.

고열과 쇠약으로 생사의 고비를 넘나든 것이 여러 번이었다. 하지만 노인은 초인적인 의지와 놀라운 체력으로 자신의 몸에 깃든 날붙이의 독을 물리치고 조금씩 건강을 회복해갔다.

"자네의 은공이 크네. 자네의 지극한 정성이 아니었다면 내 어찌 다시 세상 빛을 쐴 수 있었겠나."

"하, 무슨 말씀입니까요, 어르신. 저야 어르신께서 시키시는 대로 한 걸요."

더욱 놀라운 것은 의술에 대한 노인의 신통한 지식이었다. 끔찍한 고통으로 사경을 헤매면서도 노인은 자신을 괴롭히는 고열과 통증을 다스릴 상약常藥을 조제하는 방법을 일러주었다. 주몽은 날마다 산야를 뒤지며 노인이 일러준 풀과 열매와 뿌리를 구해 찧고 달여 노인의 몸에 바르고 먹였다. 상약의 효과는 실로 놀라웠다.

둔덕 위에 우뚝 선 노인이 마치 눈앞의 사물 하나하나를 눈길로 더듬듯 유정한 얼굴로 초원을 응시하고 있었다. 진작부터 알 수 없는 감격에 사로잡혀 있던 주몽도 그의 곁에 나란히 서서 저물어가는 하늘과 땅과 그 사이를 가득 채운 신비로운 정적에 귀를 기울였다.

때때로 주몽은 고개를 돌려 놀라움과 경탄에 찬 눈길로 노인을 바라보았다. 하늘의 계단을 밟고 내려오는 저녁 어스름 속에 우뚝 선 해모수의 모습이 어느 때보다 숭고하고 거룩해 보였다. 생각하면 밝은 날빛 아래서는 처음으로 대하는 해모수였다. 여전히 낡고 해진 옷차림에 풀어헤친 머리카락이 얼굴을 가린 모습이었으나, 기운 석양빛을 등에 지고 우뚝 선 그의 모습이 어떤 거인보다 장대하고 당당해 보였다.

'아, 무엇이 이 늙고 초라한 노인을 이토록 당당하고 위대해 보이게 하는 것인가. 인간의 위대함이란 무엇인가. 한 인간이 위대함을 얻기 위해서는 과연 어떤 삶을 살아야 하는 것인가.'

그날 저녁, 주몽과 해모수는 그들이 거처로 삼고 있는 허물어진 군막 앞의 공터에 놓인 평상에 마주앉아 저녁을 먹었다. 공터 한켠엔 모닥불이 타오르고 하늘에선 검은 궁형의 하늘을 길게 가르며 미리내가 푸른 물소리를 내며 흘렀다. 말할 수 없이 고즈넉한 초가을 밤이었다.

소금을 뿌린 거친 기장 주먹밥에 불과한 저녁이었지만 식사를 끝낸 해모수와 주몽의 마음은 왕공귀족이 차린 만찬을 끝낸 사람처럼 풍요롭고 넉넉했다. 두 사람은 평상의 이쪽과 저쪽에 엉덩이를 얹은 채 이따금 먼 산에서 들려오는 산짐승의 아련한 울음소리에 귀를 기울였다.

"그런데, 어르신께선 이 산중에 이런 버려진 군막이 있는 줄 어찌 아셨습니까?"

주몽이 노인을 향해 물었다. 전부터 한번은 물어보리라 마음에 두고 있던 말이었다. 노인은 중한 부상을 입고 대소 무리의 추격을 피해 달아나는 와중에도 한 치의 어긋남 없이 이곳의 위치를 알려주었다. 어둠 속에서 나직한 노인의 목소리가 들려왔다.

"오래전 이곳에 한 의로운 군대가 주둔하고 있었다네. 세상 사람들은 그 군대를 일러 다물군이라 불렀지. 이곳은 다물군 지휘 장수의 군막이었다네."

"다물군이라 하셨습니까?"

"그렇네. 옛 조선이 중원 오랑캐의 더러운 말발굽에 무너진 후, 조선의 부흥을 위해 만들어진 군대라네. 다물군은 이곳에서 잃어버린 옛 조선의 강토를 되찾고 사라진 왕업을 회복하기 위해 한나라로 진공을 준비하고 있었다네."

주몽이 어둠 속에서 놀라는 소리를 냈다.

"한나라 진공을 준비하고 있었다구요? 와! 대단한 일이었네요."

"대단한 건 다물多勿의 빛나는 대의를 위해 자신의 목숨을 겨울 들녘의 지푸라기처럼 버릴 각오를 하고 그 대오에 선 동이의 의로운 젊은이들이었다네. 동이 각처에서 신성왕국 조선 부흥의 열망을 안고 달려온 그들의 아름다운 용기와 순결한 희생정신은 세상 그 무엇과도 비할 수 없을 만큼 고귀한 것이었네."

"그래서 어떻게 되었습니까, 어르신? 한나라 진공이 성공을 거두었습니까?"

"안타깝게도 진공은 실패했네. 한 못난 지도자의 어리석은 행동으로 인해 다물의 장한 꿈이 한낱 물거품이 되고 말았다네. 한나라 진공의 첫발을 내딛기도 전에 군대는 해산되고, 조선의 부흥이라는 대의는 버려진 깃발이 되어 뭇 사람의 발길에 채여 찢기고 말았지."

그렇게 말하는 노인의 목소리에 깊은 회한과 말할 수 없는 안타까움이 묻어 있었다. 주몽 또한 실망과 아쉬움으로 마음 한 자락이 저려오는 느낌이었다. 주몽이 분에 차서 볼멘소리를 냈다.

"대체 그자가 누구입니까? 자신의 어리석은 행동으로 동이의 모든 백성과 다물군의 그 빛나는 대의를 꺾어버린 자가 대체 누구란 말입니까?"

"……해모수란 자일세."

"해모수…… 장군을 이르는 말씀이십니까, 어르신?"

"그렇다네."

"믿을 수가 없습니다, 어르신! 해모수 장군은 동이의 땅이 길러낸

공전절후의 영웅으로 조선의 부흥과 조선 유민의 구출을 위해 자신의 모든 것을 바쳐 헌신한 분이라 들었습니다. 그분의 장한 의기는 땅을 가리고 뛰어난 무용은 하늘을 덮을 정도여서 아무도 그 이름을 가벼이 여길 수 없다고 하였습니다. 그런 분이 어찌……."

노인의 목소리가 더욱 더 사무쳐오는 회한과 애통함으로 가늘게 떨리고 있었다.

"세상의 헛된 소문일 뿐일세. 그는 어리석고 무능한 자였네. 그의 분별없는 생각과 행동이 결국 사랑하는 여인을 잃게 만들고 다물군을 파멸로 이끌었으며 결국엔 자기 자신마저 파괴하고 말았다네. 나는 아직 신의 하늘 아래, 인간의 땅 위에 그자만큼 못나고 어리석은 자에 대한 얘기를 들어본 적이 없네."

비를 몰아가는 먹구름처럼 가슴속 깊은 곳에서부터 잠식해 들어오는 처연한 슬픔을 외면할 길이 없는 듯, 해모수가 검은 눈길을 들어 검은 밤하늘을 망연히 올려다보았다.

◆ ◆ ◆

해모수의 상처는 빠르게 회복되었다. 군막으로 숨어들 때만 해도 목숨이 경각에 달린 듯해 보이던 몸이 거동을 시작하면서부터 놀랄 만큼 빠르게 정상을 되찾아갔다. 거기에는 주몽의 정성스러운 구완에 더하여 날마다 행해지는 해모수의 독특한 양생 수련이 도움이 되었음이 분명했다.

동녘 하늘에 푸른 새벽빛이 깃들기 시작할 무렵, 해모수는 개울로 나가 몸을 씻은 뒤 군막 뒤편 언덕의 커다란 바위에 올랐다. 그리고 동쪽 하늘을 바라고 정좌하여 내기內氣를 다스리는 수행에 들었다. 천기와 지기가 평온하고 여린 호흡을 통해 노인의 몸 안에서 새로운 천지의 기운으로 되살아났다.

노인의 하루는 종교적 사명에 충실한 사제의 그것만큼이나 경건하고 엄격했다. 잠자리에서 일어남과 누움, 양생법의 수련과 묵상, 음식의 섭취에 이르기까지 한 치의 흐트러짐이 없는 규율과 절제로 스스로를 다스렸다.

노인의 그러한 모습과 태도는 주몽에게 정신적 위안과 안정을 주었다. 죽어가는 노인을 등에 업고 이 깊은 산 속으로 들어온 그날 이후 주몽은 극심한 우울에 빠져 있었다. 궁에서 보낸 지난날의 모든 기억이, 비루하게 살아 존재하는 현재가, 한 치 앞을 짐작할 수 없는 미래가 모두 허망하고 부질없이 느껴졌다.

주몽은 지난 영고의 사냥대회와 도성 거리에서 겪은 끔찍한 기억에도 불구하고 그 무서운 진실을 외면하려 애썼다. 하늘도 알지 못하는 어떤 오류가 있었거나, 아니면 자신이 광증에 빠져 무언가를 오해한 탓이라고 생각했다. 그렇지 않다면 어떻게 대소 형님이 자신을 죽이려 그 모진 일을 벌였단 말인가.

하지만 그날 동굴 옥사에서 대소는 얼음같이 차가운 미소를 띤 얼굴로 말했다.

"난 네놈이 싫다. 네놈과 나, 네놈과 부여는 같은 하늘을 이고 살아갈 수가 없는 존재들이다. 해서 네놈과의 모든 연을 여기서 끝낼 셈이다. 젊은 나이의 죽음이 어찌 한스럽지 않겠냐만, 그 하소연일랑 저승에 가서 하거라!"

그리고 지옥에서 불러온 듯한 자객단에 더하여 그 자신 나를 죽이기 위해 칼을 휘둘렀다.

벌어진 나무벽 사이로 검은 하늘이 올려다보이는 군막의 캄캄한 어둠 속에 누워 주몽은 종내 잠을 이룰 수 없었다. 눈만 감으면 동굴 입구에 주검이 되어 널브러진 옥정들이 떠오르고, 흉포한 병기를 앞세운 복면 사내들 앞에서 자신을 향해 쏟아내던 대소의 비웃음과 섬뜩한 저주가 떠올랐다.

"그때 산중에서 죽었으면 다시 이런 흉한 일을 당하지 않아도 되었을 터. 어쩌겠느냐, 네놈의 운이 박복함을 탓할 수밖에!"

그럴 때면 열화와 같은 분노가 온몸에서 타올랐다. 자신을 향해 모진 살수를 날리던 대소의 냉혹한 얼굴이 떠오르면 복수에 대한 열망이 온몸을 신열처럼 달궈댔다.

노인의 병을 구완하고 산중 생활에 몸을 익히려 애쓰면서도 때때로 주몽은 나락과도 같은 우울 속으로 빠져들었다.

노인의 존재가 그런 주몽에게 위안과 위로가 되어주었다. 주몽은 경이감을 가지고 노인의 모습을 지켜보았다. 동굴 속에서 노인이 보인 신기神技에 가까운 무예는 주몽이 처음으로 목격한 신비스러운 기적이었다. 늙고 쇠약해 보이는 노인, 그것도 한 치 앞을 보지 못하는 눈을 가진 노인이 열 명도 넘는 살인 전문가들을 압도하는 뛰어난 무예를 펼치리라고는 들어본 바도 상상해본 바도 없었던 일이다. 그런 기적을 눈앞의 저 초라한 노인이 펼쳐 보인 것이다.

하지만 지금 이 산 속의 나날들 속에서 노인은 또 전혀 다른 모습이었다.

이곳에서 노인이 보여주는 사제와도 같은 엄격하고 경건한 태도는 주몽으로 하여금 자신의 존재에 대해 새삼 되돌아보게 만들었다. 낡은 옷을 입은 눈먼 노인, 언제나 말이 없고 눈에 잘 띄지 않는 조용한 몸짓의 저 늙고 초라한 노인이 자아내는 거인과도 같은 존재감은 대체 무엇인가. 이 범접할 수 없는 위엄과 강건함은 어디에서 비롯되는 것인가.

노인의 모습을 지켜보며 주몽은 가슴속을 가득 채운 절망과 분노와 슬픔이 조금씩 사라져가는 것을 느꼈다.

주몽은 다시 무술 수련을 시작했다. 검을 잡자 그동안 자신을 사로잡고 있던 무기력과 절망감이 사라지고 온몸 구석구석에 새로운 희망과 용기가 되살아나는 느낌이었다. 그 느낌이 그럴 수 없이 좋았다.

다시 주몽은 날마다 맹렬하게 무술 수련에 매달리기 시작했다.

여름이 한창인 어느 날 저녁, 무송이 산 속의 두 사람을 찾았다. 의심스러운 눈길로 군막을 기웃거리던 무송이 무술 수련에 정신을 쏟고 있는 주몽을 발견하고는 죽은 동기라도 만난 듯 펄쩍 뛰었다.

"추모! 살아 있었구나!"

"형님!"

주몽의 거처를 찾아 이미 여러 날 산을 뒤진 듯 땀과 피로에 전 몰골이었다.

"노인장은?"

"다행히 부상에서 회복하셨습니다. 마리 들이 이따금 찾아와서 살펴주어 잘 지내고 있습니다."

두 사람은 군막 앞 공터의 평상에 마주앉았다. 그 일 이후 마음고생이 적지 않았을 터인데도 무송의 태평스러운 태도와 웃음은 여전했다. 무송의 기적 같은 도움이 아니었으면 어찌 자신이 목숨을 보전할 수 있었으랴 생각하니 주몽은 마음이 느꺼웠다.

생각하면 무송이 자신의 목숨을 구한 것이 이번이 처음은 아니었다. 지난 가을, 도성 거리의 주택가 골목에서 주몽은 갈대로 만든 삿갓을 쓴 자객의 습격을 받았다. 자객의 칼날이 자신의 몸을 꿰뚫으려는 찰나, 정체불명의 한 사내가 바람같이 나타나 자신을 구하곤 사라졌다. 그 검은 복면을 한 커다란 덩치의 사내가 눈앞에 앉아 있는 이 유쾌한 사내가 아니면 또 누구일 것인가. 그렇다면 무송은 진작부터 자신의 뒤를 살피고 있었다는 말인가. 아니면 단순한 우연이 빚어낸 행운이었을까.

"형님은 잘 지내셨어요?"

"잘 지낼 리가 있겠어? 망할 놈의 월영방 놈들이 눈에 불을 켜고 날 쫓고 있는 판국인데. 추모, 자네 혹시 짐작 가는 일이라도 있나? 놈들이 동굴 옥사를 습격한 이유 말일세."

평상에 얹어둔 엉덩이를 앞으로 들이밀며 무송이 은근한 목소리로 물어왔다.

"놈들은 절 죽이기 위해 고용된 자객단입니다. 그자들이 절 노리고 옥사를 습격한 것입니다."

"자넬? 그렇다면 월영방과 앙숙인 도치 패거리는 아닐 테고, 누가 자넬 죽이려고 그런 무모한 짓을 벌였단 말인가?"

주몽이 말없이 고개를 돌려 점점 선홍빛으로 짙어가는 서녘 하늘을 바라보았다. 그 일이 처음이 아니었듯 마지막 또한 아닐 것이다. 이 몸뚱어리가 그들의 칼날에 의해 싸늘한 주검으로 뉘어지지 않는 한 나를 죽이려는 시도는 그치지 않을 것이다. 대소는 집념이 강한 자이다.

"그건 그렇고, 그 노인은 대체 어떤 사람인가? 자네 혹 아는 것이라도 있는가? 눈먼 노인의 무예가 그리도 고강하리라곤 내 눈으로 보지 않았다면 믿지 못하였을 걸세."

"저도 알지 못합니다. 워낙 말수가 적은 노인이기도 하지만 자신의 신상에 대해선 단 한 마디도 언급하신 적이 없습니다."

"음……."

무송이 의문에 잠긴 표정으로 노인이 묵상에 잠겨 있는 언덕 위의 너럭바위를 멀거니 올려다보았다. 몇 번인가 고개를 갸웃거리던 무송이 혼잣말처럼 중얼거렸다.

"노인은 틀림없이 보통 사람이 아니야. 아니, 우리가 짐작하는 것보다 훨씬 더 대단하고 중요한 인물일지도 몰라. 그가 세상에 나타나는 것 자체만으로도 부여를 벌컥 뒤집어놓을 수도 있는……."

"그게 무슨 말씀입니까, 형님!"

"뭐, 꼭 그렇다는 말은 아니고, 그냥 짐작으로 해본 얘기야. 하지만 추모 자네도 한번 생각해봐. 그저 보통 사람을 대사자 같은 자가 자신만 아는 깊은 산 속의 비밀 옥사에 20여 년이나 가둬뒀겠어?"

"……."

"대사자가 누구야? 벌써 20년 이상 이 나라의 정치를 한 손에 쥐락펴락 해온 인물이 아닌가. 거기다 하늘과 땅의 상을 살펴 삼라만상의 생멸하는 이치와 인간사의 길흉화복을 헤아리는 데 모르는 것이 없다는 신녀까지…… 틀림없이 여기엔 뭔가가 있어."

따지고 보면 이상한 일이긴 했다. 하지만 주몽에게 무엇보다 이상한 일은 처음 노인의 존재를 알게 된 이후 끊임없이 자신을 이끌고 있는 어떤 알 수 없는 느낌이었다. 처음 그의 얼굴을 본 순간의 그 이해할 수 없는 충격. 그 이후 끊임없이 자신의 마음을 이끌고 있는 이 이상한 친애감.

"그나저나, 마리 패거리 이 자식들은 어디서 뭘 하고 있는 거야?"

"아직도 도치 패거리들이 저와 아우들을 찾고 있는 모양입니다. 해서 그들을 연타발 상단으로 보냈습니다. 상단의 식구가 된다면 도치도 함부로 하지는 못할 것입니다."

◆ ◆ ◆

무송이 돌아가고 며칠이 지난 후의 아침나절이었다.

공터에서 홀로 무예를 연마하고 있을 때 등 뒤로 다가오는 노인의 기척이 느껴졌다. 돌아보니 노인이 손수 깎았음 직한 목검 한 자루를 내밀었다.

"괜찮다면 이 늙은이가 자네 검식을 봐주고 싶네만……."

주몽이 펄쩍 뛰며 반색을 했다.

"그게 정말이세요? 그러시다면 저로선 더할 수 없이 기쁜 일입니다, 어르신!"

불감청不敢請이언정 고소원固所願*이란 이를 두고 하는 말일 터였다. 동굴 옥사에서 예기치 않게 노인의 놀라운 무예를 목격한 이후 그가 가진 무예의 한 자락이나마 가르침을 받고 싶은 욕심이 마음에서 불처럼 뜨거웠다. 하지만 노인의 경건한 태도 속에 깃들어 있는 태산 같은 위엄이 그런 생각을 입 밖에 내는 것을 허락하지 않았다. 주몽에게 있어서 노인은 한 번도 발을 들인 적이 없는 먼 곳의 드높은 산봉우리와 같아서 경외와 우러름의 대상이었지, 하찮은 무예 따위로 가르침

* 불감청 고소원 : 감히 청하지는 못할 일이나 본디 바라던 바라는 뜻.

을 청할 그런 상대가 아니었다.

그랬는데 이제 노인이 스스로 검술을 가르쳐주겠다고 나선 것이니 어찌 반갑고 기쁜 일이 아니겠는가.

주몽이 바닥에 무릎을 꿇고 넙죽 큰절을 올렸다.

"제자 주몽, 그동안 무예를 닦고자 하는 마음만 앞섰지 타고난 재주는 변변치 않고 노력마저 부족하여 아직도 어린아이같이 어두운 눈과 둔한 걸음을 면치 못하였습니다. 스승님께서 제자를 어여삐 여겨주신다면 가르침을 좇는 일에 촌각이라도 게으름을 부리지 않을 것입니다."

그리고 다시 자리에서 일어나 두 번 절하여 스승을 맞는 예를 올렸다. 한결같이 무표정하던 노인의 얼굴에 얼핏 엷은 미소가 내비쳤다.

"자네는 무언가 큰 오해를 하고 있구먼. 나는 무예든 무엇이든 남에게 가르침을 줄 만한 위인이 못 되네. 자네가 무학을 통해 이름을 드높이고자 한다면 마땅히 천하의 이름난 고수를 찾아 문하에 드는 것이 옳을 것일세. 나는 단지 여름 하루해가 그지없이 길어 심심파적 삼아 자네의 칼자루 잡는 법을 좀 다듬어줄까 한 것뿐이라네."

그리하여 주몽의 새로운 무예 수련이 시작되었다. 노인의 아침 양생 수행이 끝나는 시간이면 주몽은 초막 앞 공터에서 노인이 깎은 목검을 들고 그를 기다렸다. 노인에 대한 신뢰와 경외감 때문일까, 주몽은 전에 없는 열의로 수련에 임했다. 노인 또한 자신의 말과는 달리 성심을 다해 주몽을 가르쳤다.

노인이 무예의 수련에서 특히 강조한 것은 흐름과 장단이었다.

"세상 모든 것은 우주 운행의 장단 속에서 자기의 고유한 장단을 지니고 살아간다. 무예에 있어서 장단은 승패를 가름하는 중요한 것이다. 검술의 기본인 격擊(치다), 자刺(찌르다), 격格(막다), 세洗(베다)가 모두 나름의 장단에 따라 이루어져야 한다. 장단이 맞지 않는 무술 동작은 생명이 없는 죽은 것이다."

"무술이란 흐르는 원 속의 한 점에 대한 순간적인 집중이다. 순간적 집중은 흐름 속에서 나와 다시 흐름 속으로 들어가야 한다. 순간적 집중이 고정되어서는 안 된다. 원만한 흐름 속에 완전한 집중이 이루어지는 법이다."

"검은 음陰을 바탕으로 한 양陽이다. 음은 방어를 말함이요 양은 공격을 말함이니, 이 음과 양의 조화가 곧 검이다. 또한 음은 부드러움[柔]이요 양은 강함[剛]이니 칼을 휘두를 때는 부드럽게 내뻗어 강하게 베고 부드럽게 거두어야 한다."*

또한 노인은 무예를 펼침에 있어서 힘의 조화와 이를 강화시키는 방법에 대해서도 자세하게 설명했다.

"우리가 힘을 쓰는 것은 단전의 힘을 쓰는 것이다. 단전은 몸의 중심이고 힘의 근원이다. 사람이 힘을 쓰거나 움직인다는 것은 곧 단전이 움직이는 것과 다르지 않다. 그러므로 항상 몸의 움직임이 단전의 움직임과 일치되도록 해야 한다. 손끝이나 발끝 하나 움직이는 데에도 단전의 힘이 상응할 수 있도록 염두에 두고 수련하여야 한다."

"신체의 부분적인 힘은 몸 전체의 힘과 조화를 이루어야 한다. 전체의 힘과 조화를 이루지 못하는 부분적인 힘은 무공의 향상에 도움이 되지 못한다. 그러나 부분적인 힘의 증대 없이는 전체 힘의 증대를 바랄 수 없다. 증대시킨 부분적인 힘을 전체 힘에 최대로 조화시키는 것

---

* 육태안의 『우리 무예 이야기』에서 인용.

이 무엇보다 중요하다."

노인의 가르침은 무예의 근본을 이루는 운기運氣에서부터 초식의 미세한 운용에 이르기까지 넓고도 깊었다. 가르침을 받아들이는 주몽의 자세 또한 진지하기 그지없어 하루하루 자라나는 성취가 비 온 다음날의 대순처럼 눈에 보일 정도였다. 그동안 스스로 수련해오며 겪었던 이러저러한 어려움과 오류가 굽은 등이 펴지고 오그라든 손이 벌어지듯 바로잡혔다. 바람이 부나 비가 오나 주몽의 수련은 그침이 없었다. 노인 또한 그런 주몽을 가르침에 있어서 조금도 꺼려함이 없었으니, 가르치는 이와 배우는 이의 정성과 노력이 서로 견주어 한 치도 부족함이 없었다.

그런데 언제부턴가 무예를 수련하는 주몽이 눈에 띄게 힘겨워하고 있었다. 특히 상승의 검식을 시전하기 위해 진기를 끌어올리기라도 할 양이면 가슴속에서 알 수 없는 격통이 느껴져 호흡이 힘겨울 정도였다. 그렇게 수련을 마친 날이면 끓는 물에 데친 푸성귀마냥 온몸이 피곤에 절어 꼼짝하지 못했다. 그런 주몽을 바라보는 노인의 얼굴에 염려와 함께 의혹의 빛이 어렸다.

주몽이 수련을 시작한 지 한 삭이 가까워오는 어느 날 저녁이었다. 서녘 하늘을 수놓은 노을이 유난히 붉은 그날, 이른 저녁을 마치고 공터 가에 앉아 웃자란 잡풀을 손으로 뜯고 있던 주몽을 노인이 불렀다.

"주몽아, 이리 와 앉아보거라!"

평상에 주몽을 돌려 앉힌 노인이 손을 내밀어 어깨와 등을 어루만졌다. 한참이나 주몽의 근골을 살피던 노인이 자리에서 물러앉으며 긴 한숨을 내쉬었다.

"어인 한숨이십니까, 스승님?"

한참을 생각에 잠겨 있던 노인이 나직한 음성으로 말했다.

"오늘이 며칠이냐?"

"구월 초여드레입니다."

잠시 날짜를 짚어보던 노인이 주몽을 향해 말했다.

"나흘 후 자시子時*에 몸을 정히 하고 내가 거하는 방에서 기다리고 있거라."

"그리하겠습니다, 스승님. 그런데 어인 까닭으로 그러십니까?"

노인이 한 번도 본 적이 없는 어두운 얼굴을 하고 가만히 주몽을 돌아보았다.

"그간 너의 정성과 노력에 비해 진전이 더뎠던 데는 다른 까닭이 있었던 듯싶구나."

"저의 어리석음과 태만 외에 달리 까닭이 있겠습니까?"

"아니다. 누군가 너의 어린 몸에 몹쓸 짓을 저질렀음이 분명하다. 네가 그동안 지극한 노력에도 불구하고 무예의 진전이 느렸던 것은 바로 그 때문이다. 어린 시절부터 네가 유달리 겁이 많고 한 가지 일을 이룰 만큼 마음을 모으지 못한 것 또한 같은 까닭이다."

"……."

"누군가가 너의 어린 몸에 독술毒術을 행한 듯하구나."

"독술이라구요? 그럼 제 몸에 독을……."

"모진 짐독鴆毒이 너의 근골과 염통에 깊이 박혀 타고난 생명의 힘을 눌러온 것이다. 지난날 네가 기연奇緣을 얻어 독이 억누르고 막아온 기혈을 연 것은 참으로 다행한 일이었다. 만약 그러하지 않았다면 너

* 자시 : 밤 11시부터 오전 1시까지를 이름.

는 스물이 되기 전에 목숨을 잃었을 것이다."

"……."

"하지만 너의 몸속 깊이 뿌리를 박고 있는 독은 어쩌지를 못하였구나. 이 독은 너의 근골이 억세어지고 기운이 성해질수록 더욱 더 너의 몸 깊은 곳으로 침착되었다. 네가 강한 기운을 모으고 쓸 때마다 심한 피로와 고통을 느꼈던 것이 바로 그런 까닭이다."

"허면 제가 어찌하여야 합니까, 스승님?"

"우선은 뼛속에 박힌 독을 빼내고 막힌 기혈을 뚫어야 할 것이다. 그렇지 않으면 너의 남은 수명이 과연 얼마일지 장담하지 못하겠구나."

"스승님……."

"그것이 이 늙은이의 힘으로 가능한 일인지 알 수 없다. 우선은 인간이 할 수 있는 일을 행한 다음 하늘의 뜻을 기다려보도록 하자."

노인이 일러준 날 밤, 노인이 거하는 방은 독한 약초를 태우는 냄새로 가득했다. 개울에서 몸을 씻은 주몽이 하늘에 높이 뜬 만월이 뿌리는 투명한 달빛을 밟으며 돌아와 노인의 방으로 들어갔다.

주몽이 노인의 방을 나선 것은 해가 중천에 떠오른 이튿날 오시午時* 무렵이었다. 죽음과도 같은 깊은 잠에서 깨어난 주몽이 취한 듯 허청거리는 걸음으로 공터로 나섰다. 공터 가에서 노인이 주몽을 기다리고 있었다.

"스승님……."

"앞으로 수일 동안 수련이나 격한 행동을 삼가고 조식調息에 힘쓰거라. 지난밤의 실기失氣는 막혔던 기혈이 뚫리면서 갑자기 기가 역상하

* 오시 : 오전 11시부터 오후 1시까지를 이름.

여 그리된 것이니 마음 쓸 것 없다."

지난밤, 사방을 가득 채운 어둠 속에서 노인은 종류를 알 길이 없는 약초로 361개의 경혈과 비방혈, 아시혈 등의 혈자리를 따라 꼼꼼하게 뜸을 놓았다. 온몸이 타 오그라드는 듯한 고통이 밤새 주몽을 괴롭혔다. 뜸이 끝나자 노인이 벌거벗는 주몽의 몸에다 진기를 불어넣었다. 주몽의 백회혈과 명문혈에 닿아 있던 노인의 양손이 불덩이처럼 뜨겁게 느껴지던 어느 순간, 갑자기 빛이 폭발하듯 눈앞이 환하게 밝아지더니 온몸이 전율하듯 떨리기 시작했다. 그리고 이내 정신을 잃었다.

"스승님. 이제 제 몸속의 독이 사라진 것입니까?"

주몽이 하룻밤 사이 몰라보게 해쓱해진 얼굴로 물었다. 노인이 천천히 고개를 끄덕였다.

"아마도 그럴 것이다. 뼈와 염통에 박힌 독을 빼내고 막힌 기혈을 뚫었다. 이는 늙은이의 재주와 기운만으로는 역불급의 일. 가히 천지신명의 도움이 있지 않고서는 불가능한 일이었다. 하지만 막힌 기혈을 뚫었다고는 하나 기의 흐름이 매우 불순하다. 앞으로 정성을 다한 수련으로 불순한 기를 다스리고 타고난 네 자신의 생명력을 길러나가야 할 것이다."

"스승님의 말씀 반드시 명심하겠습니다. 스승님의 은혜는 바다보다 깊습니다."

주몽은 노인이 일러주는 조심調心과 조식, 조신調身을 통한 양생의 법을 성실히 따랐다. 그리고 다시 무술 수련에 정진하기 시작했다.

노인의 가르침은 계속되었다.

"칼은 양이고 칼집은 음이다. 칼을 휘두를 때는 음으로 시작하여 양으로 베고 음으로 거두어라. 음은 곧 유柔이고 양은 곧 강剛이니 부드럽게 시작하여 강하게 베고 부드럽게 거두어라."

"검은 음을 바탕으로 한 양이다. 음은 곧 방어요 양은 곧 공격이니, 방어가 두터우면 공격도 강해지는 법. 양을 키우기 위해서는 음을 두텁게 해야 한다. 칼은 자체로서 강한 양이요 칼을 잡은 나는 음이라. 마음을 편하게, 기를 고르게, 몸을 부드럽게 하여라. 마음 가는 곳에 기가 가고, 기가 가는 곳에 힘이 가는 것이다."

가을이 깊어가고 있었다. 손을 대면 푸른 물이 떨어질 것 같은 하늘이 하루하루 천궁을 향해 높아갔다. 숲을 건너온 바람에는 갖가지 향긋한 가을의 냄새가 배어 있었다.

계절이 바뀌어가도 주몽의 수련은 그침이 없었다. 언젠가부터 주몽은 자신의 몸속에서 일어나고 있는 놀라운 변화를 온몸으로 깨닫고 있었다. 쉬지 않고 계속 수련에 매달리다 보면 입에서는 비린 놋쇠 냄새가 나고 사지를 비롯한 몸뚱어리는 쇳덩이처럼 무거워온다. 호흡은 가빠지고 힘이 빠져나간 팔은 목검을 들어올리기도 버겁다.

주몽은 그럴수록 더욱 전심을 다해 무예 수련에 매달렸다. 그리하여 온몸의 기운이란 기운이 모두 손가락 사이로 흘러내리는 모래알처럼 사라져 이제는 손가락 하나 들어올릴 힘조차 소진되었다고 느낄 무렵, 주몽은 몸속 깊은 곳에서 자신의 것이라곤 믿기 어려운 놀라운 기운이 새로 솟아오르는 것을 느꼈다. 이 기운은 지쳐 무너지기 직전의 몸뚱어리 구석구석에 가뭄 끝의 단비처럼 새로운 힘이 되어 스며들었다. 마치 몸 안에 화수분 같은 진기의 샘이 있어 끊임없이 온몸에 새로운 힘을 퍼부어주고 있는 것 같았다. 이전에는 결코 경험하지 못한 일이었다. 노인은 이것이 기혈의 소통이 원활하여 온몸의 진기가 끊임없이 약동하기 때문이라고 했다. 주몽은 수련을 통해 이러한 기의 소진과 회복을 날마다 수차례씩 경험하곤 했다.

그로부터 무술의 진전은 주몽 스스로도 놀랄 만한 것이었다. 빗물이 가문 대지에 스며들듯, 강물이 마른 모래펄에 스며들듯, 스승의 가르침이 주몽의 몸과 마음에 스며들었다. 나날이 발전하는 주몽의 무예는 노인에게도 큰 놀라움이었다.

주몽은 검술과 봉술, 궁술, 맨손으로 하는 수박희手搏戱는 물론 고래 선인들로부터 비전되어온 병법과 진법을 익혔다. 그 가운데서도 주몽이 가장 뛰어난 진전을 보인 것은 궁시弓矢였다.

노인이 손수 깊은 산에 자란 박달나무를 잘라 만들어준 단궁檀弓으로 서른다섯 보 남짓 떨어진 과녁을 향해 살을 날리면 다섯 순巡*이든 열 순이든 단 하나도 과녁을 빗나가는 법이 없었다.

"화살은 사람의 마음이 가는 곳을 향하는 법이다. 활로써 과녁을 겨누려 하지 마라. 명중할까, 라는 생각도 하지 마라. 그저 과녁을 네 마음의 한가운데 놓고 일체의 것이 끼어들지 못하도록 오직 순정하게 마주 서라. 너 자신과 활과 과녁이 하나가 되도록 해라."

허공을 날아간 자신의 마음이 경쾌한 소리를 내며 과녁을 꿰뚫는 것은 여간 신나는 일이 아니어서 주몽 또한 날마다 궁시 수련에 매달렸다.

"우리 동이는 농경민족인 한족과 달리 요동 벌을 누비던 기마민족의 후예로 예부터 무용이 뛰어났다. 동이東夷라는 말도 동방의 큰 활[大弓]이란 뜻이 아니더냐. 너의 활솜씨를 보니 주몽이란 이름이 공연히 지어진 것이 아니구나."

* 순 : 1순은 5시矢, 즉 화살 다섯 대를 쏘는 것에 해당한다.

꼬리를 물 듯 날아간 화살이 단 하나의 어김도 없이 과녁에 꽂히는 소리에 귀를 기울이던 노인이 사대射臺에서 내려오는 주몽을 향해 한 말이었다.

◆ ◆ ◆

저녁상을 물리고 평상에 앉아 고적한 저녁 시간이 밤을 향해 걸음을 옮기는 것을 말없이 지켜보고 있을 때였다. 노인이 나직한 목소리로 곁에 앉은 주몽을 불렀다.

"주몽아!"

"예, 스승님."

"내일 날이 밝으면 도성엘 다녀오너라. 어떤 이에게 전해야 할 물건이 있구나."

말끝에 노인이 평상 위로 내려놓은 것은 삼끈으로 엮은 죽간이었다. 주몽이 두 손으로 그것을 받아들었다. 전날 마리 등을 통해 저자에서 붓과 먹을 사들인 까닭이 이 때문이었구나 짐작했다.

"예, 스승님. 전해야 할 분이 누구인지 말씀하시면 그리 행하겠습니다."

"부여의 국왕이니라."

주몽이 놀라 스승의 얼굴을 올려다보았다.

"스……스승님?"

"사사로운 서신이니 그리 놀랄 것은 없다. 네 처지가 도성 행보에 어려움이 있는 줄 모르는 바 아니지만, 반드시 전해야 할 물건이니 방법을 찾아보도록 하여라."

"스승님께선 아버님을 아십니까?"

해모수는 주몽을 죽이기 위해 자객을 이끌고 옥사를 습격했던 젊은 이를 떠올렸다. 대소라 하였지. 낯설지 않은 이름이었다. 부여국 태자 금와의 첫아들로 온 나라의 기쁨이 되었던 사내아이…….

"어미 품에 안겨 있던 젖먹이가 도살자가 되고, 용 같고 범 같던 용사들은 무덤 속의 흙이 되고…… 그렇게 긴 세월이 흐르고 말았으니, 새삼 그를 안다고 할 수 있을지 모르겠구나. 하지만 지난날 그를 알았던 적이 있지. 젊고 패기 넘치고 정의감에 불타던 부여국의 태자를……."

"스승님은 대체 뉘신지요? 어떤 분이시기에 젊은 시절의 아버님을 아시는지요?"

주몽의 말에 노인이 잠시 생각에 잠긴 듯한 표정으로 공터 건너편의 어둠을 바라보았다. 잠시 후 노인이 말했다.

"늙어 흐려진 머리가 이제는 내 자신이 누군지도 기억하지 못하는 지경에 이르렀구나. 천하에 믿지 못할 것이 늙은이의 기억력이라 하니 어찌 그렇지 않겠느냐? 내 다음이라도 요행히 지난 기억이 되살아난다면 그때는 말해주마."

이십 년 만의 해후

아침 무렵, 양맥으로 가는 상단 물화가 부여 도성에 있는 연타발의 여각을 떠났다. 이번 상로의 행수가 선머리에 선 뒤로 마바리를 실은 부담마와 마부, 등짐을 진 짐꾼들이 제법 긴 행렬을 이루며 따랐다. 양맥 군장의 생일에 맞추어 떠나는 장삿길로, 이들이 다시 부여로 돌아오는 것은 계절이 바뀐 다음의 일이 될 것이었다.

짐바리를 꾸리느라 새벽같이 일어나 한바탕 난리를 친 마리와 협보, 오이는 물화가 빠져나간 창고를 정리한 다음 늦은 아침을 먹었다. 주몽의 말을 좇아 졸본 상단의 허드레 일꾼이 된 지도 어느덧 두 달이 가까워오고 있었다.

처음 졸본 상단의 소서노를 찾아가 몸을 의탁하라는 주몽의 말을 듣고 그들은 살을 맞은 듯 펄쩍 뛰었다. 자신들이 납치해 죽을 고비에 밀어넣은 사람을 찾아가 살길을 구해보라니, 그야말로 범의 아가리에 머리를 들이미는 일이 아니고 무엇이랴. 하지만 점점 조여오는 도치 패거리의 손길을 생각하면 살아도 산 것이 아닌 하루하루였다. 생각하면 부여 도성에서 연타발 상단의 그늘보다 도치의 손아귀에서 안전한 곳이 어디 있으랴. 이리 해도 죽고 저리 해도 죽을 바엔 한번 당하기나 해보자는 심정으로 연타발 여각의 대문을 들어섰다.

그랬는데 상단의 소주인인 소서노는 전날의 일 따윈 까맣게 잊어버린 듯 주몽의 생사부터 물어왔다. 주몽이 안전한 곳에서 잘 지내고 있다고 하자 두말 않고 선선히 자신들을 상단의 마바리 짐꾼으로 거두어주었다.

날마다 하는 일이라곤 대문을 들고 나는 상단의 물화를 옮기는 일이 아니면 집안의 허드렛일이 고작이었다. 처음 며칠은 도치 패거리로부터의 공포에서 벗어난 기분에 천국이 따로 없는 것만 같았다. 하지만 하루 이틀이 지나자 자신들의 처지가 한없이 한심하게 느껴졌다.

"군자 말년에 배추씨 장사라더니, 이게 대체 무슨 꼴이야, 젠장!"

"누가 말 좀 해봐. 명색 사내 중의 사내, 대장부 중의 대장부인 우리가 날마다 무슨 짓을 하고 있는 거냐구?"

"누가 아니래냐. 한심한 놈의 세상, 큰 뜻 한번 펴겠다고 목숨 걸고 도치 패거리를 벗어난 우리가 기껏 하는 일이 허드레 짐꾼 노릇이라니, 젠장!"

"그러게 말야. 우리 셋이 토시 차고 각반 차고 떡 하니 나서면 저잣거리에 나와 있는 돈주머니가 다 우리들 것이었는데, 쩝……."

늦은 아침을 먹고 코에 바람이라도 쐴까 싶어 잠시 대문을 나선 걸음이 저자까지 이어졌다. 도치의 집을 도망 나온 이후 날마다 겁먹은 쥐새끼마냥 뒷골목을 전전했으니 이렇게 배포 유하게 저잣거리를 걷는 것이 얼마만인지 몰랐다.

문득 걸음을 멈춘 협보가 턱이 떨리는 소리를 냈다.

"이봐! 저, 저길 봐!"

맞은편에서 걸어오던 한당과 그 순간 딱 눈이 마주쳤다. 등 뒤로는 무장을 한 흉측한 모상의 패거리 대여섯이 따르고 있었다.

"저, 저놈들!"

놀라기는 마리 들보다 오히려 그쪽이 더 위인 듯, 토끼눈을 한 채 멀거니 바라보다 우르르 달려와 주위를 에워쌌다. 한당이 음흉한 웃음을 흘리며 말했다.

"요 쥐새끼 같은 놈들, 잘 만났다. 흐흐흐…… 네놈들이 숨으면 평생 눈에 띄지 않을 줄 알았더냐? 이런 죽일 놈들. 방주 어른이 네놈들을 잡아 사지를 찢어 죽이겠다고 벼르신다, 요놈들아!"

돌아서 달아나려던 마리가 무슨 생각이 들었는지 몸을 돌리더니 느긋하게 말을 받았다.

"여, 한당이! 오랜만이야. 요즘 재미가 어때?"

"뭐, 뭐라구?"

마리가 하는 양에 한당이 화내는 것도 잊은 얼굴로 눈을 멀거니 뜬 채 바라보았다. 마리가 딱하다는 표정으로 혀를 차며 한당의 아래위를 훑어보는 시늉을 했다.

"젠장, 재미나마나 똥간에 붙어살면 똥밖에 더 먹겠어. 그 사정을 내가 몰라. 쯧쯧. 자네도 이젠 정신 좀 차려야지. 언제까지 그 인간 백정 같은 놈 밑에서 주막 강아지 노릇이나 할 거야. 쯧쯧……."

"이, 이런 미친놈이, 맞아 죽을까 겁을 먹어 실성을 했나? 너, 지금 제정신이야?"

"그럼 제정신이지 않고. 내 그렇잖아도 일간 한번 너희 객전으로 술맛을 보러 가려던 참이었는데, 이 몸이 영 바쁘셔서 말이야."

"허, 이놈 봐라! 방주 어른을 배신하고 인질로 잡아둔 계집을 빼돌려 달아난 놈들이 뭐, 뭐라고? 네놈들이 그러고도 저잣거리를 활개 치고 돌아다녀? 이런 죽일 놈들!"

한당이 허리에 찬 환도를 분연히 뽑아들더니 그대로 뛰어들 기세였다. 마리가 얼른 손을 내저어 말렸다.

"아아, 참어. 공연히 후회할 일 만들지 말고."

"이놈이 점점……."

마리가 품속에서 무언가를 꺼내 한당의 코앞으로 내밀었다. 손바닥 안에 들 만한 크기의 반들거리는 나무토막이었다.

"이게 뭔지 알아? 자세히나 보고 우릴 죽이든 말든 하라구."

연타발의 서명이 선명한 그것은 졸본 상단의 상단패였다. 천하 각처를 다니는 상단 사람들에게 상단패란 곧 형제의 우의를 보증하는 신표에 다름 아니었다.

"이게 뭐야?"

"우린 어엿한 졸본 상단 사람이라구. 상단 사람을 함부로 건드렸다간 어떻게 되는지 알아? 만약 우리들 손끝 하나라도 다치게 했다간 바로 전쟁이 일어날 거라구, 전쟁이."

"이, 이놈들이……."

"가서 도치한테 말해. 우릴 잡으려거든 연타발 군장 어른의 허락을 받아서 오라구. 하하하……."

한당을 기가 막히게 물 먹이고 돌아오는 걸음이 구름 위를 걷는 듯 신이 났다. 오뉴월 한더위에 얼음물을 뒤집어써도 이만큼 시원하지는 않을 듯했다. 세 위인이 거리가 떠나가도록 박장대소를 하며 연타발 상단의 여각으로 돌아왔을 때였다.

깐깐한 계필의 눈에 띄기라도 하는 날에는 경을 칠 게 분명해 대문 안을 기웃거리고 있는데 바깥 골목에서 손짓을 해 부르는 사람이 있었다. 뜻밖에도 주몽이었다.

"형님!"

마리 들이 달려가 주몽을 골목 안으로 우겨넣고는 소리쳤다.

"지금 제정신입니까, 형님! 아직 도치 놈이 형님을 잡아 생간을 씹겠다고 벼르고 있는 터에 여기가 어디라고 나오신 거유?"

"게다다 월영방 자객들까지 형님 목숨을 노리고 있다면서요? 형님 목숨이 몇 개나 되는 줄 아시우?"

소리를 질러대는 그들을 웃음 띤 얼굴로 바라보던 주몽이 말했다.

"네놈들이야말로 일은 하지 않고 어딜 그렇게 쏘다니는 거냐?"

"흐흐흐…… 그게 그러니까, 한당이 놈을 길에서 만나…… 으하하하……."

세 사내가 다시 손뼉을 치며 웃음을 터뜨렸다.

"그런데 형님은 어쩐 일로 위험한 걸음을 하셨습니까?"

한참 뒤 가까스로 웃음을 거둔 마리가 물어왔다. 주몽이 문득 심각한 표정이 되어 무거운 목소리로 말했다.

"……한 가지 청이 있어서 왔다. 너희들이 나를 좀 도와다오."

"뭔데 그러시우? 어디 한번 말씀이나 해보시우."

◆ ◆ ◆

성 북쪽 끝에 자리한 평민들의 주택가. 그곳에 있는 작은 귀틀집에 밤이 깊도록 불이 밝았다. 싸리울 바자 안 사랑에 이 집의 주인인 부여국 대사자 부득불이 시름에 잠긴 얼굴로 앉아 있었다.

밤이면 어느덧 소슬한 기운이 온몸으로 감겨드는 계절이었다. 반쯤 열어둔 지게문으로 마당 한켠에서 낙엽을 태우는 훈내가 구수하게 흘러들었다. 피를 토하듯 애처로운 귀촉도의 울음소리가 이승 밖의 어느 곳에서인 듯 아련히 들려왔다. 이따금 집의 늙은 겸인이 마당을 건너와 걱정스러운 얼굴로 사랑을 살펴보곤 돌아갔다.

그러나 집의 주인인 부득불은 이런 가을밤의 정취엔 눈멀고 귀 먹은 듯 서탁 앞에 앉아 빚은 석상처럼 움직임이 없었다. 그런 지가 벌써 여러 시간이었다.

지금껏 단 한 번도 해가 지기 전에 퇴궐한 적이 없던 부득불이 해가 한참이나 남은 시간에 수심이 가득한 얼굴로 사저에 돌아왔다. 그리고 평소 걸음을 떼놓지 못하던 마당 가 화단에도 눈길 한번 주지 않은 채 사랑에 들었다.

"아……."

부득불의 입에서 다시 깊은 탄식이 흘러나왔다. 여전히 그의 머릿속을 가득 채우고 있는 것은 낮에 본 투박한 죽간 한 권이었다. 그 죽간에 쓰인 글귀가 소용돌이처럼 머릿속을 뱅글뱅글 돌며 종시 떠나지 않았다.

금와왕에게 올려지는 상주문을 각별히 살펴보라는 여미을의 당부가 있은 후 부득불은 날마다 자신의 손으로 직접 상주문을 챙겼다. 변방에서 올라오는 장계와 제가들의 계서는 하루에도 커다란 비단 고리 하나를 채울 만큼 많았다. 부득불은 이 일을 담당하는 내관을 구슬려 모든 상주문을 자신이 손수 정리한 뒤 대왕께 올리게 하였다.

오늘 낮 대전 한켠의 좁은 방에 앉아 상주문을 살피고 있을 때였다. 졸본 상단에서 올린 계서 다발 속에 죽간 한 권이 불현듯 부득불의 시선을 끌어당겼다.

부득불이 그 죽간에 손이 간 것은 순전히 남달라 보이는 모양새 때문이었다. 그것은 매끈하고 손때가 묻어 반들거리는 다른 죽간들과는 달리 크고 투박했다. 글씨 또한 어린아이의 그것처럼 삐뚤삐뚤 조악하기 그지없었다. 건성으로 글을 훑어보던 부득불의 얼굴이 하얗게 바래갔다.

"대사자 어른, 어찌하여 그러십니까? 무슨 일이라도 있으신 겁니까?"

죽간을 손에 든 채 몸을 떨고 있는 부득불을 본 내관이 놀란 얼굴로 물었다. 가까스로 정신을 수습한 부득불이 내관을 향해 엄한 얼굴을 지어 보인 뒤, 예의 죽간을 품에 넣고 궐을 빠져나왔다.

부득불의 시선이 서탁 위에 놓인 죽간으로 향했다. 마치 흉측한 생물을 보는 듯한 불쾌감이 부득불의 표정 위에 떠올랐다. 부득불은 죽간 위에 적힌 글자들을 가만히 입 속으로 되뇌었다.

"한때는 아교[膠]와 옻칠[漆]의 마음을 나누던 벗이여. 세상이 나의 이름을 버렸어도, 우리의 우정은 아직 그대 가슴속에 살아 있으리. 모월 모일 모시에 이 몸은 되살아온 넋이 되어 그대를 만나러 갈 것이네. 의로운 하늘의 용사들이 언제나 그대를 기다리던 곳으로."

그것은 해모수에게서 온 서신이었다. 부득불은 한눈에 그것을 알아

볼 수 있었다. 죽간의 엮음새가 별달리 투박한 것도, 글씨가 삐뚤삐뚤한 것도 그 까닭이 있어서였다.

해모수가 금와왕에게 서신을 보냈다. 그리고 그를 만나려 한다.

부득불은 새삼 모골이 송연해지는 기분이었다. 자신의 남은 생을 팔아서라도 막아야 할 일이 있다면 바로 이 일일 터였다. 그 두 사람의 만남으로 인해 장차 부여 땅에서 빚어질 앙화는 태풍이 태풍을 밀고, 내린 눈 위에 서리가 덮이는 것과 비하여도 모자람이 없을 것이었다. 무슨 일이 있더라도 이 일만은 막아야 한다. 이 일만은…….

그들이 만나기로 한 장소도 생각해보면 알 만한 곳이었다. 그들을 만나지 못하게 하려면 그 방법 또한 의심할 여지가 없이 분명했다. 달리 무슨 방법이 있을 것인가.

하지만 부득불은 쉬 결심을 굳히지 못했다. 그 명백하고 뚜렷한 이유에도 불구하고 선뜻 일의 결행을 저어하게 만드는 무엇이 있었다.

"하하하…… 쥐에게도 가죽이 있는데, 명색 사람이면서 위엄이 없겠소! 할 말이 끝났으면 이제 그만 물러들 가시오. 이 몸은 쉬어야겠소이다!"

여미을과 함께 금성산의 동굴 옥사를 방문했을 때 해모수가 우렁우렁한 목소리로 쏟아놓던 말이 새삼 귓전에 맴돌았다. 20여 년 동안 햇빛 한 점 들지 않는 동굴의 옥사에 갇혀 있었던 사람이라곤 믿어지지 않게 위엄이 넘치는 목소리와 말투였다. 더구나 그는 원수의 모진 고형苦刑에 두 눈마저 잃은 몸. 그 긴 세월의 감옥 생활도, 육신의 훼손도 그의 드높은 기개와 위엄만은 어쩌지 못하였다…….

부득불은 그를 일러 동이 제일의 영웅이라던 세간의 칭송이 결코 헛된 말이 아님을 새삼 깨달았다. 그러면서 그가 겪었을 그 긴 시간의 외로움과 슬픔, 분노가 한눈에 보이는 듯 뚜렷이 느껴졌다.

그는 이미 보통 사람들로서는 차마 생각도 못할 고통을 겪은 사람이다. 그런 그를 다시 죽여야 한단 말인가.

갈등과 혼돈으로 가득한 밤이 깊어갔다.

◆ ◆ ◆

부득불이 태자궁을 찾은 것은 이튿날 이른 아침의 일이었다. 평소 근엄하기가 태산에 버금가던 대사자가 어딘지 안정을 잃은 표정으로 허둥대며 걸어가는 것을 지켜본 궁인들이 의아한 낯빛이 되어 서로를 쳐다보았다. 내전을 지나고 두 개의 문을 지나 태자궁 안으로 들어선 부득불이 눈에 띄는 내관을 불러 태자의 소재를 물었다.

"태자님은? 태자님은 어디 계시느냐?"

아침 무예 수련을 마치고 돌아오던 대소가 마침 그 모습을 보고 놀라 물었다.

"대사자 어른. 이렇게 이른 시간에 어인 걸음이십니까?"

태자궁 외진 전각 깊은 곳에 대소와 부득불이 마주앉았다. 하지만 서둘러 달려온 걸음과는 달리 다담상 위의 차가 식어가도록 부득불은 생각에 잠긴 표정으로 말이 없었다.

"대사자, 어인 일이십니까? 무슨 근심이라도……."

대소가 걱정스러운 낯빛으로 묻자 그제야 침울한 태도로 입을 뗐다.

"……태자님, 혹 다물군이란 말을 들어보셨는지요?"

"지난날 조선의 유민들이 모여 만든 군대라 들었습니다."

"그러면 그 다물군의 지도자가 누군지도 들으셨습니까?"

"해모수라는 자라고 들었습니다. 어찌 그러십니까, 대사자?"

"청년 장수 해모수와 또 한 사람, 부여의 금와 태자님이셨습니다."

대소가 놀란 소리를 냈다.

"아버님이? 아버님이 다물군을 이끄셨단 말씀이시오?"

"그렇습니다. 폐하께서는 젊은 시절 해모수 장군과 함께 다물군을 이끄시고 현토성 공략을 준비하셨습니다."

이어진 부득불의 놀라운 이야기에 대소는 연신 벌어진 입을 다물지 못했다. 그 가운데서도 특히 대소를 경악케 한 것은 동굴 옥사 속의 늙은 장님 해모수에 관한 것이었다. 해모수가 20여 년간 갇혀 있던 옥사에 괴한들이 난입하여 그를 죽이려 했다…….

부득불이 들려주는 길고 긴 이야기가 끝이 났다.

"동굴 속의 늙은 장님이 해모수란 말이오, 대사자?"

"그렇습니다. 그런데 어찌 그리 놀라시는지요?"

"아, 아닙니다. 하도 괴이한 이야기인지라…… 으음……."

대소가 터지려는 신음을 안으로 삼키며 놀란 가슴을 다스렸다. 그자가, 그자가 해모수라니…… 이제는 제 놈이 하늘을 나는 재주를 가졌더라도 달리 구명할 방도가 없으리라 믿고 달려간 동굴 옥사에서 난데없이 뛰어든 노인으로 인해 다시 주몽을 살려놓고 말았다. 그날, 목숨을 잃거나 몸이 상한 월영방 자객들을 수습해 산을 내려오며 대소는 다시 한번 주몽을 에우고 도는 신비한 힘을 목도한 느낌에 소름이 돋는 기분이었다. 난데없이 나타난 장님 노인의 그 놀라운 무예라니. 앞을 보지 못하는 장님이 그런 절륜한 무예를 펼친다는 것은 옛 이야기로도 들어본 바가 없었다. 그렇다면 이것이야말로 주몽을 살리기 위한 하늘의 부조, 천우天佑가 아니고 무엇이랴. 아, 이것이 정녕 하늘의 섭리란 말인가. 겁쟁이 주몽, 멍청한 짓만 일삼는 난봉꾼 주몽을 택한 신의 뜻은 과연 무엇이란 말인가. 그렇다면, 하늘이 주몽을 내고 다시 이 땅에 나 대소를 낸 까닭은 무엇이란 말인가.

그날 밤 대소는 주몽을 죽이지 못한 아쉬움보다 이해할 수 없는 하늘의 섭리와 그로부터 버림받은 자의 절망감에 몸을 떨며 종내 잠을 이루지 못했다. 그런데 바로 그자가, 그 늙은 장님이 해모수였단 말인가.

부득불이 날카로운 눈길로 그런 대소를 살피고 있었다. 부득불의 시선을 의식한 대소가 표정을 바꾸며 황급히 말을 이었다.

"해모수란 자가 지금도 살아 있다는 말씀입니까, 대사자?"

"그렇습니다. 살아서 대왕 폐하를 만나려 하고 있습니다."

"지금에 와서 아버님을 만나 무얼 어쩌려고 그런단 말입니까?"

"알 수 없는 일입니다. 하지만 그자의 속셈이 무엇이든 그의 존재 자체만으로도 장차 부여는 큰 풍파에 휩싸이고 말 것이 분명합니다."

"……."

"폐하께서는 아직도 젊은 시절 뜨겁게 매진했던 숭고한 다물의 정신과 그 기치 아래 함께 모인 동지들을 잊지 못하고 계십니다. 또 동이땅 많은 백성들도 아직 그 옛날 해모수 장군이 내세운 다물의 빛나는 대의와 그가 행한 영웅적인 행적을 그리워하고 있습니다. 다시 해모수가 세상에 나타나는 날, 현재 부여를 중심으로 안정되어 있는 동이땅에 새로운 대의와 새로운 세력의 발호로 일대 격변이 일어날 것입니다. 그렇게 된다면 우리 부여는 장차 왕실과 사직의 안녕조차 장담하지 못할 지경에 처하게 될 것입니다."

"허면 내가 어찌하면 좋겠소, 대사자?"

"태자님은 장차 이 나라의 사직을 보전하고, 나라의 질서를 수호하고, 만백성의 안녕을 책임질 대임을 받으신 분입니다. 부여를 위해, 사직을 위해, 이 나라 백성을 위해 해모수 장군을 죽이십시오! 그리하여 대부여의 영광이 이 동이 땅에서 앞으로도 연년세세 장구히 빛나도록 하십시오!"

"으음……."

◆ ◆ ◆

군막 뒤꼍의 시누대숲이 댓잎 위를 뛰어다니는 작은 새들로 소란한 저녁 무렵이었다. 지난 여름내 푸르름을 키워온 숲의 나무들이 약간의 저녁 빛에도 쉽게 검은빛을 띠며 무거운 침묵 속으로 침잠해 들어갔다.

군막 공터에서 칼날이 부딪는 금속성이 연신 날카롭게 울려퍼지고 있었다.

쨍! 쨍!

해모수와 주몽이 진검을 들고 무예를 겨루는 참이었다. 바람을 타고 허공을 나는 깃털처럼 가벼운 해모수의 몸놀림에 주몽의 힘차고 정예한 검식이 어우러지면서 공터는 두 자루의 칼에서 뿌려지는 푸른 검기로 자옥했다.

한 식경가량 계속된 격검이 끝나자 스승과 제자는 숲 아래쪽의 개울로 걸어가 푸른 개울물에 발을 담근 채 땀을 씻었다.

잠시 후 저녁상을 물린 평상 위에는 주몽이 말리고 달인 갈근차가 달큰한 향내를 풍기며 올려졌다. 차를 한 모금 넘긴 해모수가 주몽을 바라보며 말했다.

"무예의 진전이 날로 놀랍구나. 오늘은 네가 곁을 두지 않았다면 스승인 내가 창피를 당할 뻔하였구나."

"천부당한 말씀입니다. 제가 어찌 스승님의 드높은 경지를 넘볼 수 있겠습니까."

"그렇지 않다. 푸른색은 쪽에서 났지만 쪽빛보다 푸르고, 얼음은 물에서 비롯된 것이나 물보다 더 차지 않더냐. 너의 타고난 자질과 여일한 노력이면 장차 동이 제일의 검수란 칭송을 받을 날이 머지않을 것이다."

"모두가 스승님의 가르침 덕분입니다."

"하지만 사람이 가진 기예가 아무리 뛰어나다 하더라도 뜻을 높이 세우지 않으면 평범한 것이 되고 만다. 학문이든 무예든, 모든 훌륭한 것은 훌륭한 정신에서 비롯된다는 것을 잊어서는 안 된다."

"예, 스승님."

"또 재주를 믿고 자만하지 말 것이며, 솔개가 높이 날아 사냥꾼의 화살을 피하듯, 스스로 몸가짐을 바르게 하고 뜻을 높이 세워 세상의 헛된 시비에서 벗어나 칼로써 일으킬 문제를 피하도록 하여라. 그것이 참된 고수의 태도이니라."

"명심하겠습니다, 스승님"

말을 그친 해모수가 조용히 자리에서 일어났다. 그리고 천천히 숲을 지나 사토로 된 둔덕을 올랐다. 주몽이 말없이 스승의 뒤를 따랐다. 검은 밤빛에 물들어가는 너른 초원이 눈 아래 드넓게 펼쳐져 있었다. 소슬한 저녁 바람이 소매 속을 파고들며 둔덕을 오르는 동안의 열기를 식혀주었다.

"주몽아!"

해모수가 나직한 음성으로 주몽을 불렀다.

"예, 스승님!"

"이 바람은 어디에서 불어오느냐?"

"건너편 산에서 언덕의 초원을 거쳐 불어옵니다."

"그렇다면 건너편 산이 바람이 거하는 집이냐?"

"아닙니다. 바람은 그 너머 서쪽의 산맥에서 불어옵니다."

"그렇다면 서쪽의 산맥이 바람의 집이냐?"

"아닙니다. 바람은 또 그 너머에서 불어옵니다. 하지만 그곳은 우리가 가지 못했고 보지 못한 곳입니다."

"그렇다. 우리는 이 바람의 거소가 어디인지 알 수 없다. 하지만 이 바람이 거쳐온 땅, 동이의 드넓은 평원과 완강한 산맥과 느린 강줄기는 곧 우리 동이족의 시원始原의 땅, 곧 민족의 거소였다. 우리 모두는 그 땅이 길러낸 자들이며, 그 땅의 살을 먹고 자라난 자들이다."

"……."

"일찍이 이 땅은 하늘 아래 가장 먼저 태양이 솟은 땅, 그 태양의 열기로 가장 먼저 생명이 움튼 땅. 하늘의 궁륭이 열리고 땅의 흑암이 걷혀, 이 땅에 창세의 문이 열린 뒤로 하늘이 가장 먼저 선택한 땅이다. 아득한 옛날 하늘에 한 신이 있어 사백력斯白力(시베리아)의 하늘에서 홀로 거하시니, 그 밝은 빛은 온 땅을 비추고 큰 교화는 만물을 낳았다. 그가 동녀동남童女童男 800을 거룩한 땅 동이의 흑수黑水(흑룡강)와 백산白山(백두산)에 내려보내시어 천하의 생령을 널리 이롭게 할 나라를 세우시니, 거룩한 천손의 나라 환국桓國이 곧 그것이었다."

"……."

"환국은 하늘의 주인이신 환인천제桓因天帝께서 다스린, 하늘 아래 첫 번째 나라였다. 동서 2만 리, 남북 5만 리에 이르는 강역이 하늘의 덕화로 다스려지니, 나라는 태평하고 백성은 은부하여 그 아름다운 기업이 3천 년에 이르렀다."

"……."

"환인천제께서는 '천부경天符經'이란 여든한 자의 글을 내어 하늘과 땅과 인간의 바른 도리를 가르치셨다. 이에는 대우주와 만물의 생성 원리, 그리고 인간 궁극의 문제가 거룩한 언어로 지어졌다."

해모수가 엄숙한 목소리로 경전의 글귀를 소리 내어 말하기 시작했다.

"우주만물은 하나에서 비롯되나 이 하나는 하나라고 이름 붙이기 이전의 하나이며 본래부터 있어온 하나이다. 하나는 하늘과 땅과 사람이 세 갈래로 이루어져 나오지만 그 근본은 변함도 없고 다함도 없다(一始無始一析三極無盡本). 하늘의 본체가 첫 번째로 이루어지고 그를 바탕으로 땅의 본체가 두 번째로 이루어지고 그 하늘과 땅을 바탕으로 사람의 본체가 세 번째로 이루어진다(天一一地一二人一三). ……우주만물은 하나로 돌아가고 하나에서 끝이 나지만 이 하나는 하나라고 이름 붙이기 이전의 하나이며 끝이 없는 하나이다(一終無終一)."

"……."

"그후 환인천제의 자손이신 환웅천제桓雄天帝께서 다시 이 땅을 복되게 하기 위해 어진 이 3천 명과 풍백風伯, 우사雨師, 운사雲師를 거느리고 태백산 신단수에 내려와 신시神市를 여니 이것이 곧 배달국倍達國의 시작이었다. 홍익인간弘益人間, 제세이화濟世理化의 밝은 도로 가르치고 다스린 나라는 그 덕과 어짊이 하늘 아래 오직 홀로 우뚝하여 사해四海가 그를 일러 군자의 나라, 불사의 나라라 일컬었다. 배달 환웅에서 거불단 환웅에 이르기까지 1,500여 년 동안 계속되었다."

천손의 나라, 빛의 나라의 뿌리와 내력을 더듬는 해모수의 얼굴이 은은한 열기로 붉게 상기되어갔다. 거룩한 신과 거룩한 땅, 거룩한 시대를 증언하는 그 모습 위로 가슴 벅찬 환희와 감격이 휘황한 광휘처럼 그를 둘러싸고 있었다.

"하지만 중원에서 발흥한 화하족華夏族이 교만함을 앞세워 거룩한 땅 동이를 넘보려 하니, 이에 하늘의 자손인 치우천왕蚩尤天王께서 손수 칼을 들어 적도를 응징하셨다. 치우천왕께서는 화하족의 왕인 공손헌원公孫軒轅을 맞아 일흔 번을 넘게 싸워 연승으로 그를 물리쳐 배달국의 위엄을 사해에 떨쳤다. 이로써 천하가 감히 배달국의 강역을 넘보지 못하게 되었다."

"아……."

"다시 아득한 세월이 흘러 또한 천제의 자손이신 단군왕검檀君王儉께서 아사달阿斯達에 새로운 신국의(=>새로운 나라의? 새로운 神國의?) 기업을 여시니, 그 이름을 조선朝鮮이라 하였다. 하늘의 계통을 받은 천손의 나라 조선은 기강이 오롯하고 기율이 엄정하여 한 번도 이방의 세력이 넘보지 못한 동방의 일대 강국이었다. 조선은 그 나라가 비록 크고 강했지만 힘을 앞세워 근린을 핍박하지 않았고, 백성들은 하늘의 도를 숭상하고 평화를 사랑하여 변방 족속들의 끝없는 기림과 존숭을 받았다. 이에 중화 땅의 공구孔丘* 같은 이는 그들의 나라에 도가 펴지지 않음을 한탄하여 바다 건너 동이에 와서 살고자 원하였다."

* 공구 : 노나라 사상가인 공자의 본명.

"……."

"하지만 조선의 우거왕 치세에 중원을 통일한 한이 일시간 세력의 강대함을 믿고 천제의 나라를 침범하기에 이르렀다. 한의 강성함을 두려워한 조선의 어리석고 비루한 무리들이 왕을 주살하고 천제의 나라를 들어 오랑캐의 말발굽 아래 던지니, 이로써 2천 년 조선의 왕업이 가을바람 앞의 낙엽이 되어 알지 못할 곳으로 쓸려 사라지고 말았다……."

점점 어둠에 잠겨가는 해모수의 얼굴 위에 한 번도 본 적이 없는 고통과 슬픔의 빛이 어려 있었다. 점차 세차지는 바람 속에서 그의 목소리가 여리게 떨리고 있었다.

해모수의 놀랍고 신비롭고 아름답고 슬픈 이야기가 끝이 났다. 그것은 하늘과 땅과 인간의 시원에 관한 이야기였으며, 그 모든 것이 하나로 만나 이루어진 유일한 신성왕국의 찬란한 영광과 장엄하고 쓸쓸한 낙백에 관한 길고 긴 이야기였다. 이야기를 듣는 내내 주몽의 가슴은 불을 지핀 듯 뜨거워졌다가 얼음 속에 던져진 듯 싸늘해지기를 거듭했다. 그리고 그 왕국의 허무한 종말에 이르러서는 가슴이 찢기는 듯한 슬픔과 분노를 느꼈다.

그런 느낌은 해모수도 다르지 않아 두 사람은 점차 싸늘해져가는 가을밤의 한기를 온몸으로 받으며 오래 우두커니 서 있었다.

잠시 후, 다시 해모수가 입을 열어 말했다.

"하지만 조선은 동이 땅 백성들의 가슴속에 영원히 사라지지 않을 어버이 나라, 신성왕국이었다. 비록 사직이 무너지고 강역이 유린되어 아름다운 조선의 왕업이 사라졌다고 하나 우리들 가슴속에 깃들인 신성왕국에 대한 열망마저 사라진 것은 아니다. 하여 동이 땅 백성들의 가슴속에는 잃어버린 왕국의 부흥에 대한 열망이 요원의 불길처럼 번져가고 있었으니 다물이 곧 그것이었다. 이 땅의 많은 뜻있는 이들이 다물을 위해 온몸을 던져 헌신했고, 그 아름다운 정신은 지금도 여전히 모든 동이족의 가슴속에 붉은 피톨이 되어 뜨겁게 맥동치고 있다.

"……."

"주몽아!"

"예, 스승님!"

"다물은 이 시대 만백성의 고통스러운 상처이지만 또한 이 땅에서 생명을 받아 삶을 누리게 될 모든 자손들에게 결코 잊히지 않아야 할 꿈이다. 다물은 이 땅으로부터 피와 살과 뼈를 받은 모든 동이족 겨레붙이가 반드시 이루어야 할 꿈임을 잊지 않도록 하여라."

"스승님의 말씀, 뼈에 새기고 살에 녹여 잊지 않겠습니다."

주몽은 사방에 미세한 분말처럼 내려쌓이는 어둠 속에 우두커니 서서 가만히 귀를 기울였다. 그러자 머나먼 천공으로부터 들려오는 거룩한 신의 목소리가 어두운 하늘을 가득 채우며 자신의 귀를 두드렸다. 그리고 저 깊은 땅속으로부터 대지를 질주하는 거친 생명의 박동소리가 온몸이 흔들리도록 펄떡거리며 들려왔다. 그것은 바로 하늘의 주인이며 모든 신들의 신이신 동이의 신과 그가 거하신 땅과 그 땅에서 뜨거운 생명을 이어온 동이의 겨레붙이가 다 함께 어우러져 토해내는 거대한 합창이었다.

금성산의 밤이 고요히 깊어갔다.

◆ ◆ ◆

아침 일찍 주몽이 약초를 캐러 산을 올랐다. 초원이 내려다보이는 너럭바위 위에 해모수가 따사로운 가을 햇살을 온몸으로 받으며 앉아 있었다. 해모수는 손을 내밀어 손바닥에 내려앉는 햇살의 무게를 가늠했다. 시간은 신시申時*에 가까워가고 있었다. 금성산의 높고 낮은 산등성이를 따라 이어진 능선 위로 추색이 한창일 계절이었다.

주몽이 없는 산이 괴괴한 정적에 사로잡힌 듯 더없이 적요하게 느껴졌다. 아까부터 해모수는 마음 한구석에서 알 수 없는 외로움이 자옥한 안개처럼 피어오르는 것을 느끼고 있었다. 그 긴 세월 세상과 절연된 동굴 옥사에 갇혀 있으면서도 느껴보지 못한 생생한 외로움이었다.

주몽 그 아이가 어느새 나에게 이토록 큰 정을 남겨놓았구나.

해모수는 그런 자신을 돌아보며 새삼 쓸쓸한 심정이 되었다.

거동을 시작한 지 이틀째 되는 날 주몽이 쑥스러운 웃음을 감추며 무언가를 내놓았다. 한눈에도 서툰 솜씨가 고스란히 드러나 보이는, 갈댓잎으로 삼은 초혜草鞋였다. 궁에서만 살아온 저 보드라운 손이 어떻게 초혜를 다 삼았을까. 해모수는 참으로 오랜만에 느껴보는 따뜻한 정에 가슴이 먹먹해졌었다.

이곳을 떠날 날이 가까워오고 있었다. 이 산으로부터, 주몽으로부터, 그리고 유화와 금와, 그들과 함께했던 지난 모든 인연의 기억으로부터 떠날 날이 가까워오고 있었다.

---

* 신시 : 오후 3시에서 5시까지를 이름.

새삼 무엇을 애달파하거나 슬퍼할 일은 아니었다. 자신은 이미 20여 년 전에 그들의 생과 세상으로부터 소멸된 사람. 자신이 거친 산야를 어두운 눈으로 떠돌다 차디찬 땅에 지친 이마를 대고 죽어간들 달라질 것은 아무것도 없었다. 그리하여 배고픈 날짐승의 부리가 자신의 몸뚱어리를 찢고 살덩이를 발라 마침내 한 줌 앙상한 뼈로 남는다 해도 마찬가지일 터였다. 자신은 이미 오래전에 이 땅에서 사라지고 없는 사람. 무엇이 애달프고 무엇이 슬프랴. 그저 하늘에서 받은 영혼 하늘에 돌려주고, 땅에서 받은 육신 땅으로 돌려준 뒤 흔적 없이 사라지면 될 뿐인 것이다…….

금와와 만나기로 한 날이 내일로 다가와 있었다. 금와가 자신의 글을 읽고 약속 장소로 나올지는 알 수 없었다. 어쩌면 자신이 보낸 죽간이 금와에게 전달되지 않았을지도 모를 일이었다. 주몽은 부여의 도성에 주재하고 있는 한 지방 군장의 계서 속에 죽간을 넣어 보냈다고 말했다.

처음부터 몸이 회복되는 대로 부여 땅을 떠나리라 마음먹은 터였다. 그리하여 자신의 생명을 배태시킨 이 동이 땅, 그리운 산야를 천천히 자신의 느린 걸음으로 밟아보고 싶었다. 그러다 어느 이름 없는 골짜기에서 마지막 숨결을 놓고 싶었다.

하지만 그 전에 한 가지, 해야 할 일이 있었다. 알 수 없는 친애감으로 자신의 마음을 사로잡고 만 저 아이, 형인 태자에게 쫓기다 언젠가는 덫에 걸린 한 마리 산짐승이 되어 포획자의 손에 도륙당하고야 말 운명에 놓여 있는 저 주몽이란 아이를 살리고 싶었다. 금와는 알지 못하리라. 자신의 아들이 한 마리 사나운 승냥이가 되어 지체인 형제를 죽이기 위해 미쳐 날뛰고 있다는 사실을. 더구나 주몽은 금와의 자식이 아닌가. 사정이 어떠하든 저 사나운 짐승의 손길에 주몽을 희생시킬 수는 없는 일이었다.

대체 부여 왕실에서는 무슨 일이 일어났단 말인가. 새삼 해모수는 시간의 광포한 질주, 그 파괴적인 힘에 두려움과 초조함을 느꼈다. 그 이름이 대소라 하였던가. 언젠가 금와의 품속에서 해맑은 웃음을 짓던 갓난아기. 그 순한 눈망울의 어린아이가 아우를 죽이기 위해 자객을 몰고 옥사를 침범하였다…….

아래쪽에서 불어오는 바람에 낯익은 향기가 섞여 있었다. 순간 해모수의 마음이 쿵 소리를 내며 어디론가 빠르게 굴러 떨어지고 머릿속에서 엄청난 빛이 소리를 내면서 폭발하였다. 의식이 하얗게 백화하는 느낌이었다.

가슴 밖으로 튀어나올 듯 뛰는 심장을 가까스로 다스리며 해모수는 가만히 귀를 기울였다. 바위 아래쪽 오솔길의 풀을 밟으며 다가오는 여인의 걸음걸이가 느껴졌다.

언젠가 동굴 옥사에서 한 번 경험한 여인의 향기였다. 그리고 그 뒤를 따르는 젊은 여인의 향기도 전날과 다름없었다.

유화…….

해모수가 이끌리듯 자리에서 몸을 일으켰다.

산길을 오르던 유화의 걸음이 멎었다. 허위단심 산을 오르느라 턱밑까지 차오른 숨결이 한순간 뚝 소리를 내며 멎었다. 유화의 시선이 건너편 언덕을 향했다.

산길이 끝나는 곳에 나지막한 언덕이 있고, 그 뒤로 드넓은 푸른 하늘과 그 한가운데 높이 떠서 맹렬한 빛살을 뿌리는 태양이 있었다. 유화의 눈길이 향하고 있는 곳은 그 언덕과 하늘 사이, 바위 위에 우뚝 선 한 남자의 모습이었다.

흰 저고리 차림에 어지럽게 흘러내린 흰 머리카락이 얼굴을 가린 노인의 모습. 유화가 걸음을 멈춘 채 무언가에 꽁꽁 사로잡힌 태도로 꼼짝 않고 서서 언덕 위의 노인을 바라보았다. 그러자 어느 순간 노인의 모습이 날카로운 불화살이 되어 유화의 심장에 바로 날아와 꽂혔다.

"아!"

유화가 나직한 비명을 올리며 비틀거렸다. 뒤를 따르던 무덕이 놀란 소리를 내며 다가왔다.

"마마, 어인 일이십니까?"

유화가 다시 허둥지둥 언덕을 오르기 시작했다.

주몽으로부터 소식이 끊어진 것이 벌써 여러 날이었다. 동굴 옥사의 그 살벌한 정경이 떠올라 잠시도 마음이 편치 않았다. 그곳에서조차 쫓겨나 대체 어디에 몸을 숨기고 있단 말인가. 그 동굴 옥사를 습격해 아들을 해치려 한 자들은 누구란 말인가. 그러던 차 무송으로부터 주몽이 금성산 옛 다물군의 군영터에 숨어 있다는 말을 들었다.

한달음에 너럭바위에 다다른 유화가 걸음을 멈추고 바위 위의 노인을 뚫어질 듯 바라보았다. 다시 한번 나직한 비명이 그녀의 입에서 흘러나왔다. 유화가 떨리는 음성으로 말했다.

"그대가 정녕 해모수님이십니까?"

노인으로부터는 아무런 대답이 없었다. 여전히 바위 위에 올연히 선 채 먼 하늘을 우러르고 있을 뿐이었다. 유화가 다시 소리쳤다.

"어이하여 대답이 없으십니까? 해모수님이 아니라면 그의 혼백이란 말씀입니까? 설마 이 유화의 목소리를 잊기라도 하셨습니까?"

허공을 향해 있던 해모수의 얼굴이 천천히 유화를 향했다. 슬픈 듯 고통스러운 듯한 표정의 해모수가 나직한 소리로 말했다.

"내 어찌 그대의 목소리를 잊을 리 있겠소, 유화 아가씨. 다만 그대가 바라보는 이 몸이 보이지 않는 혼백이 아님이 한스러울 따름이오."

"아!"

유화가 외마디 비명을 지르며 바닥으로 허물어져 내렸다. 뒤이어 달려온 무덕이 그런 유화를 받아 안았다.

유화와 해모수가 바위 위에 조용히 앉아 있었다. 보이지 않는 슬픔과 번뇌와 고통의 안개가 그들을 두텁게 감싸고 있었다. 한동안의 침묵이 지나간 뒤 유화가 울음을 견디는 듯한 목소리로 말했다.

"참으로 무섭고 끔찍한 일이군요. 누가 그런 참혹한 일을 저질렀단 말입니까? 살아 있는 사람을 20여 년 동안 빛 한 점 들지 않는 형옥에 가두어두다니……."

"……."

"아마도 선대왕 해부루와 부득불, 신녀 여미을이 공모하여 꾸민 짓일 것입니다. 옛날 해모수 장군님을 거짓 계략으로 유인하여 양정에게 넘긴 것도 필시 그들일 것이구요."

"이제 와서 그 일을 따지는 것이 무슨 의미가 있겠소. 나 자신 지난 일들로 인한 모든 은원을 벗어버린 지 오래입니다."

"하지만 장군님께서 당하신 그 고초가 너무나 원통합니다. 20여 년이라니요, 그 참혹한 곳에서……."

"그들 또한 사사로운 뜻에서가 아니라 나라를 위한 충정으로 그리한 것이니, 새삼 누구를 원망하고 누구를 미워하겠소. 다만 나의 분별없는 어리석음이 다물군의 장한 대의를 무너뜨리고 사랑하는 여인에게 고통을 주었소. 마땅히 죄를 받고 용서를 빌어야 할 사람은 이 몸이오."

"장군님…… 장군님께서 현토성에서 양정에게 모진 고형을 당하실 때 저는 장군님의 생명을 잉태하고 있었습니다."

유화의 나직한 목소리가 천둥처럼 해모수를 쳤다. 깊은 회한에 젖어 있던 해모수가 놀라 소리치듯 말했다.

"그것이 무슨 말씀이시오, 유화 아가씨!"

"장군님께서 금와 태자와 함께 한의 철기군에 쫓기다 마침내 목숨을 잃으셨다는 소식을 듣고도 한 많은 목숨을 버리지 못한 것은 오직 몸속의 새로운 생명 때문이었습니다. 그리고 저는 부여의 궁에서 아이를 낳았습니다. 아이의 이름은 주몽이라 하였습니다."

순간, 거칠던 해모수의 숨결이 멎었다. 엄청난 충격을 이기지 못하는 듯 온몸이 와들와들 떨리고 있었다.

"주, 주몽이 나의 아들이란 말이오……?"

"그렇습니다, 장군님. 장군님을 꼭 닮은 아이입니다. 청수한 용모와 따뜻하고 다정한 심성이 모두 장군님을 그대로 닮았습니다."

"오……."

해모수가 크나큰 충격을 이기지 못한 듯 얼굴을 들어 하늘을 우러렀다. 동공을 잃은 두 눈에서 눈물이 흘러 볼을 적셨다.

"주몽이…… 주몽이 나의 아들이라니……."

"그 아인 지금 어디에 있습니까?"

"아침에 약초를 캐러 산으로 들어갔소. 괴한들이 옥사에 난입해 벌인 검화를 겪은 후 나와 함께 이곳에서 지내고 있었소. 그 아이가 내 목숨을 살렸소."

"오……."

핏줄을 향한 놀라운 신의 섭리에 유화는 할 말을 잃었다. 유화가 손을 내밀어 해모수의 얼굴에서 흐르는 눈물을 씻어주었다.

"장군님! 주몽이 오면 저와 함께 산을 내려가시지요. 그 아이에게 모든 사실을 말하겠습니다. 그리고 이제는 저와 주몽이 장군님을 모실 것입니다. 그간 장군님께서 당하신 고초를 모두 잊으실 수 있도록 하겠습니다."

"그건 아니 되오!"

해모수가 단호한 음성으로 말했다. 유화가 놀란 눈으로 해모수를 돌아보았다.

"……."

"그 아이에게 내가 자신의 아비란 걸 말하면 아니 되오. 그 아이에게는 아버지가 필요하오."

"장군님이 그 아이의 아버지십니다. 자랑스러운 동이의 영웅, 해모수 장군이 바로 그 아이의 아버지입니다. 그런데 어찌 그런 말씀을 하십니까?"

해모수가 천천히 고개를 저었다.

"하지만 이제는 천하를 유리걸식해야 할 처지에 놓인 눈먼 늙은이일 뿐이오. 주몽의 아버지는 부여국의 대왕인 금와요. 처음부터 그랬고 앞으로도 그럴 것이오."

"당치 않습니다. 어찌 천륜을 버리라 하십니까?"

"주몽이 금와의 아들이어야 하는 까닭이 더 있소. 만약 그렇지 않다면 그 아이는 목숨이 위태로워진다오."

"그게 무슨 말씀이십니까?"

"이제 나는 떠날 것이오. 떠나서 다시는 부여 땅에 걸음을 들이지 않을 것이오. 아가씨께서도 이제 영원히 이 몸을 잊어야 하오."

유화가 안타깝게 소리쳤다.

"그럴 순 없습니다. 처음부터 그랬듯이 지금도 저는 장군님의 여인입니다. 단 한순간도 그렇지 않은 때가 없었습니다."

"하지만 이제는 아니오. 그래야 하오. 난 이미 모든 것을 잊었소. 아가씨도, 주몽도, 금와도…… 두 눈을 잃어버린 그때, 모든 사랑의 기억도 함께 잊었소. 아가씨가 기억하는 해모수는 이미 20여 년 전에 죽었소. 지금 아가씨 앞에 앉아 있는 것은 그의 희미한 그림자, 어리석은 자의 영혼이 지상을 떠나기 전 잠시 석화처럼 번득인 존재의 그림자일 뿐이오."

"장군님……."

유화의 눈에서 걷잡을 수 없는 눈물이 쏟아져 흐르고 있었다.

"이 몸은 이제 곧 햇살 아래 안개가 되어 스러질 것이오. 그리하여 천지간 어디에도 그 자취를 찾을 길이 바이없는 존재가 될 것이오. 그러니 부디 아가씨도 이 몸을 잊도록 하시오."

"안 됩니다, 장군님! 그럴 수는 없습니다!"

유화가 비명과도 같은 소리를 지르며 해모수의 가슴으로 무너져내렸다.

해모수의 죽음

교교한 달빛이 적연하게 깊어가는 밤을 비추는 이경 무렵, 유화가 대전 금와의 침전을 찾았다. 홀로 주안을 마주한 채 술잔을 들던 금와가 반가운 얼굴로 유화를 맞았다.

"부인, 이 야심한 시각에 어인 일이시오?"

조용한 걸음으로 맞은편에 다가와 앉는 유화의 얼굴이 전에 없이 희고 아름다워 보였다. 유화가 조용한 음성으로 말했다.

"폐하, 제가 술잔을 올리겠습니다."

"허허허! 그러고 보니 내 오늘 조갈이 든 듯 별나게 술이 당긴 까닭이 이렇게 부인의 술잔을 받으려고 그랬던가 보오."

유화가 따라준 술을 들이켠 금와가 우정 성글거리는 웃음을 지으며 말했다. 서너 잔의 술을 마실 때까지 유화는 별다른 말이 없었다. 금와 또한 달리 말을 내지 않았다.

빠르게 들이켠 술이 금와의 가슴속에서 불을 일으키듯 마음을 뜨겁게 덥히기 시작했다. 유화…… 얼마나 그리운 이름이며 얼마나 그리운 모습인가.

이렇게 가까운 곳에서 그녀를 바라보고 있어도 금와는 언제나 유화가 그리웠다. 그녀는 부여국의 제2황후, 자신의 아내. 때때로 그녀와 함께 궁실의 일을 상의하고 때때로 그녀와 함께 나라의 일을 걱정했다. 하지만 금와는 알고 있었다. 이미 오랜 세월 그렇게 가까운 곳에서 자신의 아내로 존재하고 있었지만 단 한순간도 그녀가 온전히 자신의 여인이 아니었음을. 가장 현숙하고 가장 순종적인 모습으로 자신의 곁을 지키고 있지만 그녀의 마음은 자신을 향해 있지 않다는 것을. 자신이 바라보는 것은 언제나 텅 빈 허깨비였다.

그녀는 자신을 향해 웃음을 짓고 있었지만 단 한순간도 진심으로 기뻐하고 진심으로 행복해한 적이 없었다. 단 한 번이라도 그녀가 진실로 행복해하는 모습을 볼 수만 있다면 자신의 가장 소중한 것을 버려도 좋다고 다짐한 적이 얼마나 여러 번이었던가.

언젠가, 그녀를 향해 불타오르는 열망을 술기운에 실어 그녀를 안으려 한 적이 있었다. 자신의 열정에 찬 뜨거운 포옹과 거친 숨결을 유화는 어떤 거부의 몸짓도 없이 조용히 받아들였다. 하지만 이내 금와는 그녀의 부드러운 몸에서 얼음처럼 차고 단단한 거부의 뜻을 읽었다. 자신의 격정에 떨리는 사랑의 밀어와 손길에 유화는 말없이 감은 눈과 그 눈에서 흘러내리는 수정 덩어리 같은 굵은 눈물로 답했다. 금와는 그녀의 온 정신이, 온 피톨 하나하나가 자신을 강하게 거부하고 있다는 섬뜩한 진실을 뼈저리게 깨달았다. 아…… 그날의 그 참혹했던 절망감이라니…….

조용한 모습으로 앉아 있던 유화가 이윽고 입을 열었다.

"폐하께 한 가지 소청을 드릴까 합니다."

"무엇인지 말해보시오."

공연히 가슴을 두드리는 불안감을 억누르며 금와가 말했다. 오늘 밤 유화의 유난히 희고 아름다워 보이는 얼굴이 어떤 긴장감 때문이란 사실을 금와는 비로소 깨달았다.

"궁을 떠날까 합니다. 허락하여주시길 바랍니다."

갑작스러운 충격에 금와의 몸이 순간 크게 흔들렸다. 경직된 침묵이 침전을 감쌌다. 들고 있던 술잔을 천천히 내려놓은 뒤 금와가 말했다.

"궁을 떠나겠다고 하였소?"

유화가 술병을 들어 빈 술잔을 다시 채운 뒤 말했다.

"그렇습니다, 폐하. 그동안 저와 주몽, 두 모자를 거두어주신 은혜는 삼생을 거듭한다 하여도 다 갚지 못할 것입니다. 그 은혜에 감사드립니다. 하지만 이제 저희 모자, 폐하의 곁을 떠날까 합니다."

"그 까닭이 무엇이오?"

"……."

"내 곁을 떠나려는 까닭이 무엇인지 말해보시오. 그렇지 않으면 결코 그대를 보내지 않을 것이오!"

"해모수님이 살아 계십니다!"

금와의 손에서 떨어진 술잔이 깨어지는 소리가 침전을 울렸다. 이어 금와의 경악에 찬 음성이 침전을 가득 채웠다.

"다시 말해보시오! 해모수가 살아 있다 하였소?"

"그렇습니다, 폐하."

"무슨 말인지 나는 알지 못하겠소. 해모수는 그때 내 앞에서 천길 계곡 아래로 떨어져 죽었소."

"해모수 장군님은 살아 계십니다. 오늘 그분을 만났습니다."

"……해모수를 만났다 하였소?"

"예."

불을 뿜는 듯한 눈길로 말없이 유화를 노려보던 금와가 다시 입을 열어 말했다.

"대체 무슨 일이 있었는지, 내가 모르는 것이 있다면 말해보시오! 하나도 남김없이."

말끔히 취기가 가신 목소리였다. 유화가 새 잔에 다시 술을 채운 뒤 조용한 소리로 말했다.

"그때 상한 몸으로 계곡에 떨어진 해모수 장군은 목숨을 잃지 않으셨습니다. 하지만 어떻게 알고 왔는지 달려온 부여의 군사들에게 사로잡힌 몸이 되었습니다. 그리고 곧 누군가의 손에 의해 금성산 깊은 곳에 있는 동굴 옥사에 갇혔습니다."

"동굴 옥사? 금성산에 그런 곳이 있다는 말을 들은 적이 없소."

"그곳에서 장군은 20여 년을 갇혀 지냈습니다. 빛 한 점 들지 않는 무덤 속 같은 곳에서, 짐승의 먹이보다 조악한 음식과 한겨울의 추위를 헐벗은 몸으로 견디며……."

새삼 서러움이 북받쳐 오르는 듯 유화의 눈에서 눈물이 흘러내렸다. 그런 유화를 지켜보던 금와가 의혹이 서린 목소리로 말했다.

"그 말이 사실이라면, 누가 그런 참혹한 짓을 하였단 말이오. 과인도 모르는 일을……."

"장군께서도 그에 대해선 아는 바가 없다고 하였습니다. 하지만 따지자면 누가 그런 짓을 저질렀는지 짐작하지 못할 바도 아닌 듯합니다."

"으음…… 지금도 해모수가 그 동굴 옥사에 갇혀 있소?"

"지금은 곡절이 있어 금성산 옛 다물군의 군영이 있던 곳에 몸을 숨기고 계십니다. 하지만 장군께서는 곧 부여를 떠나실 것입니다. 저와 주몽이 장군의 여생을 보살펴드리고자 합니다."

해모수가 살아 있다니…… 꿈속에서나마 다시 한번 보기를 소원하였던 그리운 옛 벗이 살아 있다니…… 하지만 지금, 그토록 그리워한 벗이 살아 있음을 들은 지금, 그에 대한 반가움과 기쁨보다 알 수 없는 상실감과 두려움이 먼저 마음 한구석을 채우며 차오르고 있음은 무슨 까닭인가. 아, 나는 어찌하여 이토록 비속하고 간악한 인간인 것인가.

무엇이 무엇인지 알 수 없는 심정이 되어 금와는 허공을 향해 고개를 들었다. 해모수가 살아 있다…… 그렇다면 해모수와 유화, 그리고 나, 우리 세 사람의 운명은 장차 어디로 흘러갈 것인가.

금와의 창백한 얼굴 아래로 깊은 우울과 슬픔이 무겁게 드리워져 있었다. 금와가 입을 열어 잠긴 듯 무거운 소리로 말했다.

"내일 해모수를 만나겠소. 부인께서 날 안내해주시오."

◆ ◆ ◆

이튿날은 빨아 말린 듯 밝고 깨끗한 햇살이 온 누리에 가득한 맑은 가을날이었다. 아침을 먹고 난 해모수가 주몽을 불렀다.

"주몽아, 지금 곧 도성 저자에 가서 잘 드는 호미 한 자루와 소채 씨앗을 구해 오너라. 내일은 뒤곁에 채전을 일궈볼 생각이다."

"지금 곧 말씀이십니까?"

"그렇다. 무술 수련은 오후로 미룰 터이니 서두르지 말고 다녀오도록 하여라."

상을 물리고 짚신에 단단히 감발을 한 주몽이 해모수 앞에 고했다.

"스승님, 다녀오겠습니다."

주몽이 읍을 하고 돌아섰다. 순간, 짐작하지 못했던 슬픔이 해모수의 가슴을 쳤다. 해모수가 나직한 소리로 주몽을 불렀다.

"주몽아!"

"예, 스승님."

"……산길을 조심해서 다녀오도록 하여라."

"하하하! 스승님, 저도 이제는 반은 산사람입니다. 염려 마십시오. 오는 길에 과일이 나온 게 있으면 사오겠습니다."

"……주몽아. 덕이 있고 뜻이 높은 사람은 결코 외롭지 않은 법이다. 앞으로 어떤 어려움이 있더라도 참고 견뎌야 하느니라. 그러면 반드시 좋은 날이 있을 것이니……."

"예……."

"하늘을 나는 용도 구름이나 안개를 타기 전에는 이무기와 다를 바가 없다. 만물은 때가 이르러서야 비로소 타고난 자질을 세상에 드러내 보이는 법이다. 장차 너의 뜻을 펼 날이 반드시 올 것이니, 그때까지 참고 힘써 노력하여라."

"스승님……."

"무엇보다 뜻을 크게 세워야 한다. 작은 주머니에는 큰 것을 넣을 수 없고, 짧은 두레박줄로는 깊은 우물물을 퍼 올릴 수가 없다. 부디 큰 뜻을 세워 이 세상과 백성들에게 큰 덕이 될 위업을 쌓도록 하여라.

네가 지성으로 노력한다면 동이의 거룩한 신들이 너를 가호할 것이다."

"하하하……."

주몽이 익살스러운 웃음을 터뜨렸다.

"스승님. 이러다간 해 전에 산을 내려가지 못하겠습니다. 나머지 말씀은 다녀와서 듣도록 하겠습니다."

"주몽아……."

"그럼 다녀오겠습니다, 스승님."

주몽이 한 마리 건강한 사슴처럼 성큼성큼 걸음을 옮겨 산을 내려가기 시작했다.

'신들이 너를 가호할 것이다. 부디 자중하고 정진하여 큰 뜻을 이루도록 하여라……'

해모수의 안타까운 마음이 주몽을 불렀다. 한 번도 소리 내어 말하지 못한 아비의 사랑이 애절하게 주몽을 부르고 있었다.

지난밤 해모수는 오래 잠들지 못하고 잠든 주몽의 머리맡을 지켰다. 깊은 밤의 적요 속에 평화롭게 들려오는 주몽의 고른 숨소리를 들으며 해모수는 벅차오르는 감격을 주체할 수 없었다.

'이 아이…… 이 아이가 내 아들이라니. 이토록 다정하고 선량하고 건강한 영혼을 가진 젊은이가 내 아들이라니…… 아아…….'

해모수는 이제껏 한 번도 느껴보지 못한 육친에 대한 정에 손끝이 저리는 듯한 기쁨과 행복을 경험했다. 하지만 그것은 곧 그와 똑같은 양의 슬픔과 고통이 되어 그의 가슴을 두드렸다.

사방을 가득 채운 어둠이, 어둠 속을 흐르는 여린 바람이, 원근을 짐작할 수 없는 밤새의 울음소리가 온통 행복과 기쁨, 우수와 슬픔이 뒤

섞인 외침이 되어 자신의 주위를 맴돌았다. 그 순간 그는 가장 높은 곳에 있었으며, 또한 가장 낮은 곳에 있었다. 그는 행복하였으며 또한 비참하였다.

해모수는 아들의 얼굴을 보지 못하는 자신의 눈을 처음으로 맹렬히 저주했다. 그는 손을 내밀어 잠든 주몽의 얼굴을 어루만졌다.

아들의 눈과 코, 입과 부드러운 살결이 눈에 보일 듯 뚜렷이 느껴졌다. 아, 얼마나 건강하고 얼마나 준수한 아이인가. 손을 움직일 때마다 손끝을 통해 아들의 존재가, 귀한 생명의 신비로운 존재감이 온몸으로 물밀듯 밀려들었다.

자신도 모르게 흘러내린 눈물이 자신의 손등 위로 떨어졌다. 그는 황급히 손길을 거두어 어둠 속으로 물러앉았다. 그리고 밤의 한켠에 조용히 앉아 새벽이 오도록 아들의 평온한 숨소리를 들었다.

주몽이 산을 내려가자 해모수는 거처로 삼은 군막으로 들어가 간단하게 행장을 꾸렸다. 짚신 몇 짝이 든 보퉁이를 등에 지고 명아주나무를 깎아 만든 지팡이를 찾아 들었다. 그리고 환도를 허리에 찼다.

공터를 벗어난 해모수가 보이지 않는 눈길을 돌려 군막을 바라본 뒤 숲을 향해 걸어갔다.

◆ ◆ ◆

금와는 오지 않았다.

해모수는 낮은 관목과 풀들이 뒤섞여 자라고 있는 평평한 구릉이 한눈에 내려다보이는 바위 위에 서서 금와를 기다렸다. 구릉은 그 옛날 다물군이 산야전을 훈련하던 곳이고 그가 올라선 바위는 장대將臺

였다. 많은 세월이 흐르고, 많은 것이 흩어지고 사라져갔지만, 지금 해모수의 귀에는 구릉을 내달리던 다물군의 함성이 들리는 듯했다. 세월은 가고 모든 풍경은 추억의 안개 너머로 사라진다. 세월은 가고 모든 추억도 망각의 안개 너머로 사라진다. 하지만 그럼에도 결코 사라지지 않는 것은 피 끓는 동포애로 다물의 대의를 함께 좇았던 그날의 동지들에 대한 기억이었다.

아, 피붙이같이 사랑하였던 그 의로운 젊은이들…… 그들은 지금 모두 어디로 갔는가.

금와는 오지 않았다. 해모수는 다시 손을 내밀어 손바닥에 내려앉은 햇살의 무게를 가늠했다. 짧지 않은 시간이 어느새 흐르는 바람처럼 자신을 스쳐 지나갔다. 시각은 어언 신시를 넘어서고 있었다. 아마도 금와는 오지 않을 것이다.

주몽이 부여의 도성에 주재하는 지방 군장의 계서 속에 넣어 보냈다는 자신의 죽간은 전해지지 않았다. 금와가 자신을 잊었으리라고는 생각지 않았다. 강물이 하늘로 흐르고 산악이 계곡 속으로 모습을 감춘다 하여도 그런 일은 결코 없으리라.

아까부터 해모수는 무언가가 자신의 신경을 건드리고 있다고 생각했다. 불쾌한 기억처럼, 기분 나쁜 예감처럼, 무언가가 자신의 마음속에서 툭툭 발길질을 해오고 있었다. 하지만 그것이 무엇인지는 명확히 알 수 없었다.

해모수는 허공을 향해 귀를 기울였다. 들리는 것이라곤 그저 텅 빈 허공을 가로질러가는 바람 소리뿐이었다. 무얼까, 신경을 건드리는 이 기분 나쁜 느낌은…….

조금씩 가슴이 조여오는 느낌이 들었다. 주위를 둘러싼 사물이 일제히 눈을 부릅떠 자신을 응시하고 있는 것 같았다. 흙 위를 기어가는 말개미처럼, 땅 속을 뻗어가는 나무뿌리처럼 무언가가 자신을 향해 다가오고 있다는 생각이 들었다.

아래편 구릉을 타고 올라온 바람 속에 수상한 냄새가 섞여 있었다. 바람은 자신이 지나온 땅 위의 온갖 냄새를 품고 있었다. 대자연의 살갗인 흙과 풀과 나무둥치와 잎사귀…… 그 바람 속에 비릿한 쇳내와 인간의 땀내가 범벅처럼 뒤섞여 있었다.

해모수는 손을 뻗어 허리에 찬 환도의 손잡이를 움켜잡았다. 그리고 온 산이 울리도록 크게 소리쳤다.

"웬 놈들이냐! 쥐새끼처럼 숨어 있지만 말고 썩 나서거라!"

순간, 허공을 지나는 바람조차 걸음을 멈춘 듯 무거운 침묵이 온 산을 사로잡았다. 그 속으로 발자국 소리가 천천히 다가오더니 젊은 사내의 목소리가 들렸다.

"하하하…… 늙은이가 생각보다 귀가 밝구나. 해모수! 천하의 다시없는 영웅을 이렇게 대하니 감개무량하기 그지없소. 이곳에서 그대를 기다린 지 오래요."

"그대는 대소인가?"

상대가 놀란 듯 잠시 말을 삼켰다. 의혹에 찬 음성이 해모수를 향해 날아왔다.

"어떻게 나를 아시오?"

어떻게 나를 아느냐고? 해모수는 순간 가슴 한 곳이 날카로운 칼날에 베인 듯한 고통과 슬픔을 느꼈다.

대소…… 금와와 더불어 우리 모두에게 커다란 기쁨이었던 아이.

그가 태어나던 날 그들은 조선의 유민을 구출하기 위해 현토성 인근의 명적산 진채에 머물고 있었다. 한의 경사로 압송되어가는 조선 유민 1백여 인을 구출하여 진채에 돌아온 날, 부여국 태자의 장자가 태어났다는 소식이 날아들었다. 그날 밤, 만월이 산 곳곳을 환히 밝힌 그 밤에 다물군의 진채에서는 그전에도 없었고 그후에도 없었던 흥성한 잔치가 벌어졌다. 금와와 자신, 백선인, 추선인, 그리고 그 선량하고 용맹스럽던 다물의 용사들이 모두 한마음이 되어 기뻐하고 축하했다…….

그 아이…… 그 무상의 축복과 사랑을 받은 그 아이가 이제 자신의 아우에 더하여 나를 죽이기 위해 이렇게 앞에 서 있다. 무엇이 잘못되었단 말인가. 무엇이 그 연약한 어린 생명을 이렇게 무서운 인간 도살자로 만들었단 말인가.

"아무려나, 영웅께서 보잘것없는 나를 알아주시니 영광스럽기 그지없소. 하지만 해모수 장군! 우리 부여는 더 이상 영웅을 원하지 않소. 그대의 시대는 전란과 불안과 혼란의 시대, 이제 당신의 역할은 끝이 났소. 당신의 시대를 끝내기 위해 내가 왔소!"

대소가 놀랄 만큼 거침없는 소리로 말했다. 해모수의 얼굴에 잔잔한 미소가 내비쳤다.

"그대의 말이 옳다. 나의 시대는 지난 봄밤을 적신 낙화처럼, 저 나뭇가지를 흔든 바람처럼, 번쩍이는 빛으로 이마를 때리고 사라져간 현기증처럼 지나갔다. 그렇게 모든 옛것은 지나가고 세상은 언제나 새로운 자들의 것이니 이제는 그대의 시대. 그대의 정의로 나를 심판하라!"

온 산을 울릴 듯한 대소의 우렁찬 웃음소리가 해모수의 귓전을 때렸다.

그와 함께 바람의 흐름을 가로막으며 형체를 짐작할 수 없는 거대한 괴물이 서서히 몸을 일으키고 있었다. 이제 대소의 명령이 떨어지기만 하면 이 괴물은 가장 잔인한 이빨과 발톱으로 자신을 공격할 것이다. 그것은 갑주와 방패와 단창과 환두대도로 무장한 정병의 무리였다. 그 무리가 아래쪽 구릉에서부터, 등 뒤의 가문비나무 숲으로부터 겹겹이 벽을 쌓은 채 소리 없이 다가오고 있었다.

해모수는 다시 한번 환도 손잡이를 단단히 거머잡았다. 그는 이곳이 자신의 마지막 전장이 되리란 사실을 깨달았다. 이곳은 이승과 저승의 경계선. 아마도 자신은 다시 살아 이승의 경계를 넘지 못하리라. 하지만 무섭거나 두렵지는 않았다. 해모수는 주몽과 유화를 떠올렸다. 사랑하는 사람들을 가슴에 안고 죽을 수 있는 사람은 얼마나 행복한가. 그는 자신에게 그런 행복을 허락한 신에게 감사했다.

해모수가 천천히 환도를 뽑아 허공을 겨누었다. 그리고 사나운 괴물이 다가오기를 조용히 기다렸다.

◆ ◆ ◆

군막은 비어 있었다.

금성산 옛 다물군의 군영에 당도한 금와가 말고삐를 당겨 잡은 채 말없이 눈앞의 풍경을 바라보았다. 허물어져가는 군막, 마구간과 건초 창고의 잔해, 옛 연무장으로 쓰이던 너른 공터, 그 주위를 시립하듯 둘러선 가문비나무숲…….

천천히 말에서 내려선 금와가 군막을 향해 다가갔다. 그 뒤를 무장한 흑치 장군이 따랐다.

군막을 돌아나온 금와가 걸음을 옮겨 공터 한가운데에 섰다. 그리고 다시 찬찬히 주변의 풍경을 더듬기 시작했다. 그런 그의 눈길 속에 주체하기 어려운 감격과 감회가 드러나 보였다.

그의 눈길이 닿은 어디에도 해모수의 모습은 보이지 않았다.

한참을 말없이 주변의 사물들을 살피던 금와가 문득 커다란 목소리로 고함을 질렀다.

"해모수! 어디에 있는가!"

곧 우렁우렁한 메아리가 되돌아왔다. 다시 금와가 소리쳤다.

"날세! 자네의 옛 벗 금와가 왔네. 어서 나타나 이 벗을 맞아야 할 것이 아닌가, 해모수!"

하지만 돌아오는 것은 공허한 메아리와 이어지는 괴괴한 정적뿐이었다. 하지만 금와는 그치지 않고 거듭 허공을 향해 소리쳤다.

"해모수! 어서 당장 이리 나오게! 그렇지 않으면 내가 용서하지 않겠네. 자넨 20년 동안이나 나를 버린 나쁜 친구야!"

금와의 목소리에 물기가 묻어나고 있었다. 그런 금와를 아직도 마상에 올라앉은 유화가 불안한 눈길로 지켜보고 있었다.

잠시 뒤 말에서 내린 유화가 금와에게 다가가 물었다.

"어찌하여 그분이 보이지 않습니까? 어디로 갔을까요?"

금와가 대답했다.

"걱정 마시오. 잠시 자리를 비운 모양이오. 여기서 기다리면 곧 나타날 것이오."

평상에 앉아 있는 그들의 앞으로 발뒤꿈치를 든 시간이 조용히 지나갔다. 지나치게 느린 걸음이었다. 한 시각이 지나도록 해모수는 나타나지 않았다. 유화의 불안은 더 커져갔다.

"어쩐 일일까요? 그분에게 무슨 일이 있었던 걸까요?"

말없이 자리에서 일어선 금와가 자신의 말에 뛰어올랐다. 유화가 다가가 물었다.

"어딜 가려 하십니까?"

"그를 찾아보아야겠소. 한 군데 생각나는 곳이 있소."

힘껏 말고삐를 감아쥔 금와가 등자로 말의 옆구리를 걷어차며 숲을 향해 달려갔다.

그것은 찢긴 누더기처럼 구릉의 이곳저곳에 널려 있었다. 단숨에 말을 달려 구릉을 오른 금와의 시선이 그것을 발견했다. 눈부시도록 밝은 햇살 아래, 흰 옷과 사방을 물들인 붉은 핏빛이 너무나 선연한 대비를 이루며 금와의 시선 속으로 달려들었다. 거칠게 말을 몰아간 금와가 바닥으로 뛰어내렸다.

"오……."

그것은 목이 잘리고 사지가 찢긴 해모수의 시신이었다. 아니, 해체되어 버려진 의미 없는 살덩이의 잔해였다. 그것이 한때 사람의 형상을 이루었던 지체란 사실을 짐작하기 어려운 모습이었다.

"오, 어떻게 이런 일이……."

무수한 창과 칼날에 훼손된 해모수의 육신이 구릉 곳곳에 짐승의 먹이처럼 버려져 있었고, 몸에서 흘러내린 피가 푸른 풀밭을 검붉게 물들이고 있었다. 먼지 한 점 무게만큼의 현실감도 없는 눈앞의 광경을 금와는 넋을 잃은 채 망연히 바라보았다.

잠시 후 말을 달려 뒤따라온 유화가 금와의 곁으로 다가왔다. 금와가 몸을 돌려 그런 유화를 막으려 했다. 하지만 이미 늦은 뒤였다.

"아악!"

한 마디 날카로운 비명을 터뜨린 유화가 빈 자루처럼 바닥으로 허물어져 내리고 있었다.

◆ ◆ ◆

"어서 말해보시오! 그 참혹한 일을 저지른 것이 정녕 그대들이란 말이오?"

"그렇습니다, 폐하!"

"이, 이런…… 죽일 자들 같으니! 대체 어찌하여 그런 몹쓸 짓을 저질렀단 말이오? 해모수가 대체 무슨 중한 죄를 지었기에 그 모진 악형을 치러야 했단 말이오!"

금와의 노한 음성이 편전의 기둥을 쩌렁쩌렁 울렸다. 불을 뿜는 듯한 눈길이 부복한 부득불과 여미을을 집어삼킬 듯 노려보고 있었다.

"해모수는 더러운 한의 사냥개인 양정에게 모진 혹형을 당해 두 눈을 잃고 죽어가는 몸이었소. 그런 그에게…… 그대들이 한 짓은 가장 비열하고 잔인한 짓이었소. 내 그대들을 결단코 용서치 않을 것이오!"

"폐하!"

부득불이 일어나 절하고 다시 부복했다. 이어 그의 고하는 소리가 조용히 편전을 울렸다.

"신 대사자 부득불, 폐하께서 어떤 벌을 내리시든 그 죄를 달게 받을 것입니다. 하오나, 폐하! 만약 신에게 다시 한번 그런 일이 일어난다면 신은 주저치 않고 다시금 그 일을 행할 것입니다. 그것이 곧 이 나라 부여의 왕실과 사직, 백성을 위한 길이란 걸 믿기 때문입니다."

"닥치시오, 대사자! 해모수는 동이의 모든 백성들이 추앙한 의로운 지도자요 영웅이었소. 그런 그를 대체 무슨 연유로 무덤 속 같은 굴혈에 가두어 20여 년이나 짐승처럼 사육하였단 말이오! 그것도 국왕인 나를 속이고서!"

금와가 분노를 참지 못하고 용상에서 몸을 일으켜 편전 바닥으로 내려섰다. 그의 온몸이 바람을 맞은 사시나무처럼 떨리고 있었다. 부득불의 낮고 담담한 목소리가 뒤를 이었다.

"폐하! 해모수 장군은 정의롭고 영용한 인물로 동이가 낳은 불세출의 영웅입니다. 신이 어찌 그것을 모르겠습니까. 하지만 한 인물의 위대함이 모든 시대 모든 땅에서 공의로운 것은 아닙니다. 그는 잃어버린 나라 조선의 자식이었지, 우리 부여의 자식은 아니었습니다. 그가 내세운 다물의 기치는 비록 청사에 높이 기록될 만큼 아름다운 것이었으나, 이는 그와 그의 나라인 조선의 대의일 뿐 우리 부여의 것은 아니었습니다. 신은 부여를 위해 그를 세상에서 격리하였습니다. 만약 그리하지 않았더라면 우리 부여는 전란의 모진 풍랑 속에 빠져들었을 것이며, 오늘의 부여는 존재치도 않을 것입니다."

"그만하지 못하겠소, 대사자! 백성의 뜻은 곧 하늘의 뜻이오. 이 땅의 많은 백성들이 그와 뜻을 함께하고 그를 따랐소. 이는 곧 그가 하늘의 뜻을 좇아 행한 자란 것을 뜻하는 것이오. 어찌 교묘한 궤언으로 자신의 악행을 엎으려 하시오!"

"폐하! 하늘의 뜻을 행하는 것이 백성이나, 또한 악마의 흉계를 앞장서 행하는 것도 백성입니다. 사전史傳의 모든 흉난과 모역에는 사악하고 간특한 자의 선동과 이를 추종하는 어리석은 백성들이 있었습니다. 해모수와 그를 따르는 무리들이 이와 다르지 않았음을 어찌 모르십니까!"

"당장 그치지 못하겠소, 대사자! 다시 한번 해모수를 모욕하는 말을 입에 담는다면 내 그대를 용서치 않을 것이오!"

"폐하!"

묵묵히 금와와 부득불의 말을 듣고 있던 여미을이 부복하고 입을 열었다.

"폐하께서는 신 여미을의 충정을 가긍하게 여기시어 어리석은 말을 허락하여주시길 바랍니다. 청천백일 같은 밝은 절의도 어떤 이들에게는 엄청난 재앙이 될 수 있습니다. 옛날 악의樂毅* 의 무공과 충성은 청사에 아로새길 만큼 수절하였으나 제齊나라에는 망국의 재앙을 가져왔습니다. 또한 제나라 관중管仲** 의 지혜는 사해를 아우를 만큼 뛰어났으나 원근 30개국에는 또한 망국의 재앙이었습니다. 해모수 장군의 뜻이 비록 밝고 아름다웠다 하나 우리 부여에는 재앙이 되었으리라는 대사자의 말씀은 결코 사리에 어긋난 말이 아닙니다."

"……."

"폐하. 해모수 장군은 우리 부여와는 얼음과 숯불, 병과 약같이 상극인 인물이었습니다. 한쪽이 승하면 한쪽이 약하고, 한쪽이 성하면 한쪽이 쇠할 수밖에 없는 관계였습니다. 그 기운을 가두지 않고는 우리 부여의 번성을 꾀할 수가 없었습니다."

지친 듯 용상에 기대 앉아 가만히 눈을 감고 있던 금와가 손을 내저으며 말했다.

---

* 악의 : 중국 전국시대 연나라의 무장. 뛰어난 무용으로 당대의 강대국이던 제나라를 토벌하였다.

** 관중 : 춘추시대 제나라의 재상. 뛰어난 지혜로 제나라의 부국강병에 크게 기여했다. '관포지교' 의 주인공으로 유명하다.

"터무니없는 소리로 날 기만하려 들지 마시오. 그대들은 죄 없는 사람을 죽인 살인자들이오! 살인자들……."

"……."

"내가 묻는 말에 사실대로 답하시오. 해모수를 가둔 것도 그대들이고 죽인 것도 그대들이오?"

여미을이 답했다.

"제가 천문을 읽던 중 해모수 장군이 살아 있음을 알고 군사를 보내 해모수 장군을 가두었습니다. 하지만 그의 죽음에는 간여치 않았습니다. 오늘 해모수 장군의 죽음은 저에게도 뜻밖의 충격이었습니다."

"그러면 대체 누가 그를 죽였단 말이오! 누가 그런 천인공노할 짓을……."

금와가 다시 그 참혹한 정상情狀이 떠오르는 듯 허공을 우러르며 고통스러운 신음을 터뜨렸다. 여미을이 다시 말을 이었다.

"폐하! 정치란 마치 머리를 감는 것과도 같습니다. 머리를 감으면 약간의 머리털이 빠지지만 그로 인해 용모가 아름다워지고 새 머리카락도 나는 것입니다. 해모수 장군의 일은 슬프고 안타까우나 우리 부여를 위해 다행한 일이 아닐 수 없습니다. 폐하께서는 부디……."

"시끄럽소, 더러운 모사꾼들! 더 이상 간교한 말로 나를 속이려 하지 마시오. 내 결단코 그대들을 용서하지 않을 것이오. 그만 물러들 가서 죗값을 기다리시오!"

부득불과 여미을이 물러간 뒤 대장군 흑치가 알현을 청했다. 대왕의 용상을 향해 절을 올린 흑치가 부복하고 아뢰었다.

"대장군 흑치, 폐하의 영을 받들고 왔습니다."

"그래, 대체 어떤 자가 그런 무도하고 참담한 짓을 저질렀는지 알아보았는가?"

"폐하! 해모수 장군께서 화를 당하신 곳을 다시 한번 꼼꼼히 살폈습니다. 하지만 해모수 장군의 훼손된 시신 외에는 모든 것이 말끔히 치워진 상태였습니다. 사방에 흩뿌려진 핏자국으로 보아 습격자들도 적잖이 상했음이 분명합니다."

"으음……."

"그런데 그곳에서 한 물건을 수습하였습니다."

"무엇인가, 그게?"

"이것입니다."

흑치가 올리는 물건을 받아든 금와가 놀란 소리를 냈다.

"이것은 군표軍票가 아닌가?"

손바닥만 한 단풍나무에 산가지를 그려 넣은 그것은 변방에 주둔하는 군대의 장교에게 지급되는 일종의 화폐였다. 그것이 해모수가 죽은 곳에 떨어져 있었다…….

"아니, 이것이 어찌하여 거기에 떨어져 있었단 말인가? 그렇다면 해모수를 해친 자들이 부여의 군병이란 말인가?"

"아직은 알 수 없는 일입니다. 이 군표는 서쪽 국경을 수비하는 북군 지휘 장수들에게 지급된 것입니다. 사람을 보내 이번 일과 연관이 있는지 조사하겠습니다."

"서두르게. 어떤 자들이 저지른 일인지 반드시 밝히도록 하게."

"그리 행하겠습니다, 폐하."

기루에서의 재회

지독한 갈증이 주몽을 죽음과도 같은 잠 속에서 건져올렸다. 눈을 뜨자 이내 엄청난 통증이 이마를 두드렸다. 지독한 두통이었다. 마치 난쟁이들이 머릿속에 자리를 잡고 앉아 작은 망치로 연신 머리통 이곳저곳을 두드려대는 것 같았다.

가까스로 몸을 일으킨 주몽이 주변을 둘러보았다. 어디인가, 대체 이곳은…….

별다른 가구도 없이 휑뎅그렁한 느낌을 주는 방. 조잡한 빛깔의 휘장 너머로 긴 복도가 넘겨다보였다. 낯선 풍경은 아니었다. 어젯밤 술을 마신 기루의 이층 방이 분명했다. 이 기루에 처음 든 날이 언제였던가. 아마도 스승님의 참혹한 시신을 본 그날 밤이었을 것이다.

가까스로 몸을 일으킨 주몽은 자신이 침상 아래 바닥에 떨어져 잠이 들었음을 알았다. 바닥에서 일어서는 순간 아찔한 현기증이 이마를 쳤다. 주몽은 비틀거리며 침상 위에 주저앉았다. 지독한 숙취였다. 그때 침상 위에 벌거벗은 등을 고스란히 드러낸 채 잠들어 있던 젊은 여인이 부스스 눈을 떠 바라보았다.

"어머, 왕자님! 벌써 일어나셨어요?"

장난기가 잔뜩 묻어나는 목소리였다. 그제야 주몽은 어렴풋이 지난 밤의 어지러웠던 술자리를 떠올렸다. 아마도 저 여인은 양옆에 앉아 연신 교태를 부리던 두 작부 가운데 하나이리라. 벌써 여러 날 동안 쉬지 않고 계속된 술자리였다.

전날 밤, 양옆에 끼고 앉은 작부 가운데 하나가 물었다.

"공자님은 대체 뭐하시는 분인데 이렇게 허구한 날 취생몽사 술에 취해 계세요? 뭐, 우리야 좋은 일이지만…… 호호호……."

체머리를 흔들던 주몽이 쉿, 손가락을 입에 갖다 대고는 속삭이듯 말했다.

"이건 비밀인데, 너만 알고 있거라. 실은, 나는 부여의 셋째 왕자이니라."

여인들이 깔깔대며 웃음을 터뜨렸다.

"호호호…… 공자님이 왕자면 나는 부여의 공주겠소, 호호호……."

"예끼 넌! 부여에는 공주가 없다는 것도 모르느냐?"

"없긴 왜 없어요. 나는 폐하가 몰래 낳아서 숨겨둔 공주인 걸요."

"그래 허허허…… 옳거니, 숨겨둔 공주라…… 그렇다면 조심하거라. 너의 정체가 알려지면 대소 왕자가 널 죽이려 들 것이다."

"호호호…… 죽을 때 죽더라도 왕자님 손에 죽으면 더없는 영광이겠소."

"그래? 오냐, 그렇다면 내가 오늘 밤 네년들을 죽여주마."

이러고 질펀한 수작을 벌이며 밤이 새도록 술을 퍼마신 일들이 언뜻언뜻 떠올랐다. 그와 함께 또다시 그 끔찍한 정경이 떠올랐다. 그 구릉 위에 흩뿌려진 핏자국들. 그리고 군막과 구릉을 파수 선 병사가 들려준 그 참혹했던 정상들…… 스승의 시신은 토막 난 살덩이가 되어 구릉 이곳저곳에 뿌려져 있었다고 했다…….

"오……."

두 손으로 머리를 감싸고 흔들어도 두통보다 먼저 스승이 겪었을 그 참혹한 최후가 눈으로 보듯 머릿속에 떠올라 종내 사라지지 않았다.

"공자님! 우는 거예요?"

주섬주섬 옷을 주워 입던 여인이 주몽에게 다가와 어깨에 손을 얹었다. 주몽이 소리쳤다.

"저리 가! 어서 꺼져버려!"

불 맞은 듯 화들짝 놀란 여인이 무어라 투덜거리며 방을 빠져나갔다.

잠시 후, 비틀거리며 자리에서 일어선 주몽이 문가로 걸어갔다. 휘장을 젖히고 밖으로 나서려 할 때 앞을 가로막는 사내들이 있었다.

"형님!"

마리와 협보와 오이였다. 진작부터 문가를 지키고 서 있었던 듯 시무룩한 얼굴의 세 사내가 주몽을 밀며 방 안으로 들어섰다.

"지금 밖으로 나가시면 안 됩니다. 거리에 도치 패거리들이 쫙 깔렸어요. 술이 필요하시면 이곳으로 대령하겠습니다."

"술? 필요하지. 난 술이 필요해. 하지만 난 기루에 나가서 마실 거야. 내가 무엇이 무서워 쥐새끼처럼 여기 숨어서 술을 마셔!"

"형님!"

"제발 정신 좀 차리슈, 형님! 대체 어쩌자고 이러십니까? 정말 도치 놈들에게 목이라도 내놓을 작정이시우?"

마리가 허리춤의 염낭을 뒤져 청동전 몇 닢을 오이에게 건넸다. 술을 사러 내려가는 오이를 바라보며 마리가 투덜거렸다.

"젠장! 상단 일꾼 노릇 하며 번 돈은 고사하고 그동안 야바위하며 모은 돈마저 다 날아가게 생겼네."

게슴츠레한 눈으로 마리와 협보를 바라보던 주몽이 중얼거리듯 말했다.

"마리야, 이젠 너희들도 날 떠나서 늬들 살길을 찾아. 나랑 같이 있으면 너희들도 죽게 돼. 나는 죽음을 몰고 다니는 사람이야."

"무슨 말씀이시우, 형님!"

"스승님이 나 때문에 돌아가셨어. 나 때문에, 스승님이 돌아가셨어. 인간 백정 같은 놈들의 손에 무참히 온몸이 찢겨, 흐흐흐……."

주몽이 울음인지 웃음인지 모를 소리를 내며 어깨를 들썩였다. 눈에서 흘러내린 눈물이 볼을 온통 적시고 있었다. 그때였다.

"추모, 자네 스승님은 자네 때문에 돌아가신 것이 아니야."

그렇게 말하며 휘장 안으로 들어선 것은 무송이었다. 드물게도 멀쩡한 얼굴의 무송이 성큼성큼 걸어와 주몽 곁에 섰다.

"그게 무슨 말씀이세요, 형님!"

"자넨 자네 스승님이 어떤 분인지 아나?"

"……."

그렇게 말하는 무송의 얼굴에 매서운 분노가 어려 있는 것을 주몽은 얼핏 보았다.

"왜 그러세요, 형님? 형님은 스승님이 어떤 분인지 안다는 말씀이시우?"

한결 취기가 가신 얼굴로 주몽이 물었다.

"해모수 장군이란 이름을 들어본 적 있나?"

"해모수?"

주몽은 문득 어느 해 가을 도성 거리에서 한 노인이 자신의 발 앞에 무릎을 꿇고 큰절을 올리며 했던 말이 떠올랐다.

"해모수 장군님! 살아 계셨군요. 절 잊으셨습니까? 지난날 현토성의 잔치에서 태수에게 목숨을 잃을 뻔한 저희들을 구해주셨지 않습니까. 이렇게 장군님께서 건재하시니, 우리 조선의 부흥의 꿈도 이 땅에서 사라지지 않았습니다."

또한 금성산 군막에서 스승과 나눈 대화도 기억났다.

"다물군은 이곳에서 잃어버린 옛 조선의 강토를 되찾고 사라진 왕업을 회복하기 위해 한나라로 진공을 준비하고 있었다네. 하지만 진공은 실패했네. 한 못난 지도자의 어리석은 행동으로 인해 다물의 장한 꿈이 한낱 물거품이 되고 말았다네."

"그자가 누구입니까?"

"해모수란 자일세."

"동이의 영웅 해모수 장군을 어찌 모르겠어요? 그런데 갑자기 무슨 말씀이세요? 해모수라니……."

"자네 스승이 바로 해모수 장군님이셨어."

무송의 말이 천둥처럼 주몽의 귓전을 때렸다. 다시 둔중한 두통이 찾아왔다. 잠시 어질머리를 다스린 주몽이 더듬거리듯 말했다.

"형님! 그게 무슨 말씀이세요? 스승님이 해모수 장군이라니? 그게 정말이세요?"

무송이 대답 대신 무겁게 고개를 끄덕였다. 그런 그의 표정 위로 억제하기 어려운 사나운 분노가 어려 있었다. 그 또한 스승의 참혹한 죽음에 대해 알고 있음이 분명했다.

낡은 침상에 나란히 앉은 무송이 해모수 장군의 영웅적인 일생에 대해 조용한 목소리로 이야기하기 시작했다. 그것은 불세출의 한 영웅을 애도하는 한편의 애틋한 조사弔辭에 다름 아니었다. 무송의 이야기를 듣는 내내 주몽의 두 눈에선 눈물이 그치지 않았다.

아, 그분이, 내 스승님이 해모수 장군이시라니…… 그분의 실명이 현토성 태수 양정의 모진 고문의 결과였다니…… 한나라의 도성으로 끌려가다 갑자기 세상에서 사라진 것이 실은 그 끔찍한 동굴 옥사에서 20여 년이나 갇힌 몸으로 사신 때문이라니…….

◆ ◆ ◆

그날, 해가 저문 저녁 무렵이었다. 이층 창을 통해 거리를 내다보던 주몽이 휘장을 열고 복도로 나섰다. 마리와 협보, 오이는 잠시 자리를 비웠는지 보이지 않았다. 주몽은 천천히 걸어 기루를 나섰다. 낮에 무송과 더불어 마신 술이 묵지근하게 뒷골에 남아 있었고 걸음도 어딘지 허방을 디디듯 허전한 느낌이었다.

2층 계단을 내려올 때 아래층 술청에서 귀에 익은 노랫소리가 들려왔다.

……살결처럼 희고 눈물보다 짜네.
모래만큼 흔하지만 황금보다 귀하다오.
캐세, 캐세.
한 자루 곡괭이로 너른 바다를 캐세.
부상수 아래서도 녹지 않을 설산이여…….

술청 한 구석에 낡은 완함阮咸*을 연주하며 늙은 가객歌客이 노래를 부르고 있었다. 벌써 여러 날째 보아온 풍경이었다.

기루 아래층 출입문 앞에서 주몽은 낯익은 얼굴을 발견했다. 남장을 한 소서노였다. 그 뒤에 남자인지 여자인지 구별하기 어려운 용모의 사용이 서 있었다.

슬쩍 외면하며 거리로 나서려는 주몽을 소서노가 불러 세웠다. 자신을 찾아나선 걸음이었던 듯 반가운 기색이 완연한 표정이었다.

"이봐!"

주몽이 걸음을 멈추고 얼굴을 찡그리며 말을 받았다.

"왜 그래? 나한테 할 말이라도 있어?"

주몽의 삐딱한 응대에 슬몃 소서노의 눈매가 매서워졌다.

"마리한테 듣자하니 요즘 술독에 빠져 지낸다던데, 사내 녀석이 한심하게 그게 무슨 꼴이냐? 장부가 갓을 쓰면(弱冠) 뜻을 세워 천하를 바로잡을 수도 있는 나인데 허구한 날 술이라니, 쯧쯧…… 네가 그러

* 완함 : 중국 현악기의 하나로 진(晉)나라 때 문인 완함이 비파를 개량해서 만들었다고 함.

고 사는 걸 집에서도 아시니?"

이런 망할 계집애 같으니…… 울컥하는 부아가 가슴속에서 솟아올랐지만 주몽은 고개를 돌려 외면했다. 그리고 천천히 걸음을 옮겨 거리로 나섰다. 소서노가 다가와 나란히 서서 걸음을 옮겼다.

"이봐, 네 이름이 추모라고?"

"……."

"보아하니 집도 사당도 없는 딱한 처지 같은데. 갈 데가 없으면 우리 상단에 들어와 일꾼으로 일하는 게 어때? 내 품삯은 넉넉히 쳐주도록 할 테니."

주몽이 걸음을 멈추고 소서노를 돌아보았다.

"내 말 잘 들어. 우린 이제 더 이상 어떤 계산도 없어. 네가 내 목숨을 살려줬고, 나도 네 목숨을 살렸어. 이제 우리 사이에 아무런 빚도 은혜도 없는 거야. 그러니 앞으로 다시는 내 앞에 나타나지 마."

"아, 알았어. 젠장, 딱딱거리긴. 그건 그렇다 치고, 어디 갈 데는 있는 거야?"

"도처에 청산인데 땔감 걱정을 할까 보냐? 이 넓은 세상에 설마 이 한 몸 누일 곳이 없을 것 같아? 쓸데없는 걱정 하지 말고 너 시집갈 걱정이나 해. 누가 너 같은 선머슴을 데려가겠니?"

소서노가 우뚝 걸음을 멈춘 채 터지려는 욕설을 간신히 다스렸다. 저런 망할 자식…….

소서노가 걸음을 멈춘 채 휘적휘적 걸어가는 주몽을 가만히 지켜보았다. 바로 그때였다.

거리 저편을 지키고 서 있던 한 무리의 사내들이 우르르 달려오더니 주몽을 에워쌌다. 한당과 도치의 패거리들이었다. 무리의 앞에서 한당이 싸늘한 웃음을 띠며 주몽을 건너다보고 있었다.

"흐흐흐…… 추모, 오랜만이야. 내가 얼마나 보고 싶었는지 알아? 반가워. 흐흐흐……."

눈앞을 안개처럼 가리고 있던 술기운이 일시에 걷히는 느낌이었다. 주몽이 재빨리 곁눈질로 주변을 살폈다. 무장도 하지 않은 채 거리로 나선 것은 돌이킬 수 없는 불찰이었다. 마리 들은 어디에 있을까? 우락부락한 모상의 사내들이 흉맹한 살기를 숨김없이 드러내며 겹겹이 자신을 에워싸고 있었다. 다섯 자 폭의 넓지 않은 길. 앞이든 뒤든 달아나기엔 이미 늦었다. 젠장…….

"흐흐흐…… 쥐새끼같이 숨어 있으면 내가 못 찾을 줄 알았느냐? 네놈 때문에 방주님이 얼마나 화가 나셨는지 알기나 해? 오늘 네놈 모가지를 잘라서 가져가면 그나마 화가 좀 풀리실 게다."

"젠장, 사내자식이 무슨 말이 그리도 많어. 어이 한당! 덤빌 테면 그만 지껄이고 어서 덤벼. 네놈은 어떤지 몰라도 난 그렇게 한가한 몸이 아니야!"

이기죽거리는 주몽의 말에 한당의 창백한 얼굴이 더욱 바랜 빛이 되었다. 싸늘한 눈으로 주몽을 노려보던 한당이 먼저 환도를 뽑아 달려들었다.

"요런, 망할 놈의 자식!"

그것이 신호가 되어 벌여섰던 사내들이 제각기 무기를 치켜들고 달려들었다. 그때였다.

"어이, 추모! 이걸 받아!"

외치는 소리와 함께 짧은 예도 한 자루가 주몽을 향해 날아왔다. 소서노였다. 칼을 받아들기 무섭게 주몽이 다가드는 한당의 칼날을 맞부딪쳐갔다.

쨍!

그리고 이어진 것은 주몽과 사내들과의 목숨을 건 난전이었다. 소서노 또한 지체 없이 쌍검을 뽑아들고 싸움의 한복판으로 뛰어들었다. 술꾼들의 발길로 어수선하던 주루 골목이 일순 칼부림 소리 낭자한 일대 접전장으로 돌변했다.

◆ ◆ ◆

사내들의 기세가 자못 등등했다. 주몽과 마리 등을 잡기 위해 도치가 뒷골목의 이름난 칼잡이 가운데서도 고르고 가려 뽑은 자들이었다. 그런 자들이 벼르고 벼르던 사냥감을 마침내 만났으니 덤벼드는 기세가 가히 하늘과 땅을 단숨에 도막 낼 듯했다.

하지만 놀라운 것이 그들을 상대하는 주몽과 소서노였다. 조금 전까지만 해도 작취미성昨醉未醒으로 걸음조차 임의롭지 않아 보이던 주몽이 짧은 예도 한 자루로 거칠게 쏟아지는 사내들의 공격을 어렵지 않게 받아내고 있었다. 소서노 또한 쌍검을 바람개비처럼 놀리며 사내들과 맞서고 있었다. 게슴츠레한 눈으로 싸움판을 건너다보던 취객들의 눈이 놀라운 솜씨를 보이는 두 남녀로 인해 화등잔처럼 커졌다.

싸움이 길어지면서 오히려 형세를 유리하게 이끄는 것은 주몽과 소서노 쪽이었다. 한 걸음 뒤로 물러서서 싸움판을 지켜보는 한당의 얼굴에 낭패한 기색이 역력했다. 주몽이든 마리 패거리든 눈에 띄는 대로 납작 잡아서 끌고 가야 틈만 나면 길길이 날뛰는 성질머리 더러운 도치에게 그나마 체면치레가 될 텐데, 어찌 이런 일이…….

"에잇!"

"얏!"

머릿수를 믿고 단숨에 요정 내리라 기세등등하게 달려들던 사내들이 주몽과 소서노의 놀라운 무술 솜씨에 어지간히 속이 삭은 듯 슬금슬금 제 몸뚱어리 건사할 궁리를 하는 형국이었다. 사내들의 흉흉한 기세에 겁먹은 표정이던 주변의 구경꾼들도 이제는 제법 여유 있게 싸움판을 건너다보고 있었다. 그런 어느 때였다.

한 줄기 날카로운 휘파람 소리가 허공을 가르며 들려오더니 뒤이어 골목 위로 다급한 비명이 터져나왔다.

"아악!"

한당이 어깻죽지에 화살 한 대를 꽂은 채 바닥에 나자빠져 버르적거리고 있었다. 손에는 파랗게 날이 벼려진 수라검이 쥐어져 있었다. 소매에 숨기고 다니는 암기인 독 묻은 수라검袖裏劍을 막 주몽에게 날리려던 찰나 어디선가 날아온 화살을 맞고 쓰러진 것이었다.

"웨, 웬 놈이냐?"

사내들 가운데 배포가 있어 보이는 자가 화살이 날아온 방향을 향해 소리쳤다. 왼편 골목 끝에서 대여섯 인영이 어스름이 내리는 골목을 걸어오고 있었다. 앞에 선 장대한 체격의 중년 남자가 골목이 흔들릴 만큼 큰 소리로 꾸짖었다.

"네 이놈들! 당장 칼을 거두지 못할까!"

엄청난 호통에 사내들이 저마다 꼬리를 말아쥔 강아지 형국이 되어 칼을 거두어들였다. 중년 사내가 성큼성큼 걸어 주몽 앞으로 다가왔다. 그리고 공손히 읍을 올렸다.

"왕자님! 다친 데는 없으신지요?"

부여국 대장군 흑치였다. 주몽이 놀란 소리를 냈다.

"흑치 장군! 이곳엔 어쩐 일로……."

주몽의 얼굴이 흑치 장군의 뒤에 선 사람들을 향했다. 주몽이 손에 들고 있던 칼을 버리고 달려가 비단 흑포 차림에 긴 수염이 아름다워 보이는 중년 남자 앞에 무릎을 꿇었다.

"폐하!"

흑치 장군이 주변을 둘러보며 다시 소리쳤다.

"무얼 보고 있느냐! 부여국 대왕 폐하시다. 어서 무릎을 꿇어라!"

이곳저곳에서 경악스러워하는 신음이 터지더니 사람들이 서둘러 바닥에 무릎을 꿇었다. 한당과 그 패거리들도 서둘러 땅으로 파고들 듯 깊게 머리를 조아렸다.

무릎을 꿇고 앉은 소서노가 받은 충격은 그곳의 어느 누구보다도 컸다.

왕자님…… 내가 잘못 들은 게 아니라면…… 저 흑치 장군이란 사람은 분명히 그렇게 말했다. 저자를 향해. 왕자님? 저 멍청한 자식이?

단 한 번 꿈에도 상상해본 적이 없는 일이었다. 이따금 어디에 사는 무얼 하는 자일까, 궁금했던 적은 있었지만 설마하니 저 멍청하고 성질머리 더럽고 제멋대로인 녀석이 부여국 왕실의 왕자라니…… 집도 없이 떠돌며 객전의 허드레 심부름꾼 노릇이나 하는 녀석이.

소서노는 뭐가 뭔지 모를 심경이 되어 망연히 주몽과 금와왕을 건너다보았다.

"폐하! 폐하께서 이렇게 누추한 저잣거리에 어쩐 일이십니까?"

차마 고개를 들 엄도 내지 못한 채 주몽이 말했다. 금와가 잠시 깊은 눈길로 그런 주몽을 바라보았다.

"어인 싸움이냐? 저자들은 누구인데 널 죽이려고 암기를 다 쓰려는 것이냐?"

"……길에서 처음 만난 자들인데 시비가 있었습니다. 폐하께서는 심려하지 마십시오."

"어디 다친 데는 없느냐?"

"예, 폐하!"

폐서인되어 궁을 떠난 지 1년 만에 다시 대하는 부자였다. 겨우 고개를 들어 금와를 올려다보는 주몽의 얼굴에 벅찬 감격의 빛이 어렸다. 주몽의 떨리는 목소리에 물기가 어려 있었다.

"폐하! 그간 강녕하신지요? 소자의 불효가 큽니다. 못난 소자를 부디 벌하여 주십시오."

"……이제 그만 궁으로 돌아오너라!"

"폐하!"

몸을 돌려 걸음을 옮기려던 금와의 시선이 문득 소서노를 향했다. 조금 전 접전에서의 놀라운 무용을 목격했음이 분명한 눈빛이었다.

"그대는 누구인가?"

예기치 않은 물음에 소서노는 가슴이 막히는 듯한 느낌이었다. 한 차례 깊이 고개를 조아린 소서노가 떨리는 음성으로 고했다.

"계루 군장 연타발의 여식, 소서노입니다."

"연타발 군장의 여식?"

범 같은 다수의 사내들을 압도하는 놀라운 무술 실력을 가진 이 사내가 여자? 금와가 믿기지 않는다는 듯 놀란 표정을 지었다. 그것도 졸본 상단의 주인인 연타발의 여식이라…… 금와가 천천히 고개를 끄덕였다.

"그렇다면, 언젠가 다시 너를 볼 날이 있겠구나."

금와가 몸을 돌려 걸음을 옮겼다. 흑치와 무장 위사들이 재빨리 그 좌우를 시위했다.

금와가 나직한 발자국 소리를 남긴 채 골목 밖으로 사라졌다. 주술에라도 걸린 듯 엎드려 숨을 죽이고 있던 골목 안 사람들이 그제야 긴 한숨을 내쉬며 주섬주섬 자리에서 일어서기 시작했다.

믿기지 않는 듯 눈을 끔뻑거리고 있던 한당과 패거리 사내들이 슬금슬금 주몽의 눈치를 보며 꽁무니를 뺐다.

어둠이 내리는 골목에 우두커니 선 주몽의 얼굴에 드리운 우울이 강물처럼 깊었다. 금와가 사라진 골목을 오래도록 조용히 지켜보던 주몽이 휘적휘적 걸음을 옮기기 시작했다. 복잡한 표정의 소서노가 그런 주몽을 가만히 바라보았다.

◆ ◆ ◆

"사흘 전 나라의 서변을 방비하는 북군의 군두軍頭* 하나가 수하의 무장 갑병 1백여 명을 상관에게 보고하지 않고 움직인 적이 있다."

금와의 목소리가 편전을 울렸다. 아무런 감정도 느낄 수 없는 건조한 목소리였다. 바닥에 부복한 대소의 얼굴이 일순 핏기를 잃고 새하얗게 변했다. 커다란 충격을 받은 듯 한 차례 어깨가 가볍게 떨렸다.

"군두가 인솔한 병사들은 금성산으로 이동하여 모종의 작전을 수행하고 돌아갔다. 그 과정에서 여덟 명의 군사가 적과 접전을 벌이다 목

* 군두 : 천여 명의 군사를 이끄는 장수.

숨을 잃고 스무 명이 넘는 군사가 도검에 몸이 상했다. 태자는 이 일에 대해 아는 바가 있느냐?"

"……."

"어찌하여 대답이 없느냐? 그렇다면 그 군두에게 입막음을 당부하고 청동전 백 냥을 은상으로 내린 자가 누군지는 알고 있느냐?"

"폐하……."

"말해보아라! 아느냐, 알지 못하느냐?"

대소가 천천히 고개를 들어 금와를 바라보았다. 조금 전 놀라고 당황한 태도와는 달리 비장한 결기가 표정에 뚜렷이 서려 있었다.

"폐하, 그 일은 소자가 그리 한 것입니다. 소자가 군두에게 영을 내려 군사를 이동케 하고 또 직접 군사들을 이끌었습니다."

무표정하던 금와의 얼굴이 얼음처럼 싸늘해졌다.

"……네가 해모수를 죽였느냐?"

"그렇습니다, 폐하! 제가 군사를 이끌고 금성산으로 가 해모수란 자를 죽였습니다."

한 치의 망설임이나 거리낌도 없는 대소의 말이었다. 벌떡 용상에서 몸을 일으킨 금와가 곁에 놓인 용천검을 뽑아들고 대소 앞으로 다가갔다. 칼끝을 대소에게로 향한 금와가 소리쳤다.

"어찌하여 그런 무도한 짓을 한 것이냐? 말해보거라!"

"폐하! 우리 부여의 왕실과 사직과 백성을 위하여 그리한 것입니다. 부디 노여움을 거두시기 바랍니다."

"이, 이런 죽일 놈! 무엇이 왕실과 백성을 위한 것이란 말이냐! 사람을 죽이는 것이 어째 백성을 위하는 것이란 말이냐!"

금와의 노한 음성이 편전 기둥을 떠르르 울렸다. 하지만 대소의 응대는 여전히 침착하고 조용했다.

"폐하! 폐하께서는 그자가 얼마나 위험한 야심가인지 잘 모르십니다. 그 해모수란 자가 겉으로는 망해버린 조선의 부흥을 내세웠으나, 기실 그자가 이 동이 땅에 세우려 한 것은 그 자신의 나라였습니다. 해모수 자신이 황제가 되는 나라였습니다. 그것이 우리 부여에게 무엇을 의미하는지 폐하께선 정녕 모른단 말씀이십니까?"

"시끄럽다, 이놈아! 감히 네놈이 해모수를 욕보이려 하느냐! 그를 믿고 따르는 저 동이 땅 백성들의 순수한 열망을 네놈 따위가 어찌 알겠느냐?"

"폐하! 부디 고정하시고 소자의 말을 들어주십시오. 만약 그자가 살아 있다는 것이 알려졌다면, 그것도 부여의 비밀 옥사에서 20여 년 동안이나 갇혀 있었다는 것이 알려졌다면 우리 부여는 천재지변에 버금가는 재앙에 휘말리게 되었을 것입니다. 동이의 모든 백성들은 다시금 그가 내세우는 다물의 기치 아래 모였을 것이고, 우리 부여를 비난하고 배척했을 것입니다. 이것은 폐하의 뜻과는 상관없이 벌어지고야 말았을 일입니다."

"닥쳐라, 이놈!"

"그가 다시 세상 속으로 나가 신성왕국 조선의 부흥과 다물을 외쳤다면, 많은 동이 땅 백성들이 그를 새로운 지도자로 삼아 그의 깃발 아래 모일 것이며 머지않아 이 동이의 크고 작은 나라들은 홍수에 쓸리는 풀밭처럼 그 깃발에 휩쓸려 자취 없이 사라지고 말았을 것입니다. 우리 부여 또한 그 참혹한 운명에서 예외는 아니었을 것입니다."

"시끄럽다, 이놈! 닥치지 못하겠느냐?"

대소가 침착하고 정연한 어조로 말을 이었다.

"아버님! 세상일에는 흐름이라는 것이 있어서 일단 하나의 흐름이 형성되면 그에 반하는 어떤 선량한 의도도, 뛰어난 개인도 결국 그 흐름에 휩쓸려 가버리게 됩니다. 해모수 장군이 내세운 다물이라는, 조선의 부흥이라는 대의가 이 동이 땅을 아우르는 하나의 거역할 수 없는 흐름이 되는 날에는 우리 부여와 왕실은 한낱 검불이 되어 그 흐름 속에 휩쓸려버리고 말 것입니다. 만에 하나 해모수 그자의 대의가 백일처럼 밝고 순수하다 하더라도 그 흐름이 결국은 그를 동이 유일의 군주로, 새로운 동이의 황제로 만들어버릴 것입니다."

"……."

"폐하! 저는 우리 부여의 왕실과 사직과 백성을 지키고 보호할 대임을 받은 태자의 몸입니다. 부여국 태자로서 저는 장차 우리 부여에 큰 화를 끼칠 것이 분명한 해모수를 살려둘 수 없었습니다. 만약 폐하께 그런 저간의 형편을 말씀드렸다 하더라도 폐하께선 작은 인정으로 그자를 버리지 못하셨을 것입니다. 그래서 폐하께 먼저 고하지 않고 결행하였습니다. 폐하의 뜻을 먼저 여쭙지 않은 점, 용서하여 주십시오."

금와가 지친 표정으로 가만히 고개를 저었다. 신음과도 같은 고통스러운 소리가 그의 입에서 흘러나왔다.

"네놈은 결코 너 자신이 어떤 일을 저질렀는지 알지 못할 것이다. 네가 한 일이 얼마나 어리석고 잔인하고 비정한 일인지……."

"폐하, 저는 부여국 태자로서 소임을 다한 것입니다. 저를 어떤 무거운 죄로 벌하신다 하더라도 소자 그 벌을 달게 받겠습니다."

금와가 다시 고개를 저었다.

"아니다, 이젠 아니다. 너는 이제 더 이상 부여의 태자가 아니다……."

대소가 놀라 금와를 향해 고개를 들었다.

"그것이 무슨 말씀이십니까, 폐하!"

금와가 지친 듯한 걸음으로 용상에 돌아가 앉았다. 잠시 고개를 숙이고 말이 없던 금와가 환멸이 가득한 얼굴을 들어 휘장 밖을 향해 말했다.

"내관은 들으라! 내일 어전회의를 열 것이니 문무백관은 빠짐없이 참석하라 일러라!"

◆ ◆ ◆

금와의 무겁고 엄숙한 일성에 일순 너른 대전이 물을 뿌린 듯 조용해졌다. 경악에 찬 대신들의 얼굴이 일제히 용상을 향했다. 두 아우와 나란히 선 대소의 얼굴이 불을 지핀 듯 벌겋게 달아올라 있었다. 잠시 뒤, 대사자 부득불이 믿기지 않는다는 음성으로 금와에게 아뢰었다.

"폐하, 신들의 귀가 어두워 폐하의 선명宣命을 제대로 알아듣지 못하였습니다. 다시 한번 하교하여 주십시오."

대전에 시립한 대신들을 무서운 눈길로 바라보고 있던 금와의 표정에 경멸의 빛이 떠올랐다. 금와가 벌컥 역정이 가득한 목소리로 말했다.

"그대들은 모두 말을 듣지 못하는 귀먹댕이들인가? 태자 대소의 위位를 폐하겠노라 하였다. 이제는 알아듣겠는가!"

폐태자…….

대소신료들 사이에 나직한 웅성거림이 일었다. 고개를 숙인 대소의 어깨가 여리게 떨리고 있었다. 계속해서 일찍이 들어본 적이 없는 금와의 거친 목소리가 대전을 울렸다.

"그리고 장차 부여국의 태자는 대소, 영포, 주몽 세 왕자가 경합하여 뛰어난 자를 그 위로 삼을 것이다!"

다시 한번 놀라움을 억누른 탄성이 대신들 사이에 쏟아졌다. 그로부터 선명의 부당함을 진언하는 대신들의 소리가 여름날 소낙비처럼 대전 바닥 위로 쏟아졌다. 하지만 금와는 이제껏 한 번도 보인 적이 없는 단호함으로 대신들의 말을 물리쳤다.

◆ ◆ ◆

"나는 그리 못한다! 내 눈에 흙이 들어가기 전에는 너희들이 주몽 그놈과 태자 자리를 놓고 다투는 것을 보지 못한다! 차라리 날 죽이고 그놈을 태자로 삼으라고 그래라!"

앙칼진 원후의 음성이 중궁전 너른 뜨락 위로 연신 쏟아졌다. 마디마디 칼날을 매단 듯한, 분노와 원한이 가득한 말들이었다. 대소와 영포, 그리고 원후의 친가 오라비인 궁정사자 벌개가 침통한 얼굴로 그런 원후를 지켜보고 있었다. 분노에 찬 원후의 말이 이어졌다.

"폐태자라니, 대소 네가 무엇을 잘못했다고 문무백관을 불러놓고 그런 미친 소리를 한단 말이냐? 이게 실성한 늙은이의 미친 짓이 아니면 대체 무엇이냐?"

"어머니!"

영포가 놀라 황급히 말했다.

"왜 내가 틀린 말을 했느냐? 나도 들었다. 대소가 군사를 끌고 가서 해모수란 늙은이를 죽였다는 것을. 세상에, 20년도 전에 이미 죽었다던 늙은이 하나를 다시 죽인 일이 무에 그리 못할 짓이라고 폐태자란 말이냐? 이것이 실성이 아니라면 대체 무엇이 실성이냐?"

어전회의에서 대소를 폐태자했다는 소식을 듣자마자 원후는 바람같이 편전으로 달려갔다. 그리고 펄펄 끓는 목소리로 따지고 고함을 지르고 목 놓아 울었다. 하지만 금와의 태도는 요지부동이었다. 오히려 불같이 화를 내며 당장 편전을 나가지 않으면 끌어내겠다고 소리쳤다. 결국 내관의 손에 끌려나가기 직전에야 원후는 한바탕 저주의 말을 퍼부은 뒤 중궁전으로 돌아왔다.

"두고 보아라! 왕인지 금개구리인지, 그자의 눈에 피눈물이 나는 일이 있을 것이다. 내 반드시 그리하게 할 것이다. 두고 보아라!"

"황후마마, 말씀을 삼가십시오. 누가 들을까 무섭습니다."

조마조마한 심정으로 원후의 광기를 지켜보던 벌개가 나직한 소리로 말했다.

"무엇이 무섭단 말입니까, 오라버니! 지금 이 마당에 왕이 무슨 소용이고 지아비가 무슨 소용이랍니까! 내 결코 이 일을 잊지 않을 것입니다. 두고 보세요!"

"어머니! 고정하십시오."

대소가 고개를 들어 원후를 바라보았다. 뜻밖에도 별다른 감정의 흔들림이 엿보이지 않는 조용한 눈빛이었다.

"고정하라고? 이 나라 부여가 통째로 그놈과 유화 그년 손에 넘어가게 생겼는데 어떻게 고정하란 말이냐? 너를 태자 자리에서 내쫓고 주몽 그놈은 폐서인된 것을 사하여 태자 자리를 놓고 경합시키겠다는 것이 무슨 뜻이냐? 왕의 의중이 주몽 그놈한테 있다는 것이 아니고 무엇이냐?"

"어머니, 아직 그리 생각하실 일은 아닙니다. 경합을 한들 제가 주몽 그놈보다 못하지 않은 바에야 태자 자리가 그놈에게 넘어갈 까닭이 없습니다. 설마하니 제가 그놈에게 뒤지기야 하겠습니까?"

"그거야 그렇다만……."

기회를 엿보던 벌개가 재빨리 말을 섞었다.

"태자님의 말씀이 백 번 지당합니다. 이번 기회에 태자님께서 다른 왕자들을 물리치고 떳떳하게 태자 자리에 오른다면 부여 백성들에게 군왕의 재목으로 확실한 신망을 얻게 될 것입니다. 또 시간이 지나면 폐하께서도 대소 태자님의 충정을 알아주실 터이구요."

"그러니 어머니께서는 아무 염려 마십시오. 제가 반드시 그 녀석을 꺾고 당당히 태자 자리에 오르겠습니다."

결연한 표정의 대소가 곁의 영포를 돌아보았다. 영포를 바라보는 대소의 눈길이 문득 날카로워졌다.

"아, 참. 영포 너도 있었구나. 너도 열심히 해서 날 이겨보거라. 그렇다면 부여국의 태자 자리가 너의 것이 될 수도 있을 터이니."

영포가 펄쩍 뛸 듯 놀라며 손사래를 쳤다.

"무슨 말씀을 그리하십니까, 형님! 제가 어찌 감히 형님을……."

대소가 문득 호탕한 웃음을 터뜨렸다.

"그래? 하하하……."

그런 대소를 지켜보는 영포의 눈길이 어느 순간 차가운 빛을 발하며 번득였다.

태자 경합

유화가 자리보전을 한 지가 열흘이 가까워오고 있었다. 날마다 주몽이 침상 곁에 앉아 유화를 지켜보았다. 그 곱고 따뜻하고 자애롭던 유화의 얼굴이 바랜 낮달처럼 윤기를 잃고 있었다.

이해할 수 없는 어머니 유화의 와병이었다. 어디가 아프다, 어디가 불편하다, 한 마디 말없이 그저 온종일 침상에 누워 있거나 아니면 창가에 앉아 무심히 창밖을 내다볼 뿐이었다. 마치 혼백을 어느 먼 곳에 놓아두고 온 듯한 표정과 태도였다.

금와가 몇 번이나 시의侍醫를 보냈지만 그때마다 방에도 들이지 않은 채 돌려보냈다. 숙수간에서 내어온 미음에도 입을 대지 않았다. 때때로 절망적인 고통이 표정에 어리고, 그런 날은 얼굴이 흠뻑 젖을 정도로 눈물을 흘렸다. 그렇게 유화는 하루하루 겨울나무처럼 메말라갔다. 주몽이 궁에 들어오기 이전부터 시작된 어머니의 병이었다.

주몽은 날마다 한시도 떠나지 않고 어머니 곁을 지켰다. 하지만 병석의 어머니를 위해 그가 할 수 있는 일이 아무것도 없음이 손가락이 저릴 정도로 안타까웠다.

창밖에 겨울이 당도해 있었다. 풍성한 잎을 자랑하던 후원 뜰의 나무들이 차가운 겨울바람에 두 발을 담근 채 헐벗은 몸으로 떨고 있었다. 그런 창밖 풍경을 내다보던 유화가 주몽을 불렀다.

"주몽아!"

"예, 어머니!"

"너에게 무술을 가르친 스승의 마지막 모습을 기억하느냐?"

뜻밖의 물음에 주몽이 의아한 표정을 지으며 대답했다.

"예, 어머니."

"성 안으로 너를 심부름 보낼 때의 모습이 어떠했는지 말해주겠느냐?"

스승은 자신의 최후를 예감하고 있었던 것일까? 스승은 산을 내려가려는 주몽을 붙잡고 거듭 무언가를 당부했다.

"주몽아. 덕이 있고 뜻이 높은 사람은 결코 외롭지 않은 법이다. 앞으로 어떤 어려움이 있더라도 참고 견뎌야 하느니라. 그러면 반드시 좋은 날이 있을 것이다."

"무엇보다 뜻을 크게 세워야 한다. 작은 주머니에는 큰 것을 넣을 수 없고, 짧은 두레박줄로는 깊은 우물물을 퍼 올릴 수가 없다. 부디 큰 뜻을 세워 이 세상과 백성들에게 큰 덕이 될 위업을 쌓도록 하여라. 네가 지성으로 노력한다면 동이의 거룩한 신들이 너를 가호할 것이다……."

인사를 하고 산을 달려 내려가던 주몽이 어느 때 걸음을 멈추고 뒤를 돌아보았다. 스승은 아직도 높다란 너럭바위 위에 우두커니 선 채 자신이 내려간 방향을 바라보고 있었다. 아, 그 어두운 눈은 무엇을 바라보고 있었던 것일까.

중천을 향해 솟아오르는 해를 등에 지고 우뚝 서 있는 스승의 모습이 거인처럼 장대해 보였다. 하지만 또한 어딘지 슬프고 우울해 보였다. 그 모습이 주몽의 가슴속에 묘한 울림을 주며 뚜렷이 각인되었다. 아, 그는 저물녘의 광야처럼 쓸쓸해 보였으며, 또한 눈 덮인 겨울산처럼 장엄해 보였다.

"……저물녘의 광야처럼…… 눈 덮인 겨울산처럼……."

유화가 중얼거렸다.

"예, 어머니. 스승님의 마지막 모습이 그러했습니다."

유화가 가만히 고개를 끄덕였다. 그런 유화의 얼굴 위로 굵은 눈물이 흘러내리고 있었다.

"어머니! 어인 일이십니까?"

"……아니다. 내가 공연히 심기가 약해져서 그런 모양이니 너는 마음 쓸 것 없다."

"어머니, 혹시 저의 스승님을 아시는지요?"

"……."

"어머니!"

"그럴 리가 있느냐. 이 구중심처 속의 내가 너의 스승을 어찌 알겠느냐?"

그런 유화의 모습이 어딘지 금성산 동굴 옥사에서 어머니가 누구냐고 묻고는 다시 부정하던 스승 해모수의 표정과 닮았다고 주몽은 생각했다.

그 일이 있은 이튿날, 유화가 아침 일찍 일어나 곱게 몸단장을 했다. 그리고 손수 무덕에게 음식을 청해 아침을 먹었다. 여위고 파리한 낯빛은 그대로였으나 따뜻하고 자애로운 눈빛은 예전의 모습을 되찾아가고 있었다.

"어머니!"

주몽이 기쁜 기색을 감추지 못하고 유화 곁에 다가앉았다. 유화가 조용한 음성으로 답했다.

"네가 고생했다. 이제는 병이 물러가는 듯하구나. 곧 나을 것이니 이제는 염려할 것 없다."

그로부터 며칠 후 주몽이 유화에게 말했다.

"어머니께 한 가지 청이 있습니다. 허락하여 주십시오."

"말해보거라!"

"궁을 떠나고 싶습니다."

밝은 혈색을 찾아가던 유화의 얼굴이 일순 놀라움으로 해쓱해졌다.

"까닭이 무엇이냐? 무슨 연유로 궁을 나가려는 게냐?"

"세상 속으로 나가 제대로 세상을 경험하고 싶습니다. 궁에서는 결코 배울 수 없는 값지고 귀한 가르침이 세상 속에, 백성들 속에 있을 것이라 생각합니다. 아직은 그것이 무엇인지 모르겠으나 그들 속에서 부대끼며 생활하노라면 깨달을 날이 있을 것입니다."

"대소가 폐태자 되고, 폐하께서는 장차 부여의 왕이 될 태자의 위를 세 왕자가 경합하여 뛰어난 자에게 물려줄 것이라 하셨다. 그를 위해서는 궁에서 두 왕자와 함께 역량을 겨루는 것이 옳지 않겠느냐?"

"천자는 하늘의 뜻을 대신하는 자이니 그 자리를 내는 것도 하늘일 것입니다. 제가 태자가 되거나 그렇지 않거나 모두 하늘의 뜻이라면 제가 어디에 있든 무슨 상관이겠습니까. 백성을 사랑하는 법을 배움이 태자의 자리에 앉는 것보다 더 중요한 일일 듯싶습니다. 백성을 모르고서야 백성을 사랑할 수 없는 일일 테니까요."

"네 뜻이 그러하다면 폐하께 그렇게 주청하도록 하겠다. 어디 갈 만한 곳은 있느냐?"

"예, 어머니. 마음에 생각해둔 곳이 한 군데 있습니다."

◆ ◆ ◆

어둑발이 내리는 저녁 무렵, 부여 도성에 있는 연타발의 여각에 한 사람이 나타났다. 그의 모습을 본 사람들이 한결같이 놀란 표정을 지었다. 그 가운데서도 마리와 협보, 오이의 놀라움이 가장 컸다.

"형님!"

대문을 들어서는 주몽을 발견한 그들이 서둘러 달려왔다.

"형님이 궁으로 다시 들어가셨다는 말을 들었습니다. 그런데 여긴 또 어쩐 일이십니까?"

"혹 저희들을 궁으로 부르러 오신 것은 아닙니까? 흐흐흐……."

아닌 게 아니라 주몽이 다시 궁으로 돌아갔다는 소식을 듣고는 날마다 잔뜩 희망에 부풀어 있던 그들이었다. 이제 다시 왕자가 되셨으니 우리들 출세는 따놓은 감이 아니고 무엇이랴. 설마 주몽 왕자님이 우리를 잊기야 하셨으랴.

"소서노 아가씨를 만나러 왔다. 너희들이 안내해다오."

"소서노 아가씨를요?"

마리 들이 의아한 표정을 짓고 있을 때 발자국 소리와 함께 낭랑한 여인의 목소리가 들렸다.

"부여국 왕자님께서 여긴 어인 일이십니까?"

소서노였다. 비단에 자수를 곁들인 저고리와 색색 천을 이어붙인 색동 주름치마를 입고 얼굴에 붉은 화장을 한 소서노가 마당을 건너와 주몽 앞에 섰다. 주몽으로서는 처음 보는 소서노의 아름다운 모습이었다. 긴가민가한 눈길로 소서노를 바라보던 주몽이 그지없이 아름다운 모습에 당황한 표정을 지었다.

"……."

"왕자님. 고귀한 분을 알아 뵙지 못하고 그동안 많은 무례를 저질렀습니다. 용서하여 주십시오."

소서노의 말에 주몽이 그제야 피식 웃음을 흘렸다.

"그런 시시한 소릴랑 집어치우고, 한 가지 물어볼 게 있어."

"말씀해보십시오."

"날 상단 일꾼으로 쓰겠다는 말 지금도 가능한 거야?"

소서노의 얼굴에 슬몃 의아해하는 빛이 떠올랐다.

"그렇긴 합니다만 어찌하여 그러십니까?"

"그렇다면 날 너희 상단의 일꾼으로 써다오."

"흥! 그러니까 그날 제가 한 무례한 행동을 두고 따지러 오신 거군요."

눈길이 모질어진 소서노가 빈정거리는 투로 말했다. 주몽이 고개를 저었다.

"아냐, 그런 것이. 난 여기서 일하기 위해서 찾아왔어."

"그 말이 사실이십니까?"

"응."

"하지만 여긴 왕자님께서 하실 만한 일이 없습니다. 상단 일이란 겉에서 보는 것과 달리 매우 숙련된 경험이 필요합니다."

"일꾼 자리는 있다고 했잖아?"

"그럼, 허드레 일꾼으로 일하시겠다는 말씀입니까?"

"응."

그 말에 곁에서 듣고 있던 마리 들이 펄쩍 뛰는 소리를 냈다.

"형님!"

그날 밤 연타발 상단의 여각에서 예정에 없던 회의가 열렸다. 밤이 이슥하도록 계속된 긴 회의 끝에 주몽을 상단의 일꾼으로 쓰는 일이 결정되었다. 일꾼들이 거하는 대문가의 행랑에서 소식을 기다리던 주몽이 연타발을 찾아가 인사를 올렸다. 그리고 곁에 선 소서노를 향해 깊이 고개를 조아렸다.

"소인을 거두어주셔서 감사합니다, 아가씨. 어리석고 둔한 몸이지만 게으름 피지 않고 열심히 일하겠습니다."

상단에서의 생활이 시작되었다. 새벽별을 보며 잠자리에서 일어나고 밤이 이슥해서야 자리에 드는 고단한 나날이었다. 마바리꾼과 짐꾼을 도와 들고 나는 상단의 물화를 옮기고 나면 창고를 정리해야 하고, 창고를 정리하고 나면 또 허드레 집안일이 산처럼 쌓여 있었다. 해도 해도 끝이 없는 일들이 날마다 하루도 빠짐없이 계속되었다. 하지만 주몽은 묵묵하고 성실하게 자신의 일을 해나갔다. 신분이 알려진 마당이니 처음 한동안은 외방을 다니는 마바리꾼들이나 짐꾼들이 뜨악한 눈치를 보였으나, 주몽의 소탈한 성격과 성실한 태도에 곧 무람없는 한 식구로 받아들였다.

한의 장안에서 돌아온 상단의 물화가 여각 안마당에 가득했다. 마바리를 등에 지고 창고를 들락거리는 주몽을 마루 위의 연타발이 바라보았다. 한동안 주몽이 일하는 모습을 지켜보던 연타발이 어느 때 의아한 표정을 지으며 고개를 갸웃거렸다. 맞은편에 앉아 있던 소서노가 그런 연타발을 건너다보며 말했다.

"아무리 생각해도 이상하지 않아요, 아버지? 부여국의 왕자가 무슨 이유로 상단의 잡부로 일을 하겠다고 찾아왔을까요? 듣자니까 죄를 지어 폐서인된 것도 국왕이 용서하여 왕자의 지위를 회복했다고 하던데요."

"……아니다. 내가 방금 의아해했던 것은 그 때문이 아니다."

"무슨 말씀이세요, 아버지?"

"저 주몽이란 부여의 왕자, 일하는 모습이 언젠가 내가 만난 적이 있는 한 사람하고 어찌 그리도 흡사한지 모르겠구나."

"누구 말씀이세요?"

"벌써 오래전 일이구나. 네가 세상에 태어나던 그 해……."

연타발의 시선이 허공 속에서 무언가를 찾기라도 하는 듯 아련해졌다. 그 해 여름, 연타발 자신이 상단을 이끌고 현토성을 향해 가던 중 고갯길에서 자신을 상단 짐꾼이나 곁꾼으로 써달라고 청해온 사내가 있었다. 유약해 보이는 외모에도 상단의 주인인 자신을 위압하는 위의를 지닌 사내였다. 스스로 이름을 이경생이라고 했던가. 현토성 인근의 명적산에서 화적 떼를 만났을 때 그가 나서서 놀라운 무술 솜씨로 화적 두목의 목을 베어 위기에 처한 상단을 구했다. 그리고 그날 소서노가 세상에 태어났다. 여인의 그것이라 해도 믿을 만한 아름다운 용모를 가졌던 사내. 그러면서 일신에 가진 무공의 높이는 헤아릴 수 없이 고강했던 사내. 당당하고 위엄이 넘쳤으며 강철 같은 의지가 온

몸에서 빛나던 사내. 해모수가 바로 그였다.

그런데 여러 짐꾼 속에 섞여 등짐을 옮기고 있는 젊은이의 모습에서 왜 갑자기 그 옛날의 해모수가 떠오른 것일까. 그제야 연타발은 그 젊은이와 젊은 시절의 해모수가 이목구비와 걸음걸이, 뒷모습까지 참 많이도 닮았다는 사실을 깨달았다.

이상한 일도 다 있군. 부여국 왕자와 해모수라니…….

◆ ◆ ◆

겨울이 가고 봄이 왔다. 새눈을 밝히기 시작한 나뭇가지 위에 노릇한 햇살이 쌓이고 눈 가는 데마다 향연香煙 같은 아지랑이가 지천인 봄이었다.

유난히 봄볕이 따사로운 날, 부여성의 성문 안으로 먼지를 뽀얗게 뒤집어쓴 마필 하나가 바람같이 달려들었다. 그리고 나절가웃이 지날 무렵 채색 비단옷을 화려하게 떨쳐입은 장자壯者를 필두로, 한 무리의 인마가 성문에 당도했다. 부여성에서 변방을 파수하는 장수의 보고를 접하고 대사자 부득불이 성문 앞으로 나가 그들을 맞았다. 예기치 않은 현토군 태수의 방문이었다.

"원로에 고생이 많으셨습니다, 태수님."

"부여는 북국北國이라 겨울의 추위를 걱정하며 왔더니 봄이 우리보다 먼저 부여성에 당도하였군요. 우리가 봄의 걸음을 당하지 못하였습니다, 허허허. 대사자 어른께서도 그간 무고하셨습니까?"

관후한 웃음을 터뜨리며 양정이 부여궁을 향해 말을 몰아 나아갔다.

부여국 왕 금와를 알현하는 일은 이틀 후 이루어졌다. 양정이 거침

없는 걸음으로 들어선 대전 안은 긴장된 기운이 가득했다. 양정이 용상을 향해 절하고 일어서 읍했다.

"대한大漢 현토군 태수 양정, 부여국의 왕을 뵙습니다."

"오랜만이오, 태수."

감정이 실리지 않은 건조한 금와의 목소리였다. 하지만 그뿐, 더 이상의 의례적인 언사는 이어지지 않았다. 대전 내관의 인도를 받아 좌탑에 오른 양정이 홀로 웃음을 띠며 말했다.

"환대해주신 국왕 폐하의 후의에 감사드립니다. 이번 부여국 방문은 사사로운 걸음이 아니라 대한 황제 폐하의 칙명을 받은 사자로서 온 것이니 국왕께서는 삼가 칙조를 받드시길 바랍니다."

"으음……."

옻칠을 한 자단목 상자에 담긴 비단 두루마리가 금와에게 인도되었다. 한나라 왕이 보낸 서찰을 읽는 금와의 얼굴이 조금씩 상기된 빛을 띠어갔다.

"……군사 1만을 내놓으라……."

"그렇습니다. 지금 우리 한은 변방의 서남이족西南夷族이 일으킨 반란을 진압하기 위해 대대적인 원정을 준비하고 있습니다. 이에 황제 폐하께서는 우리 한과 부여의 오랜 우의를 기억하시고 이번 원정에 동역하기를 원하셨습니다. 한과 부여 양국은 예부터 호혜와 선린에 남달리 애써온 우방이니 국왕께서는 폐하의 청을 물리치지 않으시리라 생각합니다."

그로부터 부여의 궐 안은 사람이 모인 곳마다 이에 대한 의론으로 난분분했다. 한에 군사를 내어주자는 쪽이나 터무니없는 요구이니 물리쳐야 한다는 쪽이나 조심스럽고 염려스러운 낯빛이기는 매한가지였다.

"지난번 철기방 사건도 그렇고 선비족의 강철기 무장도 그렇고, 이것은 한왕이 우리 부여를 떠보기 위한 것입니다. 서남이와 수천 리 떨어진 우리 부여에게 굳이 군사를 내라는 것은 우리를 압박하기 위한 빌미를 만들려는 것이 분명하니, 공연히 우환을 자초할 까닭이 없습니다. 군사 1만을 보냄이 옳을 듯하옵니다, 폐하!"

"그렇지 않습니다. 한은 지금 변방의 한미한 족속 하나 제 손으로 다스리지 못할 만큼 내정과 외치에 어려움을 겪고 있습니다. 무엇이 두려워 그런 한에게 우리가 머리를 숙인단 말입니까? 군사를 보내서는 아니 됩니다, 폐하!"

"하지만 한이 이를 기화로 우리 부여와 모든 교역을 끊고 근린의 나라를 앞세워 핍박하면 그 어려움이 실로 적지 않을 것입니다. 1만의 군사가 적은 것은 아니나 도성과 변방을 파수하는 군사는 그냥 두고 사출도四出道의 군사를 차출하여 보낸다면 큰 문제는 없을 것입니다. 저들의 요구를 들어주심이 현명한 일일 듯합니다."

서남이족이란 파촉巴蜀*의 서남쪽 변방에 할거하는 족속으로 야랑夜郎, 전滇, 공도邛都, 곤명昆明, 작도筰都, 백마白馬 등 여러 부족을 아울러 이르는 말이었다. 변발을 하고 농경과 유목으로 업을 삼는 이들 부족은 대대로 중원족의 지배를 받아왔으나 근자 들어 한의 혼란을 틈타 여러 부족이 연합하여 한에 반기를 든 것이었다.

하지만 금와는 대신들의 이러한 주장과 의론에 묵묵히 귀 기울일 뿐 가타부타 한 마디 말이 없었다. 국왕으로서의 하루 일과도 여느 때

* 파촉 : 지금의 충칭(重慶)을 중심으로 한 파국(巴國)과 청두(成都)를 중심으로 한 촉국(蜀國).

와 다를 바 없었다. 하지만 날마다 얼굴에 수심이 깊어갔고 침전의 밤을 밝힌 등촉의 불빛은 늦도록 꺼지지 않았다.

긴장된 닷새의 시간이 흐르고 다시 금와와 양정이 대전에 마주앉았다. 잠시간의 침묵이 흐른 후 금와가 무거운 입을 열어 말했다.

"우리 부여는 한 황제의 간곡한 청에 화응和應하지 못함을 안타깝게 생각하는 바요. 우리는 군사를 보내지 않겠소!"

금와의 선언은 무거운 쇠기둥이 바닥에 꽂히듯 견고하고 단호했다. 대신들이 시립한 대전 위로 무거운 침묵이 검은 휘장처럼 드리워졌다.

침묵을 깨뜨린 것은 양정의 노한 음성이었다.

"부여는 감히 우리 대한 황제 폐하의 뜻을 거스르겠다는 것이오? 국왕께서는 설마 이 일이 장차 어떤 결과를 낳을지 모르고서 그런 어리석은 결정을 하신 것이오?"

"현토 태수는 말을 삼가시오. 군사를 내고 안 내고는 본국의 형편에 따라 결정할 일, 그대의 나라가 이에 왈가왈부할 일이 아니오. 한이 변방 족속의 봉기로 어려운 지경에 처한 것은 딱한 일이나 우리 부여가 간여할 일은 아닌 것 같소. 그대는 돌아가서 한의 왕에게 그리 전하시오."

"이웃의 어려움을 외면하는 것은 이웃이 아니고 형제의 어려움을 외면하는 것은 형제가 아니오. 우리 한의 청을 거절하는 것은 더 이상 부여가 우리 한을 근린으로도 형제국으로도 여기지 않는다는 것을 뜻하는 것이오. 그렇다면 우리 한은 당장 부여와 모든 교역을 금하고 일체의 세폐歲幣를 철회할 것이오!"

"한의 뜻이 그러하다면 어쩔 수 없는 일이오. 하지만 그렇다 하나 그 때문에 이 땅의 귀한 군사들을 머나먼 서토의 황무지로 내몰아 목숨을 잃게 하지는 않을 것이오."

"국왕께서는 이 일을 무겁게 생각해야 할 것이외다! 요하遼河가 비록 넓다 하나 어찌 장강長江에 비할 것이며, 부여에 군사가 있다 하나 어찌 우리 한과 비교할 것이오. 한이 마음만 먹는다면 부여는 바람 앞의 등불보다 더 위태롭고 가련한 신세가 되리란 걸 모르시오?"

금와가 문득 호탕한 웃음을 터뜨렸다.

"하하하! 양정, 그대는 어서 돌아가 그대의 왕과 더불어 한의 강역을 넘보는 서남이족이나 먼저 다스려 안돈시킬 생각이나 하시게. 부여의 걱정은 우리가 할 터이니."

금와를 바라보는 양정의 얼굴이 분노로 불을 지핀 듯 붉게 달아올라 있었다. 양정이 터지려는 분노를 가까스로 삭이며 또박또박 말을 이었다.

"이제 우리 한이 원정에 나서면 황제 폐하에게 반기를 든 서남이족은 즉시 한 줌 티끌이 되어 이 땅에서 사라져버릴 것이오. 그런 다음이면 우리 황제께서는 도리를 배반한 부여를 기억할 것이오. 부여국 왕은 부디 부여가 장차 서남이족과 같은 운명을 맞지 않도록 천지신명께 기원하시오."

◆ ◆ ◆

양정이 돌아가고 열흘가량이 지난 어느 날, 졸본 상단의 연타발이 금와에게 알현을 청했다. 편전을 들어서는 연타발의 얼굴이 비 내리기 전의 하늘처럼 어두웠다.

"어인 일이시오, 군장!"

"폐하! 옥저가 부여와 소금 교역을 단절하겠다고 통고하였습니다."

"옥저가 소금 교역을?"

한과 일체의 교역이 중단된 것이 여러 날 전의 일이었다. 양정의 말이 아니더라도 서남이족 정벌에 군사를 내지 않은 일로 한과의 교역이 단절되리라는 것은 짐작한 바였으나, 옥저가 부여와 소금 거래를 거부하고 나선 것은 뜻밖의 일이었다. 하지만 이 또한 양정이나 한의 교활함을 생각하면 짐작하지 못할 바가 아니었다.

"옥저의 염상鹽商들이 말은 않지만 한이 옥저를 그렇게 강박한 것이 분명합니다. 앞으로 부여의 소금 교역을 대행하는 저희 상단과는 일체의 거래를 끊겠다고 하였습니다."

"으음……."

소금을 생산할 염전을 갖지 못한 내륙국 부여는 소금의 수입을 전적으로 외국과의 거래에 의존하고 있었다. 그리고 그 가장 큰 수입국이 옥저였다.

소금은 고래로부터 나라의 가장 중요한 교역 품목이었고, 개인에게는 부와 권력의 상징이었다. 소금은 식용뿐만이 아니라 금전에 맞먹는 결제의 수단이었으며 납세의 수단, 노동에 대한 보수의 수단이었다. 이런 귀한 소금을 확보하기 위해 각 나라는 전쟁도 불사했으며 기꺼이 먼 나라를 원정하기까지 했다. 세상의 모든 무역로는 소금을 거래하기 위해 생겨난 것이었다. 제국의 권력이 소금으로부터 나온다는 말은 조금도 과장된 것이 아니었다. 그런 소금이 한의 압력으로 거래가 끊겨 수급되지 않는다면 심각한 문제가 아닐 수 없었다.

"연타발 군장. 지금 그대의 상단이 확보하고 있는 소금이 얼마나 되오?"

"각처에 있는 비축분을 모두 수합한다 해도 부여국에서 소비하는 소금의 양을 감안하면 다섯 달을 넘기지는 못할 것입니다."

"으음……."

"옥저 외에 동예나 다른 나라와의 거래선을 물색해보겠습니다만 현토 태수가 손을 쓴 뒤라면 이 또한 기대하기 어려울 것입니다."

"이런 사실이 알려지면 백성들 사이에 커다란 혼란이 일어날 것이오. 군장께서는 이 일이 알려지지 않도록 각별히 입들을 단속하시오. 그리고 부여 조정과 더불어 소금을 확보할 수 있는 방법을 강구하도록 합시다."

"알겠습니다, 폐하!"

하지만 우려는 생각보다 빠르게 현실이 되어 나타났다. 소금의 수급이 여의치 않게 되었다는 소문이 돌면서 나라의 소금이 돈 있는 자들에 의해 매점매석되었다. 시중에 소금의 품귀 현상이 빠르게 확산되었다. 저잣거리에 나온 소금의 시세가 수십 배에서 수백 배로 폭등했지만 그마저 사기가 하늘의 별따기만큼이나 어려웠다. 소금 도둑이 극성을 부렸고 소금을 결제 수단으로 하는 관서官署와 작업장에선 급여의 지급이 보류되거나 금전으로 대체되었다.

◆ ◆ ◆

"장차 나라가 어찌 되려고 세상이 이토록 어지럽단 말이냐? 들리느니 흉흉한 소문들뿐이니 원……. 하지만 소금 없이는 한시도 살 수가 없는 일이니 백성들을 탓할 수만도 없고. 쯧쯧……."

"그렇습니다, 어머니. 참으로 큰일이 아닐 수 없습니다. 일부에선 벌써 폐하와 왕실을 원망하는 소리가 커지고 있다 합니다. 이런 상황이 지속되면 장차 큰 변란이 일어날 수도 있습니다."

"그러니 이 일을 어찌한단 말이냐……."

원후의 근심 어린 탄식이 강물처럼 깊었다. 마주앉은 두 왕자와 벌개 또한 마찬가지 심정이었다.

"부여 도성의 소금 전매권을 가진 연타발 군장이 상단에 비축해두었던 모든 소금을 부여 쪽으로 돌리고 있다 하니 당장 몇 달 동안 큰일은 없을 것입니다. 하지만 그런 미봉책으로 해결될 일이 아니니 걱정입니다."

한동안 걱정스런 얼굴로 혀를 차던 원후가 문득 고개를 들어 대소를 바라보았다. 근심으로 가득하던 눈길에 알 수 없는 교활함이 번득이고 있었다.

"대소야. 반드시 그렇게만 생각할 일은 아닌 듯하구나. 이 일이 나라에는 큰 어려움이나 네게는 좋은 기회가 될 수도 있을 테니 말이다."

"무슨 말씀이십니까, 어머니?"

"생각해보아라. 폐하께서는 너와 영포, 주몽 그놈을 경합시켜 공이 큰 자를 태자로 삼겠다고 하지 않았느냐? 나라에 공을 세운다면 지금의 이 어려움을 해결하는 것보다 더 큰 공이 어디 있겠느냐? 아니 그렇느냐?"

"그렇습니다."

"소금은 이 나라 사람들이 옛날부터 먹어온 것이니 찾아보면 어딘가에 반드시 방법이 있을 것이다. 대소 네가 그것을 찾아 태자가 되는 기반으로 삼도록 하여라. 그러면 폐하의 신뢰뿐 아니라 이 나라 모든 백성들이 너를 기리고 받들게 될 것이다."

"알겠습니다, 어머니!"

말하는 대소의 얼굴에 새로운 결의와 의지가 드러나 있었다. 그런 대소를 바라보는 영포의 표정이 남의 밥상을 건너다보듯 심드렁했다. 원후가 영포를 돌아보며 당부했다.

"그렇지 않으냐, 영포야! 이번 일을 해결할 수만 있다면 네 형의 태자 자리는 떼어 놓은 당상이 될 것이 분명하지 않으냐?"

영포가 떨떠름한 웃음을 지으며 마지못한 듯 대답했다.

"어머님 말씀이 옳습니다. 저도 힘닿는 대로 형님을 돕도록 하겠습니다."

"그래…… 너희 둘이 마음을 모은다면 세상에 불가능한 일이 없을 것이다. 이 어미는 반드시 그렇게 믿는다."

◆ ◆ ◆

내실로 통하는 통로 앞 의자에 삐뚜름히 앉아 객전을 건너다보던 한당의 눈이 순간 빛을 발했다. 슬그머니 자리를 고쳐 앉는 한당의 눈길이 향한 것은 막 출입문을 들어선 두 젊은 사내였다. 앞에 선 사내는 장대한 체격에 비단 채색 옷을 입고 머리에는 비단 절풍에 황금 깃을 꽂은 품이 이곳을 드나드는 뒷골목 패거리들과는 한눈에 달라 보였다. 이제 갓 스물을 넘겼을까. 그 뒤를 따르는 경장 차림의 사내도 매서운 눈매와 무인풍의 걸음이 결코 예사롭지 않아 보았다.

절풍의 사내가 성큼성큼 거침없는 걸음으로 객전을 들어서더니 부리부리한 눈을 휘둘러 실내를 일별했다. 그리고 사람들이 없는 구석진 탁자로 걸어가 벽을 향해 마주앉았다. 그런 행동 또한 한당에게는 예사롭지 않아 보였다.

심부름하는 급사를 주저앉힌 뒤 한당이 젊은 사내 앞으로 다가가 물었다.

"공자님, 무얼 드시겠습니까?"

"이곳 주인이 도치란 자가 맞느냐?"

다짜고짜 내뱉는 말이 거침이 없었다.

"그렇습니다만, 뉘신데 저희 방주님을……."

"그건 네놈이 알 바 아니고, 도치에게 당장 달려가 보자는 사람이 있다고 전하거라!"

말하는 품이 집에서 부리는 종놈 다루듯 하는 게 울컥 부아가 일지 않은 것이 아니었다. 하지만 사내의 거침없는 태도에 공연히 주눅이 든 한당이 잠자코 자리를 물러났다.

잠시 뒤 다시 나타난 한당이 젊은이를 향해 머리를 조아리고 말했다.

"저희 방주님께서 공자님을 뫼시라 하셨습니다."

한당이 두 젊은이를 안내한 곳은 2층 객청이었다. 그들이 방 안으로 들어서 자리에 앉자 곧이어 구슬주렴이 걷히면서 퉁방울 같은 눈에 흰자위가 번득이는 눈길이 잔인해 보이는 중년 사내가 들어섰다.

"그래, 젊은 공자께서 무슨 일로 날 보자 하였는가?"

맞은편에 앉은 도치가 한 차례 날카로운 눈길로 상대를 쓸어보곤 입을 열었다. 절풍 차림의 사내가 그런 도치를 마주 쏘아보며 되물었다.

"그대가 부여 뒷골목 패거리를 한 손에 쥐고 있다는 무뢰배의 수괴인가?"

"무뢰배의 수괴? 허허허! 그다지 틀린 말은 아니지만 너같이 젖비린내 나는 놈이 입에 올릴 말은 아닌 듯한데. 그렇게 말하는 네놈은 누구나?"

웃는 입과는 다르게 짜증이 묻어나는 소리로 도치가 말했다. 하지만 젊은 사내는 더 이상 별다른 말 없이 도치를 건너다볼 뿐이었다. 도치의 눈길이 모질어졌다.

"이놈들 봐라! 이제 보니 네놈들이 나를 두고 희롱하자는 수작이 아니냐. 이런 죽일 놈들이 있나?"

도치가 자리를 박차고 일어나는 것과 동시에 경장 차림의 사내가 매섭게 꾸짖는 음성으로 소리쳤다.

"당장 앉지 못할까, 이놈! 이분은 부여국의 왕자이신 영포 왕자님이시다!"

가진 배포가 부여 도성을 쓸어담고도 남으리라는 도치도 그 말에 허구리를 쥐어박힌 듯 놀란 표정을 지었다.

"부, 부여국 왕자…….?"

영포가 그런 도치를 건너다보며 말했다.

"내 너에게 특별히 할 말이 있어 몸소 이곳을 찾았다. 그러니 이 일이 혹 다른 사람들의 입에 오르내리지 않도록 엄히 단속하여라, 알겠느냐?"

"예, 예, 왕자님."

자리에 앉은 도치가 여전히 믿기지 않는 듯한 표정으로 영포를 건너다보았다. 그러다 갑자기 한당을 돌아보며 소리쳤다.

"이런 멍청한 놈! 왕자님이 오셨는데 얼른 가서 음식과 술을 준비하지 않고 뭘 하느냐?"

"예, 예에……."

한당이 꼬리에 불붙은 형국이 되어 아래층으로 달려 내려갔다.

"그런데 왕자님께서 어인 일로 저 같은 놈을……."

내어온 술을 영포가 한 잔 들이켜기를 기다려 도치가 말을 건넸다. 천천히 술잔을 내려놓은 영포가 말했다.

"네놈이 그간 옥저의 염상들과 소금 밀매를 해왔다는 말을 들었다. 그게 어김없는 사실이냐?"

도치가 펄쩍 뛸 듯 놀라며 손사래를 쳤다.

"처, 천부당한 말씀입니다요. 소인은 그 일에 손을 뗀 것이 벌써 옛날입니다. 그, 연타발이란 놈이 도성의 소금을 전매하기 시작한 후론 단속이 심해 할래야 할 수도 없습니다. 정말입니다요, 왕자님!"

"그 말은, 단속이 없으면 다시 소금 밀매를 할 수도 있다는 말이냐?"

"그, 그런 것이 아니라……."

영포가 다시 술잔을 들어 단숨에 들이켜고는 도치에게 내밀었다.

"자, 너도 한잔하거라."

"소, 송구합니다, 왕자님."

도치가 술잔을 비우는 것을 지켜본 영포가 은밀한 소리로 말했다.

"지금부터 내가 하는 말을 명심해 들어라. 자칫 잘못하면 네놈 목숨이 날아갈 수도 있는 일이니."

"……."

"옥저와 소금을 거래할 방법을 찾아보아라."

"예, 소금을? 그렇다면 밀매를……?"

"밀매든 정상적인 거래든, 그거야 네놈이 알아서 할 일이고. 방법이야 어떠하든 상관없다. 소금 살 돈은 내가 만금이라도 댈 테니, 반드시 방법을 찾아보아라!"

"하지만 요즘 소금 거래에 온 나라가 신경을 곤두세우고 있는 마당이라…….”

“허, 이제 보니 저잣거리에 나도는 네놈 명자名字도 다 헛소문에 불과한 것이었구나. 아무리 튼튼한 울타리라도 개구멍은 있는 법. 네놈이 그걸 못한다면 누가 한단 말이냐?”

“…….”

“이 일에 네놈의 공이 있다면 내 부여의 국왕이 된 다음에 큰 상으로 이를 갚아줄 것이다.”

“부, 부여의 국왕이라 하셨습니까?”

“그렇다, 이놈아. 나라고 왕이 되지 말란 법이 있느냐?”

소금 전쟁

초목이 새로이 나고 풍광이 밝아진다는 청명清明을 며칠 앞둔 어느 날, 현토군 성문 앞에 두 필의 인마가 당도했다. 말과 사람 할 것 없이 뽀얗게 먼지를 뒤집어쓴 모습이 먼 길을 서둘러 말을 몰아온 기색이 완연했다. 행색을 살핀 위병이 어디서 온 누구냐고 묻자 준수한 용모의 젊은 사내가 대답했다.

"이 몸은 부여국 왕자 대소다. 현토군 태수를 만나러 왔으니 속히 통기하여라!"

일국 왕자의 행차라기엔 믿기 어려운 모습이었으나 성문을 지키는 장수가 이를 부중府中에 전했다. 접빈을 담당한 아전이 나와 대소를 맞았다.

"우선 객관에 돌아가 계시면 태수님께서 때를 보아 기별하겠다고 하십니다."

조급한 마음을 도리 없이 다스리며 대소가 객관에 들었다. 그런데 그러고 그만인 것이 부중으로부터의 소식이었다. 사흘을 눈이 아프도록 기다렸지만 태수에게서는 아무런 기별이 없었다. 기다리다 못한 대소가 부중을 찾아가 전날의 아전에게 물었다.

"기별을 기다린 지가 여러 날이오. 태수께 바쁘더라도 잠시만 시간을 내어달라고 말씀드려 주시오."

뱁새눈에 쥐 주둥이를 한 아전이 심드렁한 목소리로 말했다.

"요즘 태수님께서 격무로 병환을 얻으셨습니다. 지금은 왕자님을 만날 형편이 아니니 기다리시라는 말씀이십니다."

객관으로 돌아오자 이번 길에 동행한 벌개가 물었다.

"태수는 만나셨습니까, 태자님?"

대소가 고개를 저었다. 그리고 다시 사나흘이 흘렀다. 하릴없이 기별을 기다리다 지친 대소가 다시 태수가 있는 관사로 걸음을 했다. 하지만 들은 것이라곤 지난번과 토씨 하나 다르지 않은 말뿐이었다.

객관에서 기다리고 있던 벌개가 분이 오른 얼굴로 대소에게 말했다.

"이것은 분명 현토 태수가 태자님을 업수이 여겨 기롱하고 있는 것이 분명합니다. 천하에 이런 분한 일이 어디 있겠습니까? 그만 부여로 돌아가십시다."

"외숙부님 말씀이 옳습니다. 저자들이 지금 나를 놀리며 비웃고 있습니다. 하지만 나는 돌아가지 않겠습니다."

"태자님. 이곳에 남아 저자들한테 수모를 더 당하겠다는 말씀이십니까? 이 일은 애당초 그른 일입니다. 태자님을 이리도 능멸하는 자들이 태자님의 청을 들어줄 까닭이 있겠습니까?"

"양정은 교활한 자입니다. 그는 내가 현토성을 찾은 까닭을 짐작하고 있을 것입니다. 그래서 이를 기화로 나를 길들이려 하고 있는 것입니다."

"그런데도 계속 이곳에 남아 계시겠다는 말씀입니까?"

"저들이 길들이려 하면 길이 들고, 저들이 비웃으면 비웃음을 당하겠습니다. 사내는 자신이 뜻한 바를 위해서는 수치를 참을 수도 있어야 하는 법입니다."

"태자님!"

"저들 중원족의 속담에 남아의 복수는 5년 후라도 늦지 않다고 하였습니다. 내 그 말을 기억하고 잊지 않을 것입니다."

어금니를 사리문 대소가 가는 눈을 떠 봄빛이 난만한 객관 마당을 내다보았다.

그로부터 대소는 매일 현토군의 관사로 나가 태수와의 만남을 청했다. 하지만 그때마다 이 핑계 저 핑계를 대며 말을 바꿀 뿐, 양정을 기다리는 방문은 열리지 않았다. 객관 마당의 자두나무에서 만발한 꽃이 떨어지고 다시 새로 핀 꽃이 낙화를 준비하고 있었다.

봄비가 무겁게 내린 날, 대소가 짐 속에서 보따리 하나를 꺼내 들고 현토성의 군사를 향했다. 이윽고 비를 흠뻑 맞으며 빈손으로 객관에 돌아온 대소가 벌개에게 말했다.

"부여로 돌아가겠습니다."

"잘 생각하셨습니다, 태자님. 사람한테 바랄 것이 따로 있고, 짐승한테 바랄 것이 따로 있는 법입니다. 도리를 모르는 저런 천하의 야만스러운 것들한테 뭘 기대하고 바라겠습니까?"

두 사람이 행장을 꾸려 성문을 막 벗어나려 할 때, 빗속을 뚫고 말을 탄 한 명의 장교가 달려오더니 소리쳤다.

"부여국 왕자께서는 걸음을 멈추시오! 태수님께서 왕자님을 관사로 모시라는 영을 내리셨습니다. 속히 관사로 드시길 바랍니다."

대소를 맞는 양정의 얼굴이 알 수 없는 놀라움과 당황함으로 붉게 상기되어 있었다. 한 차례 매서운 눈길로 대소를 건너다본 양정이 입을 열었다.

"내 일신에 병통이 들어 부여국 왕자를 접대함에 소홀함이 있었소. 왕자께선 너그러이 헤아리시길 바라오."

"그렇지 않을 까닭이 있겠습니까. 다행히 병환에서 쾌차하셨다 하니 참으로 기쁜 일입니다."

양정의 눈길이 마주앉은 탁자의 한켠에 놓인 붉은 보자기를 향했다. 그날 아침 대소가 객관을 나설 때 들고 나간 보따리였다.

"저것이 무엇이오? 저것을 나한테 보낸 소이가 무엇이오?"

대소가 서두르는 기색 없이 조용히 대답했다.

"태수님께 드리는 저의 작은 정성이었습니다. 혹 제 선물이 마음에 들지 않으셨는지요?"

"이보시오, 왕자!"

양정이 마침내 버럭 역정을 내며 소리쳤다.

"저런 흉물스러운 것을 나한테 보낸 까닭이 무엇이냔 말이오!"

소리치며 양정이 손을 내밀어 보자기를 벗겼다. 막 다과상을 들고 안으로 들던 계집종이 소스라치는 소리를 냈다.

"에그머니나!"

보자기를 벗긴 탁자 위에 육탈되어가는 인간의 잘린 머리가 놓여 있었다. 흘러내린 흰 머리카락이 찡그린 얼굴을 뒤덮은 것이 아직도 살아 있는 사람의 것처럼 생생했다. 잠시 수급을 바라보던 눈길을 거두며 대소가 말했다.

"태수님께서 크게 반기실 선물이라 생각했는데 뜻밖이군요. 태수님께는 매우 반가운 얼굴일 터이니 다시 한번 자세히 살펴보십시오."

노한 표정을 풀지 않은 채 양정의 시선이 다시 탁자 위의 수급을 향했다. 잠시 그의 표정 위에 의아해하는 빛이 떠오르더니, 경악에 찬 외침이 입술 밖으로 터져나왔다.

"헉! 이, 이것은……."

"……."

"이, 이것은 해모수……!"

"그렇습니다, 태수님. 태수님의 옛 벗인 해모수 장군의 수급입니다."

"오……."

양정이 한동안 놀라움을 다스리지 못한 얼굴로 탁자 위의 수급과 대소를 번갈아 바라보았다.

"이게 대체 어찌된 일이오? 해모수는 이미 20여 년 전에 죽은 사람이 아니오."

대소가 침착한 어투로 답했다.

"그렇지 않습니다. 해모수 장군은 옛날 태수님에게 쫓기다 계곡으로 떨어진 뒤로도 지금껏 살아 목숨을 부지해왔습니다. 부여의 모든 사람들이 모르는 가운데 홀로 살아 있었습니다."

"그럴 수가…… 그렇다면 누가 해모수를 죽였소?"

"제가 그리하였습니다."

"오……."

"태수님께서는 해모수 장군의 수급을 누구보다 반기실 분이라 여겨 이렇게 불원천리 달려왔습니다. 옛날 태수님께서는 해모수 장군을 죽이고서도 그의 수급이 없어 한의 조정으로부터 합당한 상급을 받지 못하였다고 들었습니다. 이제라도 이 수급을 가져가시면 천하의 적도를 평정한 군공에 값하는 상을 받으실 수 있을 것입니다."

"이것을 나한테 가져온 것은 그 까닭이 있을 터. 원하는 것이 무엇이오?"

"옥저와 부여의 소금 교역을 재개할 수 있게 해주십시오."

"그럴 순 없소!"

"이 일은 태수님께 얻는 것은 많고 잃는 것은 없는 일이니 망설이실 까닭이 없습니다."

주위를 물리친 대소와 양정 두 사람 사이에 길고 긴 대화가 오갔다. 얘기가 부여 왕자들의 경합에 이르자 양정이 대소를 바라보며 깊이 고개를 끄덕였다.

"이 몸이 부여의 왕위에 오르는 날 한은 동이에서, 아니 천하에서 가장 든든한 우방을 얻게 될 것입니다."

"으음…… 알겠소. 허나 부여와 소금 교역을 금하라는 것은 경사京師로부터의 상명上命이니 나로서도 어쩔 수가 없소. 우선 소금 1만 석을 내어주겠소. 그리고 차후 형편을 보아 황제 폐하께 교역이 온전히 재개될 수 있도록 주청을 드리겠소."

"태수님의 은혜가 넓고도 큽니다."

대소가 고개 숙여 사의를 표했다.

◆ ◆ ◆

전포 앞에 하얗게 고봉을 이루며 놓여 있던 소금 광주리들이 모습을 감춘 지 오래였다. 한나라와의 소금 교역이 끊어지고, 옥저와 동예로부터의 수입도 가로막힌 지 벌써 보름. 소금의 품귀로 인한 혼란은 자못 심각한 양상을 띠어가고 있었다. 소금 한 근의 암시세가 양곡의 수백 배, 수천 배를 상회했지만 그나마 구경조차 하기 어려웠다. 소금을 매점한 상고商賈의 창고에 도적이 들어 사람이 목숨을 잃었으며, 소금을 사서 집으로 돌아가던 사람이 백주에 소금을 강탈당하고 몸까지 상해 반병신이 되었다. 매일 정해진 양의 소금을 내는 연타발의 점포는 관병의 삼엄한 호위 속에서도 살벌한 기운이 가득했다.

점포 앞에 길게 줄을 선 사람들의 행렬을 건너다보는 주몽의 마음이 납덩이를 매단 듯 무거웠다. 홍수처럼 몰려드는 사람에도 불구하고 연타발의 소금 창고에서 나가는 양은 봄가뭄 냇물처럼 늘 보잘것없었다. 도성 사람들이 겪는 이 고통을 대궐에서도 알까. 물론 모르지는 않을 것이다. 그렇다면 어떤 대책을 준비하고 있는 것일까.

저들의 고통을 목전에 두고도 아무것도 할 수 없는 자신이 주몽은 한심스럽고 저주스러웠다.

그렇게 또 하루가 저물고, 유난히 달빛이 밝은 만월의 밤이 찾아왔다. 하루 종일 고된 노동에 시달렸음에도 주몽은 쉬 잠을 이루지 못한 채 뒤척거렸다. 낮에 보았던 한 광경이 종내 머리에서 지워지지 않았다. 소금을 충분히 먹지 못한 지가 오래인 듯한 한 어린아이가 다른 아이의 눈에서 흘러내리는 눈물을 혀로 핥고 있었다…….

전전반측 몸을 뒤채던 주몽이 어느 때 자리에서 일어나 들창 가로

갔다. 두 뼘이 넘지 않는 조그만 들창 너머에 보름달이 검은 하늘 위로 높이 떠 빛나고 있었다. 귀하고 화려한 곳이든 천하고 더러운 곳이든 공평하게 비추는 달빛이 이 밤에는 무심하고 냉정하게 느껴져 오히려 야속한 마음이 들었다.

낮에는 해의 모습으로, 밤에는 달의 모습으로, 인간사 두루두루 살피는 전능한 천제시여. 이제 인간은 하늘에 가 닿는 방법을 영영 잃었으나 하늘 문을 닫아걸지는 마소서…….

주몽의 시선이 하염없이 달을 우러르고 있던 어느 때였다. 문득 한 노랫가락이 주몽의 머릿속에서 불쑥 떠올라왔다.

살결처럼 희고 눈물보다 짜네.
모래만큼 흔하지만 황금보다 귀하다오.
캐세, 캐세.
한 자루 곡괭이로 너른 바다를 캐세.
부상수扶桑樹* 아래서도 녹지 않을 설산雪山이여.
대모신大母神**의 오줌과 땀이여.
이제 남은 건 너 하나뿐이나
황제의 궁전과도 바꾸지 않으리.

주몽이 천천히 노랫가락을 흥얼거렸다. 언젠가 저잣거리의 기루에서 늙은 가객이 부르던 노래였다. 이 깊은 밤 난데없이 떠오른 노랫가

* 북쪽 바다 한가운데에서 자란다는 전설의 나무로, 이곳에 천제의 아들들인 열 개의 태양이 산다.
** 풍요와 창조의 여신.

락이라니…….

살결처럼 희지만 눈물보다 짜다……. 모래만큼 흔하지만 황금보다 귀하다…….

그런 어느 때, 주몽은 노랫가락이 떠오른 까닭을 불현듯 깨달았다. 혹 이것은 소금을 노래한 것이 아닐까. 생각하면 할수록 틀림없이 그런 것 같았다. 하긴 천하에 귀한 소금이니 이를 기린 노래야 헤아리지 못할 만큼 흔했다. 그런데 모래만큼 흔하다니? 곡괭이로 너른 바다를 캐다니? 녹지 않는 설산이라니……?

그때 한 가지 생각이 계시처럼 주몽의 머리를 두드렸다. 주몽은 불에 덴 듯 들창 가에서 떨어져 어두운 방 한가운데 우뚝 섰다.

녹지 않는 설산이라 함은 혹시……?

심장이 금방이라도 밖으로 튀어나올 듯 세차게 뛰고 있었다. 하지만 머릿속은 일시에 환해진 기분이었다.

날이 밝기가 무섭게 주몽이 부리나케 달려간 곳은 자신이 예전에 스승의 죽음을 한하여 취생몽사 술에 빠져 지냈던 기루였다. 그곳에서 그는 한 늙은 가객의 노래를 취한 몸으로 오면가면 들었다. 그때 노인은 낡은 완함을 품에 안고 연주하며 기루의 술손님이 던져주는 푼돈으로 하루하루를 연명했다. 기루 봉놋방에 기거한다고 했던가…….

"주인장 계시오! 주인장! 주인장!"

주몽이 부르는 소리에 빠끔 대문을 연 주인 사내가 연신 하품을 베어물며 퉁명스런 소리를 냈다.

"젠장! 무슨 놈의 고함 소리가 잘하면 죽은 사람도 불러내겠네. 아, 무슨 일이기에 새벽부터 불난 집 마소마냥 이 난리유?"

"주인장. 여기에 기거하며 노래를 팔던 노인장 있잖소? 완함 다루는 솜씨가 일품인 노인네 말이오. 아직 여기 계시오?"

"아, 그 고산국高山國에서 왔다는 떠돌이 가객 말이우?"

"그 노인이 고산국 사람이오?"

"아, 나야 알우? 그렇다고 하니 그런 줄 알지. 근데 그 노인네는 왜 그러시우?"

"아니, 그냥 좀 물어볼 게 있어서 그럽니다."

또 한 번 늘어지게 하품을 토해낸 주인 사내가 쩝 입맛을 다셨다.

"아무튼 아깝게 됐수다. 새벽부터 헛걸음한 게 됐으니. 그 노인은 어제 모제기*가 뜨기도 전에 떠났수. 이번엔 남쪽 삼한 땅으로 간대나……. 한창 달게 자는데 노인네가 문을 열어달라고 깨우는 통에 두벌잠도 제대로 못 잤소."

주몽이 낭패스런 표정을 지었다.

"어디로 간다고 하였소?"

"글쎄, 남쪽 삼한 땅으로 간다 그랬지 아마……."

주몽의 표정이 안돼 보였던지 주인 사내가 부조 삼아 말했다.

"꼭 만나야겠다면 혹시 모르니 얼른 뒤쫓아 가보시든가. 노인네 걸음이 빠르면 얼마나 빠르겠수?"

주몽이 주인 사내가 거두는 말 한 필을 원하는 만큼 셈을 치른 뒤, 급히 안장을 얹어 올라타고 성문 쪽을 향해 내달렸다.

* 모제기 : 새벽녘 동쪽 하늘에 뜨는 금성의 방언.

◆ ◆ ◆

"근데 주몽 왕자님은 대체 하루 종일 어딜 가신 게야?"

하루 일을 마친 뒤 일꾼들을 점고하고 돌아서던 계필이 문득 생각난 듯 마리를 불러 물었다.

"글쎄요, 저희도 어딜 가셨는지 통 모르겠습니다요……."

그래도 늘 곁에서 가까이 위하던 주몽인지라 면목이 없어진 마리가 눈알을 뒤룩뒤룩 굴리며 딴청을 부렸다.

"설마 또 기루에서 술독에 빠져 계신 건 아니겠지?"

계필이 자리를 뜨자마자 협보가 낮은 목소리로 속삭였다. 그러자 마리가 얼른 퉁바리를 놓았다.

"이놈아, 설마하니 왕자님이 또 그러시겠냐? 그때는 그럴 만한 이유가 있었던 거고."

"그럼 대체 아침부터 지금까지 어디서 무얼 하신단 말이우?"

자신들에게 일언반구도 없이 자취를 감춘 주몽이 섭섭한 듯 오이가 투덜거렸다.

아닌 게 아니라 생각하면 섭섭한 게 한두 가지가 아닌 그들이었다. 도치 패거리에게 맞아죽을 작정으로 주몽을 빼내 숨기고, 자신들도 쫓기는 쥐새끼마냥 도치의 눈을 피해 뒷골목을 전전한 게 얼마였던가. 목숨이 위태로운 고비를 몇 번이나 넘기면서도 오직 가슴에는 착한 주몽 왕자가 부디 죄를 벗고 다시 궁으로 돌아가길 간절히 바라는 한 가지 마음뿐이었다.

그런 그동안의 고생이 헛되지 않아 주몽 왕자는 폐서인된 몸에서 풀려나 다시 궁으로 돌아갔다. 뿐만 아니라 왕실에선 첫째 왕자가 폐태자된 뒤, 세 왕자의 능력을 겨루어 뛰어난 왕자를 태자로 삼는다고 하였다지 않은가. 그러니 주몽 왕자라고 이 나라 부여의 대왕이 되지 말란 법이 없지 않은가 말이다.

이런 희망에 부풀어 있던 터에 벌어진 일의 꼬락서니라니……. 자신들을 출세로 이끌 든든한 동아줄이라 여겼던 주몽 왕자가 덜컥 이 장사꾼 집안의 허드레 일꾼이 되어버린 것이다. 생각하면 가슴을 치고 땅을 뒹굴어도 시원치 않을 만큼 어이없고 황당하고 억울하기 짝이 없는 일이었다. 뭐, 꼭 주몽 왕자가 궁에 들어가 자기들의 출세길을 열어주지 않는대도 어쩔 수 없는 일이긴 했다. 뭐, 그렇게 해준다면야 좋은 일이긴 하다만……. 그런데 자신들에겐 하늘같은 주몽 왕자가 하는 일이 자기들보다 손톱만큼도 나은 것이 없는 상단 일꾼이라니……. 아이구, 이 빙충맞은 인간…….

"젠장! 재수 없는 포수는 곰을 잡아도 웅담이 없고, 재수 없는 놈은 뒤로 넘어져도 코가 깨진다더니……."

"하긴 우리 팔자에 궁궐 무관이라니, 언감생심이지 뭐. 팔자에 없는 관 쓰면 마빡 벗겨진다는 말도 몰라? 그냥 생긴 깜냥대로 사는 거지 뭐. 젠장……."

새삼 자신들의 처지가 한심하기 그지없어 그렇게 투덜대고 있을 때였다. 대문이 열리며 주몽이 들어섰다.

"아니, 왕자님! 말씀도 없이 어딜 갔다 이제 오시는 겁니까?"

그들이 달려가 맞으며 소리쳤다. 어딜 어떻게 쏘다니다 돌아왔는지 옷과 머리가 온통 뽀얀 먼지투성이인 데다 걸어오는 품은 지친 기색이 역력했다. 그런데 이상하게도 얼굴에서는 알 수 없는 열기가 풍겨나고 있었다.

"어딜 가면 가신다고 말씀이나 하고 가시지, 종일 궁금해서 목이 빠지는 줄 알았습니다."

"저녁은 드셨습니까, 왕자님?"

걱정스럽게 물어오는 말들에 아랑곳하지 않고 주몽이 되레 물었다.

"소서노 아가씨가 어디 계신지 아느냐?"

어딘지 흥분으로 들뜬 목소리였다. 오이가 조금 전에 서실書室로 들어가시더라고 고하자 주몽이 부리나케 그쪽으로 걸음을 옮겼다.

"왕자님! 어딜 다녀오셨는지는 말씀을 하셔야……."

마리의 소리에도 주몽은 뒤도 돌아보지 않은 채 창고 기둥 뒤쪽으로 사라졌다.

"쳇! 오시자마자 치마 두른 사내한테 먼저 달려가시는구먼."

자신이 던진 농이 스스로 계면쩍었는지 협보가 흐흐흐 웃음을 흘렸다. 그러곤 늦은 저녁을 먹기 위해 행랑채로 걸음을 옮겼다.

◆ ◆ ◆

사방탁자 아래위 칸에 수북이 쌓인 죽간 다발을 더듬는 손길이 자꾸만 느려졌다. 외방에 나가 있는 상단에서 보내온 보고서들이었다. 내일 아침까지는 모두 살펴 아버지에게 내용을 보고해야 한다. 그런데 조급한 사정과는 달리 마음은 자꾸 다른 데를 향하고 있었다.

죽간을 펼치던 손길이 멎고 소서노가 나직하게 한숨을 내쉬었다. 펼쳐진 죽간 위로 검은 글자 대신 한 얼굴이 떠올랐다. 갈구하는 눈길로 자신을 바라보던 대소의 모습이었다. 소서노는 대소가 여각으로 자신을 찾아온 날의 일을 떠올렸다.

철 이른 봄비가 제법 무성하게 내리던 어느 날이었다. 느닷없는 부여국 왕자의 방문을 받은 졸본 상단의 여각이 잠시 술렁거렸다. 마침 아버지 연타발은 출타중이어서 자신이 대소 왕자를 맞았다. 늘 지나치게 자신만만하던 이전의 대소와는 어딘지 다른 듯한 모습이었다. 차를 앞에 두고 한동안 별 말이 없던 대소가 이윽고 입을 열었다.

"아가씨! 나는 이번에 일이 있어 현토성을 다녀오려 하오. 그 전에 아가씨에게 할 말이 있어 이렇게 찾아왔소."

"무슨 말씀이신지요?"

"어쩐 일인지 알 수 없는 일이나, 내 마음이 온통 아가씨 생각으로 가득 찼소. 생각하면 아가씨를 처음 본 궁궐의 연무장에서부터였던 것 같소."

뜻밖의 말에 소서노가 나직이 숨을 들이켰다. 그러고 보니 평소 감출 길 없는 야망으로 이글거리던 대소의 눈이 오늘은 또 다른 종류의 뜨거움으로 불타오르는 듯해 보였다.

"내 이날까지 이처럼 나의 마음을 사로잡은 여인을 만난 적이 없소. 아가씨에게도 내가 그런 사내였으면 좋겠소."

"……."

"이번 현토성 길은 나와 우리 부여에게 매우 중요한 일이오. 일을 성사시키고 돌아와 아가씨의 마음에 대해 듣고 싶소. 그때까지 나의 안전을 기원해주시오."

"원로에 무사히 다녀오시길 바랍니다."

"고맙소. 그대의 평안과 기쁨이 곧 나의 것이오. 아가씨도 편히 지내시길 바라오."

생각하면 어이없으리만큼 오만한 말이고 태도였다. 그는 그런 사람이었다. 매사에 자신만만하고 온몸에 의지가 흘러넘치는 사람. 세상 일이란 오직 자신이 정복한 것과 그렇지 않은 것으로 분류하는 사람. 그래서 늘 새로운 정복의 목표로 투지가 불타오르는 사람. 대소는 그런 사람이었다. 그에게는 여인도 사랑도 정복해야 할 대상일까.

그는 또 무서우리만큼 자존심이 강하고 자신의 마음을 드러내는 것을 수치스럽게 생각하는 사람이다. 그런 그가 나에게 자신의 마음을 펴보였다. 그가 내 앞에서 지어 보인 어색하고 불편해하는 태도는 수치심 때문이었을까, 아니면 수줍음 때문이었을까.

그러자 펼쳐진 죽간 위로 떠오르는 다른 얼굴이 있었다. 여인처럼 해사하고 어린아이같이 천진해 보이는 얼굴. 제멋대로이고, 걸핏하면 욕이나 하고, 가는 데마다 문제를 일으키고, 여자에 대한 배려나 예의 따윈 애당초 모르는 녀석. 태자 자리에 오르기 위해 형들과 궁궐에서 전력을 다해 결자웅決雌雄해도 부족한 터에 상단에 와서 등짐이나 지고 있는 한심한 녀석. 그런데도 마음속에 떠올리기만 하면 공연히 얼굴이 달아오르고 심장이 빠르게 뛰는 이상한 녀석. 주몽이었다. 주몽을 떠올리는 지금도 소서노는 다시 가슴이 뛰고 숨이 가빠오는 걸 느꼈다.

그자의 무엇이 나를 이토록 가슴 뛰게 하는 것일까. 이 난데없는 기분은 대체 뭐란 말인가. 그자는 또 나를 어떻게 생각하고 있는 것일까.

요즘의 주몽은 확실히 소서노가 그를 처음 보았을 때의 그 버릇없던 소년과는 다른 점이 있었다. 왕자라고는 하나 자신의 상단에 들어와 일꾼으로 일하는 처지가 아닌가. 그럼에도 요즘의 그에게선 어딘지 함부로 범하기 어려운 위엄과 기상이 느껴졌다. 그런 느낌에 문득문득 당황스러웠던 때가 한두 번이 아니었다. 무엇이 그를 변화시키고 있는 것일까.

생각에 잠긴 소서노가 무심결에 죽간으로 손을 가져갈 때였다. 문 밖에서 발자국 소리가 나더니 부르는 목소리가 들렸다.

"아가씨! 주몽입니다. 잠시 뵙고자 합니다."

소서노가 화들짝 놀라며 방문 쪽을 돌아보았다. 마치 자신의 속마음을 들킨 듯하여 얼굴이 화끈 달아올랐다. 손을 가슴에 얹어 잠시 마음을 가다듬은 소서노가 들어오라고 말했다.

"무슨 일이에요, 늦은 시간에?"

탁자에 마주앉는 주몽을 바라보며 소서노가 쌀쌀맞은 태도로 물었다. 주몽이 방금 전의 생각을 알아채지나 않을까 하여 공연히 불안하고 민망한 마음이었다. 주몽이 어딘지 재미난 일을 숨긴 어린아이 같은 표정으로 건너다보며 말했다.

"아가씨. 고산국이란 나라에 대해 들어보셨습니까?"

"고산국? 언젠가 들은 기억은 있어요. 동이 땅 서쪽으로 수천 리에 이르는 사막 어딘가에 있는 나라라고 들었어요."

"혹 군장 어른께서는 그곳에 다녀온 적이 있으십니까?"

"워낙 척박하고 황량한 땅이라 아버지께서도 가본 적은 없다고 하셨어요. 장사꾼이란 사고팔 물건이 있을 때만 움직이니까요."

"그럼, 그 고산국에 소금이 나는 산이 있다는 얘기는 혹 들어보셨습니까?"

잠시 의아한 표정이던 소서노가 실소를 터뜨렸다.

"소금이라구요? 소금은 바다에서 나는 것인데, 사막 속에 있는 나라에서 소금이 난다구요? 호호호……."

주몽이 문득 나직한 목소리로 노래를 부르기 시작했다.

살결처럼 희고 눈물보다 짜네.
모래만큼 흔하지만 황금보다 귀하다오.
캐세, 캐세.
한 자루 곡괭이로 너른 바다를 캐세.
부상수 아래서도 녹지 않을 설산이여.
대모신의 오줌과 땀이여.
이제 남은 건 너 하나뿐이나
황제의 궁전과도 바꾸지 않으리.

노래가 그쳤다. 호기심이 가득한 눈길로 잠자코 듣고 있던 소서노가 물었다.

"무슨 노래예요?"

"아가씨. 전 오늘 고산국 사람을 만나고 왔습니다. 천지를 떠돌며 노래로 연명하는 늙은 가객이지요. 이것은 그가 만든 노래입니다."

"……."

다시 주몽이 노래를 흥얼거렸다. 소서노가 중얼거렸다.

"대모신의 오줌과 땀이라……."

"바로 소금을 말하는 것이지요!"

알 수 없는 의욕으로 주몽의 얼굴이 빛나고 있었다. 소서노가 얘기를 계속하라는 듯 몸을 조금 앞으로 기울였다.

"언젠가 저잣거리의 기루에서 이 노래를 부르는 노인을 만난 적이 있습니다. 늙고 초라한 가객이었지요. 오늘 그 노인을 찾기 위해 말을 타고 한나절을 달렸습니다. 남쪽으로 몇 개의 산을 넘은 끝에 간신히 노인을 따라잡아 노래의 뜻을 물었지요. 역시 제 예상이 맞았습니다.

가난한 미지의 나라로만 알려져 있는 고산국에는 집 담장을 소금 암석으로 세울 만큼 소금이 흔하다고 합니다. 그 나라에 있는 거대한 소금산 때문이지요."

"소금산이라구요?"

"예, 바로 부상수 아래서도 녹지 않을 설산이 바로 그 소금산이지요."

"……."

"하지만 고산국은 사막으로 가로막혀 수천 년을 외부와 고립된 채 살아온 작고 가난한 나라입니다. 그래서 소금산에 대한 이야기가 세상에 별로 알려지지 않았어요."

"그런 보물을 가진 나라가 왜 가난해요?"

"워낙 흔한 것이 소금이어서 내다팔 생각조차 못하였고, 오래전부터 소금산 일대에 도적 떼가 창궐해 사람들이 가지 못하는 곳이 되고 말았다고 합니다. 그 노인도 도적 떼에게 가족을 잃고 가난을 견디다 못해 나라를 떠났는데, 이 노래는 20년 넘게 세상을 떠돌고 있는 그가 고향이 그리워 스스로 지은 것이라 합니다. 아가씨!"

주몽이 반짝이는 눈으로 자신을 바라보았다. 그 눈길에 공연히 소서노의 마음이 쿵쿵 소리를 내며 뛰기 시작했다.

"예…… 말해요."

"나와 함께 고산국으로 갑시다! 가서 소금산의 소금을 캐오는 겁니다. 어때요?"

"……."

"소금이 얼마나 귀한 것인가는 나보다 아가씨가 더 잘 알겠지요. 더구나 지금 부여는 한과 옥저와의 소금 교역이 끊겨 그야말로 만금보다 귀한 물건이 되었습니다. 고산국에서 소금을 값싸게 사올 수만 있다면 졸본 상단은 이제껏 한 번도 경험하지 못한 큰 이문을 남기는 거래를 하게 될 것입니다. 그리고 우리 부여는 지금의 소금 품귀 사태를 단숨에 해결할 수 있을 것이구요."

"하지만……."

소서노가 의심이 어린 표정으로 말했다.

"떠돌이 노래꾼 노인이 한 말을 믿어도 될까요? 어린 시절 나도 그런 비슷한 얘기를 들은 적이 있어요. 하지만 그건 단지 지어낸 이야기에 불과한 것일 수도 있잖아요. 그 먼 길을 갔다가 헛걸음이라도 하는 날엔……."

"물론 사실일 수도 있지만 사실이 아닐 수도 있지요. 하지만 세상 모든 일은 경험해보기 전에는 존재하지 않는 겁니다. 난 신이 나의 편이란 걸 믿어요."

소서노가 주몽을 정면으로 바라보았다.

"왕자님은 어떡하시겠어요?"

"물론 갈 겁니다. 아가씨가 가지 않겠다면 혼자서라도."

"……좋아요. 나는 그런 왕자님을 믿어보겠어요."

◆ ◆ ◆

하지만 아버지와 상단 사람들의 반대는 예상보다 훨씬 거센 것이었다. 아침마다 연타발의 방에서 열리는 상단 회의가 끝나는 말미에 소서노가 말했다.

"고산국엘 다녀오겠어요. 허락해주세요, 아버지!"

뜻밖의 말에 사람들의 물음이 뒤따랐다. 소서노는 전날 밤 주몽에게서 들은 이야기를 전했다. 하지만 그로부터 이어진 반대는 소서노로선 처음 경험한 것일 만큼 격렬했다.

"원, 아가씨도. 세상에 떠도는 허황한 얘기를 모은다면 태산을 하나 더 쌓고도 남을 겝니다. 그 얘기도 필시 오랜 세월 사람들 입에서 입으로 떠돌며 만들어진 헛된 이야기일 게 분명합니다. 제가 30년 넘게 장사를 하면서 깨달은 게 뭔지 아십니까? 세상에 믿지 못할 것이 사람의 입에서 나오는 말이란 겝니다."

"아가씨가 허황한 거짓 소문에 속은 것입니다. 세상에 소금으로 된 산이란 게 가당키나 한 말입니까? 원, 사내가 애를 낳았다는 말은 들었어도 산에서 소금이 난다는 말은 또 처음일세. 아니 그렇습니까, 군장 어른?"

"또, 설혹 그 말이 사실이어서 그런 보물이 지천으로 쌓인 곳이 있다면 여태껏 사람들의 손을 타지 않았을 리 있겠습니까?"

수다스러운 계필의 말이었다.

"아가씨. 사막은 뜨거운 더위와 뼈를 말리는 기갈, 독충, 풍토병, 사나운 도적들이 득시글거리는 곳입니다. 있는지 없는지도 모를 것을 찾아 목숨이 위험한 그런 곳으로 간다는 것은 어리석기 짝이 없는 일입니다. 다시 한번 생각해보십시오, 아가씨."

우려 섞인 우태의 말이었다. 소서노가 말했다.

"제가 하려는 것은 전설이 사실인지 아닌지를 확인하려는 것이 아니라 장사예요. 장사란 어차피 불확실하고 위험한 미래를 상대로 하는 것이 아닌가요? 세상에 위험하지 않은 장사는 없어요. 장사가 성공할지 아닐지는 어차피 신만이 아시는 거예요. 전 한번 투자해볼 만한 가치가 있는 장사를 위해 고산국으로 가려는 거예요. 틀림없이 우리 상단이 생긴 이래 가장 큰 이문을 볼 수 있는 장삿길이 될 거예요. 허락해주세요, 아버지."

"……."

"아버지! 이 일이 저에게 큰 도전과 시련이 되리란 것을 모르지 않습니다. 말을 타지 않으면 말에서 떨어질 일도 없겠지요. 하지만 말 타기를 두려워한다면 평생 걸어다니는 신세를 면치 못할 거예요. 절 믿어주세요, 아버지!"

오랜 갑론을박을 말없이 지켜보던 연타발이 이윽고 입을 열었다.

"사용아. 소서노와 함께 고산국행 상단을 꾸리는 데 소용되는 인원과 물건들을 정리해 올리거라. 일정을 넉넉히 잡고 필요한 것이 있다면 비용을 아끼지 말고 준비하도록 해라."

"아버지! 고맙습니다!"

소서노가 펄쩍 뛰어 일어날 듯 기뻐 소리쳤다. 우태와 계필이 놀란 소리를 냈다.

"군장 어른! 사막은 경험이 많은 남자들도 들어가길 꺼리는 곳입니다. 아가씨 혼자서는 너무 위험합니다. 제가 대신 다녀오겠습니다. 아니면 아가씨를 수행할 수 있도록 허락하여 주십시오."

"아니에요, 오라버니. 주몽 왕자님이 동행할 거예요. 그러니 너무 염려 마세요. 아버지, 고맙습니다!"

기쁜 표정을 감추지 못하는 소서노를 바라보는 우태의 얼굴이 어두워 보였다. 그의 표정 위에 염려보다 더 짙게 어려 있는 것은 어떤 서운함이었다.

◆◆◆

고산국행 상단을 꾸리는 일은 어느 때보다 빠르게 진행되었다. 주몽의 재촉이 여간하지 않았기 때문이다.

"아니, 사람들이 굼벵이를 삶아 먹었나. 어째 하는 일이 이렇게 느려터진 거야! 지금 도성 거리엔 오랫동안 소금을 먹지 못한 사람들이 병들어 죽어가고, 불만을 품은 사람들이 금방이라도 변란을 일으킬 태세란 말야."

소서노 또한 일과 사람을 재촉해 하나하나 필요한 것들을 준비해나갔다. 연타발의 넉넉한 지원이 큰 힘이 되었다.

고산국으로 떠나기 전날 밤 주몽은 궁으로 들어가 어머니 유화를 뵈었다. 절을 올리는 아들을 바라보는 유화의 얼굴에 반가움이 가득했다. 지난번 병을 겪은 후 유화의 얼굴은 많이 수척해진 듯 보였다.

"잠시 뵙지 못할 듯하여 인사드리러 왔습니다, 어머니."

주몽의 말에 크게 낙심한 표정을 지으며 유화가 물었다.

"또 어디로 떠나려는 것이냐?"

"서역에 있는 고산국이란 나라입니다."

주몽의 긴 이야기에 유화의 표정이 걱정으로 더욱 무거워졌다. 얼굴이 수척해진 것만 아니라 마음 또한 많이 약해진 듯하여 주몽은 마음이 아팠다. 유화가 손을 내밀어 주몽의 두 손을 애틋하게 그러쥐었다.

"너의 뜻이 크고 장하구나. 하지만 그 멀고 힘든 길을 어찌…… 부디 생각을 깊이 하고 행동을 중히 하여 어려움을 겪지 않도록 하여라!"

"걱정 마십시오, 어머니. 반드시 소금을 구하여 부여 백성들이 겪고 있는 어려움을 해결하고 아버님의 근심을 덜어드릴 것입니다."

깊이 고개를 끄덕이던 유화가 잠시 자리에서 일어나더니 돌아왔다. 유화가 손을 내밀어 주몽의 손에 무언가를 건넸다. 주몽의 손에 놓인 것은 한눈에도 귀해 보이는 비취색 옥가락지였다.

"어인 반지입니까, 어머니?"

하늘의 한 귀를 잘라 만든 듯한 가락지의 푸른빛을 한없이 깊은 눈길로 바라보던 유화가 말했다.

"네 아버지가 이 어미에게 준 것이다. 이제는 네가 지니도록 하여라. 네 아버지의 신이 너를 가호해줄 것이다."

아버지란 말이 공연히 주몽의 가슴을 쿵 하고 두드렸다. 마치 처음 들어보는 낯선 말, 그러나 한없는 정겨움과 친밀감을 간직한 말이었다.

"폐하께서 이걸……."

하지만 슬며시 고개를 돌린 유화는 더 이상 말이 없었다. 주몽이 가락지를 품안에 소중히 갈무리했다.

주몽이 유화의 침소를 나선 것은 밤이 이슥해진 때였다. 어두운 밤하늘에 뜬 달이 많이 이울어 있었다. 하지만 시간이 지나 때가 이르면 달의 형상이 다시 가득 차리라는 것을 주몽은 알고 있었다. 원행에서 돌아온 자신의 모습 또한 그러하기를 주몽은 기원했다.

고산국 가는 길

부담마만 스무 필이 넘는 대규모 상단이 부여성을 떠났다. 호위무사는 상단에서도 무예 실력이 뛰어난 자들로 뽑았고, 짐꾼들도 튼튼하고 경험이 많은 자들로 골라 채웠다. 처음 장거리 상로에 나서게 된 마리와 협보, 오이가 호기심과 기대가 가득 담긴 표정으로 주몽의 뒤를 따랐다.

연타발의 여각을 나서기 전 우태가 주몽에게 다가가 다짐을 놓았다.

"상단의 귀한 물화는 세상의 온갖 도적들이 호시탐탐 노리는 먹잇감입니다. 장삿길은 이런 도적들의 숲을 헤쳐나가는 것에 다름 아닙니다. 부여로 다시 돌아올 때까지 잠시도 방심해서는 안 되며 잠시도 소홀해서는 안 됩니다. 도적의 위험을 맞아 물리칠 것이 아니라 도적의 위험을 미리 피하는 것이 더 중요합니다."

"알겠소. 내 명심하겠소."

"그리고……."

우태가 무심한 듯 말했다.

"아가씨를 잘 보호하여 주십시오."

연타발 상단 여각의 문이 열리고, 여러 날 마구간에 매여 있던 말들이 진저리를 치며 토해내는 코울음 소리가 차가운 대기 속에 울려 퍼졌다. 소서노를 필두로 한 상단의 무리가 푸른빛이 깔린 새벽 거리 위로 천천히 나아갔다.

산을 넘고 강을 건너고 들을 지나는 날들이 그로부터 하염없이 계속되었다. 참으로 멀고도 험한 서역길이었다. 도적의 습격을 당하고, 예기치 않은 일을 당해 낭패를 겪은 것이 몇 번인지 몰랐다. 도상에 오른 지 한 달이 가까워올 무렵 마침내 그들 앞에 사막이 모습을 드러냈다.

부여를 떠날 때는 호기 충만하여 하늘에라도 오를 듯하던 사람들이 시선이 가 닿지 않는 막막한 사막을 앞에 두고 한결같이 맥이 풀리는 모습이었다. 처음 지녔던 용기와 기백은 어느덧 손가락 사이로 흘러내리는 모래알처럼 사라진 뒤였다.

소서노가 나서서 그들을 독려했다.

"자, 이제 사막이 나타났다는 것은 고산국이 멀지 않았다는 것이오. 모두들 좀 더 힘을 내어 갑시다. 목적지에 닿기 전에는 쉴 수 없는 것이 우리들의 처지인 것을 어쩌겠소."

말과 바꾼 낙타들을 앞세운 사람들이 사막으로 들어섰다.

햇볕이 내리쬐는 한낮의 사막은 그대로 하나의 거대한 용광로였다. 발밑에서 반짝이는 모래알 하나하나가 모두 불의 씨앗이 되어 온몸을 달궜다. 알 수 없는 방향에서 불어오는 바람조차 뜨거운 불덩이를 안은 열풍이었다. 하지만 밤이 되면 상상도 못한 추위가 사막을 찾아왔다. 가도 가도 끝이 없는 모래의 바다였다. 모래에 구덩이를 파고 사는 작은 몸집의 여우와 야생 고양이가 이따금 모래더미 속에서 고개를 뽑아 지친 걸음을 옮기는 그들을 지켜보았다.

사막은 하루에도 몇 번씩 길을 바꾸었다. 세찬 바람이 지나간 뒤면 눈앞의 길이 사라지고 높다란 구릉이 순식간에 낮은 비탈길이 되어 새로이 나타났다. 길이 사라진 곳에서는 모든 것이 길이 된다. 하지만 그것은 죽음으로 인도하는 길이다.

비교적 활기차 보이던 장정들도 급격히 기력을 잃어갔다. 범 같고 곰 같던 사내들이 열병으로 허옇게 들떠 죽어갔다. 이따금 만나는 초지草地가 있는 작은 마을에 병든 자를 내려놓고 그들은 다시 사막 속의 길을 나섰다. 하루하루 그들은 무섭게 지쳐갔다.

걸어도 걸어도 끝이 없는 모래. 숨결에서도 모래가 묻어나고 땀에서도 모래가 묻어나고 눈물에서도 모래가 묻어났다. 저녁이면 그들은 모래 언덕에 엉덩이를 깔고 앉아 지평선 너머로 불덩이 같은 해가 지는 것을 바라보며 떠나온 집을 생각했고, 밤이면 두터운 모포로 몸을 감싼 채 검은 하늘 위에서 쏟아질 듯 빛나는 별을 바라보며 하루의 안녕을 신에게 감사드렸다. 사막은 철저히 비정하고 몰인정하고 무정했다.

◆ ◆ ◆

사막에 들어선 지 열흘이 지날 무렵, 그들은 한 마을에 당도했다. 마을 안까지 사막이 그 무자비한 손길을 뻗친 듯 황량하고 삭막한 느낌을 주는 마을이었다.

바람에 날려온 모래가 두텁게 쌓인 지붕과 담장이 길을 따라 나직하게 웅크리고 있었다. 일행은 마을을 가로지르는 큰길가에 있는 우물로 다투어 몰려갔다. 한동안 꺽꺽 숨이 막히게 물을 들이켜고 온몸에 물을 뒤집어쓰는 소동이 일었다. 그런 다음 짐승들에게도 물을 먹였다. 사막을 묵묵히 건너온 낙타들은 물통에 주둥이를 담그고 오래오래 목을 축였다.

얼마간 기갈과 더위를 다스린 사람들이 문득 의아한 낯빛이 되어 마을을 돌아보았다. 그 소란에도 다가와 말을 걸거나 문을 열어 내다보는 사람이 하나 없었다. 마을에 든 기쁨도 잠시, 사람들의 입에서 실망의 소리가 터져나왔다.

"뭐야! 사람들은 다 어디로 간 거야? 빈 마을인 거야?"

"이 지독한 모래가 싫어 사람들이 마을을 버리고 떠나버렸나 부지. 젠장! 누군들 안 그러겠어. 나라도 애저녁에 도망갔겠다."

그때였다. 주몽을 부르는 다급한 소리가 있었다.

"왕자님! 이리 와 보십시오!"

마리였다. 주몽이 마리가 부르는 곳으로 다가갔다. 길가 한 초가의 담장 아래 서 있는 마리의 얼굴이 햇볕 탓만은 아닌 듯 상기되어 있었다.

"이걸 보십시오!"

마리가 담장을 손으로 쓱 문질러 자신의 입에 갖다 대고는 맛을 보았다.

"소금입니다, 왕자님! 정말 소금돌로 만든 담장입니다."

마리를 따라 담장을 문지른 손을 혀끝에 대 맛을 본 주몽의 얼굴이 환하게 밝아졌다. 뒤이어 소서노와 사람들이 주위로 몰려들었다.

"……확실히 짠맛이 나는군. 아가씨! 소금입니다. 그 노인의 말이 거짓이 아니었어요. 이곳이 바로 그 노인이 말한 고산국이 틀림없습니다!"

"오……."

"소금이라고? 어디, 나도 맛 좀 보자!"

뒤늦게 달려온 협보가 아예 담장에 혀를 갖다 대고 부벼댔다. 사용이 그런 협보를 말렸다.

"그렇게 마구 먹었다가는 큰일 납니다. 정제하지 않은 암염巖鹽은 독이 될 수도 있습니다."

놀란 협보가 부리나케 담장에서 떨어지더니 퉤퉤 침을 뱉었다. 그러고는 메기 같은 입술을 두 손으로 마구 문질러댔다. 그 꼴이 우스워 왁자한 웃음이 터졌다.

소서노와 주몽은 닦인 지 오래돼 보이는 마을 한가운데 큰길을 천천히 지나갔다. 마을에서 가장 큰 집 앞의 공터에 이를 때까지 한 사람도 만날 수 없었다. 집짐승의 울음소리조차 들리지 않았다. 마치 거대한 무덤 속을 걷는 듯 적막감이 일행을 사로잡았다.

"사람들이 버리고 떠난 마을이 틀림없는 것 같습니다."

그런데 누군가의 그 말이 채 끝나기 전이었다.

"네 이놈들! 꼼짝 마라!"

호통 소리와 함께 어디에 숨어 있었는지 손에 손에 무기를 든 사람들이 새까맣게 뛰쳐나와 소서노 일행을 에워쌌다.

"도적이다!"

상단 호위무사들이 재빨리 무기를 빼어들고 응전 태세를 갖추었다.

소서노의 날카로운 눈길이 적들을 일별했다. 그런데 상단을 습격하는 도적 떼의 무리치고는 어딘지 이상한 느낌이었다. 손에 든 무기란 것이 간혹 눈에 띄는 창칼을 제외하면 대개는 밭에서 일을 하다 손에 쥐고 달려온 듯한 농공구들 아니면 나무를 깎아 만든 창 따위가 고작이었다. 도적들의 모상 또한 장사꾼들을 지레 두려움에 질리게 하는 흉맹한 살기는커녕 햇볕에 그을려 새까맣고 메마른 얼굴이 지친 데다 두려움에 질린 듯 보였다. 무언가 이상하다고 느낀 소서노가 선제공격을 하려는 상단 무사들을 제지했다.

도적들의 수괴인 듯한 자가 나서서 소리쳤다.

"네 이놈들! 네놈들이 설혹 우리 마을 사람들을 전부 도륙한다 하더라도 우리는 더 이상 내어놓을 것이 없다. 차라리 오늘 네놈들과 사생결단을 내고 말 것이다!"

나무토막처럼 마른 몸피에 놋쇠 방울이 달린 지팡이를 짚은 노인이었다. 얼굴에는 깊은 주름이 가득했으나 새까만 눈동자는 형형했다. 소서노가 앞으로 나서 공수하고 말했다.

"어르신, 무언가 오해가 있으신 듯합니다. 저희는 마을을 약탈하러 온 도적이 아닙니다. 저희는 부여에 근거를 둔 상단 사람들로 장삿길에 나선 상인들입니다."

노인이 감연히 코웃음을 쳤다.

"흥, 네놈들의 흉계를 모를 줄 아느냐! 이 모래땅 한가운데 폐허 같은 곳에서 장사라니, 그 말을 믿으라는 거냐!"

소서노가 뚜벅뚜벅 걸음을 옮겨 낙타에 지워진 부담을 바닥에 내린 뒤 뚜껑을 열었다.

"자, 여길 보세요!"

소서노가 부담 안의 물건들을 하나씩 꺼내 사람들 앞에 펼쳐놓기 시작했다. 잠자리 날개 같은 저마포紵麻布, 형형색색의 비단, 가죽신, 담비 가죽과 적옥들이 바닥에 펼쳐졌다. 메마른 땅, 무정할 정도로 눈부신 태양 아래에서 여인의 손이 펼쳐 보이는 귀한 물건들은 너무나 생경하게 보였고, 마치 꿈속에서 보는 듯 아름다웠다. 주위를 에워싼 사람들의 얼굴에서 경계의 빛이 사라지고 모두들 놀라움으로 입이 벌어졌다.

소서노가 자리에서 일어나 말했다.

"보시다시피 우리는 천하를 두루 다니며 물건을 사고파는 장사꾼들입니다. 우리는 여러분과 장사를 하러 온 것이지 여러분의 물건을 훔치고자 온 것이 아닙니다. 우리는 이곳까지 매우 먼 길을 왔습니다. 부디 노여움을 푸시고 호의를 베풀어주십시오!"

딸랑딸랑.

노인이 손에 들고 있던 지팡이를 들어 한 차례 흔들자 사람들이 무기를 내렸다. 상단의 무사들도 빼어든 칼을 칼집에 꽂았다.

노인이 소서노의 앞으로 다가와 고개를 숙였다.

"이 고을의 촌장 무루막치라 합니다. 어리석은 시골 노인이 먼 곳에서 오신 손님들을 몰라 뵙고 큰 실수를 하였습니다. 부디 너그러이 용서하십시오."

"졸본 상단의 행수 소서노라고 합니다. 오늘 여러분의 행동에는 필시 연유가 있으리라 생각되는데……."

무루막치 노인이 소서노 일행을 공터 곁의 큰 집으로 인도했다.

◆ ◆ ◆

세상에 고산국이란 이름으로 알려진 이 고을은 한때 가호가 1천여에 이르는 큰 고을이었으나 지금은 2백여 가구, 주민이 1천도 되지 않게 쇠락했다. 마을 꼴이 이렇게 된 것은 배망裵莽이란 이름의 도적놈 때문이었다.

고을에서 2백여 리 상거한 설산, 곧 소금산을 신령스러운 땅으로 섬기며 가난하지만 평화롭게 살아가던 사람들은 어느 날 난데없이 몰려온 한 떼의 도적들에게 설산으로 가는 길을 빼앗기고 말았다. 동이 땅 행인국에서 백인대장으로 행세하던 배망이란 자가 나라에 중한 죄를 짓고 죽을 지경에 이르자, 따르는 무리를 이끌고 나라를 도망쳐 천만 리나 떨어진 고산국으로 왔다. 그러고는 힘으로 고산국 사람들을 내쫓은 뒤 설산 아래 진채를 열고 산의 주인 행세를 하기 시작했다. 산에서 캐낸 소금을 정제해 세상에 내다 파는 일을 독점했지만, 혹 소문이나 다른 강대한 세력을 불러들일까 염려하여 내어 파는 소금의 양은 그리 대단치 않은 형편이었다.

하지만 때 없이 도적 떼를 몰고 고을로 들어와 사람들을 해치고 여인을 잡아가고 재물을 약탈해, 고산국은 그야말로 지옥과도 같은 곳이 되고 말았다. 도적의 핍박을 받은 사람들이 하나둘 살길을 찾아 떠나 한때 사막 가운데 가장 번성한 고을을 형성했던 고산국이 이제는 지나가는 뜨내기 손들을 맞기에도 벅찬 지경에 이르고 말았다. 그런 세월이 벌써 20여 년에 이르고 있었다.

"이런 때려죽일 놈들이 있나! 하늘님도 무심하시지, 이런 천하에 흉악한 놈들을 어찌 밝은 하늘 아래 저리 살려두고 계시나 그래……."

무루막치 노인의 얘기를 듣고 난 협보가 분을 이기지 못하고 벌컥 소리를 질렀다. 마리가 그 말을 받아 주몽에게 말했다.

"왕자님. 소금산도 소금산이지만 이런 기가 막힌 일을 모른 척해서야 어디 사내대장부라 할 수 있겠습니까? 우리가 죽든 제 놈들이 결딴나든, 한번 결판을 보아야겠습니다. 안 그렇습니까, 왕자님?"

노인이 마련해준 객방으로 돌아온 소서노와 주몽은 그날 밤이 이슥하도록 이야기를 나누었다. 아무려나 고산국과 소금을 거래하기 위해서는 우선 소금산을 저들 손에 돌려주는 일이 급했다. 그러기 위해서는 우선 도적의 세력이 어느 정도인지 살펴볼 필요가 있었다.

이튿날 날이 밝기가 무섭게 주몽이 날랜 무사들 가운데 다섯을 가려 뽑아 직접 정찰에 나섰다. 만류를 뿌리치고 소서노가 정찰에 동참했다.

설산으로 가는 길은 완만한 모래 언덕이 이어진, 그리 험하지 않은 길이었다. 길잡이로 나선 것은 무루막치 노인의 손자인 열다섯 살의 영리해 보이는 소년이었다.

쉼 없이 말을 몰아 반나절이 지나자, 이제 눈앞의 저 거대한 모래 구릉만 오르면 설산이 보일 것이라고 소년이 손가락을 들어 말했다. 용기백배한 일행이 막 말에 박차를 가하려던 때였다.

바른쪽 저편 비탈 아래에서 흰 점 하나가 보이더니 이내 한 사내의 모습이 되어 일행 앞으로 허겁지겁 달려왔다. 봉두난발에 혼을 어디다 내버리고 온 듯 연신 고함을 지르는 품이 영락없이 살 맞은 짐승 꼴이었다.

일행의 말 앞으로 엎어질 듯 달려온 사내가 무릎을 꿇고 애원했다.

"사, 살려주십시오, 장사壯士님들…… 우리 마누라가…… 마누라가…….”

“당신 마누라가 어찌되었는지 말을 해보오!”

놀란 협보가 재촉했다. 눈물 콧물투성이인 사내가 꺽꺽 울음을 삼키며 입을 열었다.

“오늘 아침, 마누라와 열두 살 난 딸아이를 데리고 이웃 마을에 사는 장인의 생신잔치에 가려고 집을 나섰습지요. 그런데 장인이 사는 마을에 채 당도하기도 전에 비적놈들이 나타나 마누라와 딸아이를 빼앗아가고 말았습니다. 세상에 이런 절통한 일이 어디 있겠습니까! 젊은 장사님들, 제발 저를 불쌍히 여겨 제 마누라랑 딸년을 구해주십시오!”

“으음…….”

잠시 소서노와 눈길을 맞춘 주몽이 말했다.

“그게 언제 적 일이고, 놈들이 부인과 딸을 데리고 달아난 방향이 어디요?”

사내가 손을 들어 한곳을 가리켰다.

“저쪽입니다요. 놈들이 들이닥친 때가 한식경 전이었으니 아직도 저쪽 모래산 어디쯤에 있을 겝니다.”

사내가 가리킨 곳은 설산을 바라고 가는 소서노 일행의 길과는 동쪽으로 한 뼘가량 벗어난 방향이었다.

“도적들이 모두 몇 놈이오?”

“다섯 놈입니다.”

주몽이 말고삐를 다잡으며 소서노에게 말했다.

“아가씨, 제가 다녀오겠습니다. 아가씨께서는 설산 아래까지 가서 저를 기다려주십시오.”

주몽이 사내가 가리킨 방향을 향해 바람같이 말을 몰아 달려갔다. 소서노의 지시를 받은 세 명의 상단 무사가 그 뒤를 따랐다.

한 시진이 넘게 말을 달려갔지만 사내가 말한 비적들은 눈에 띄지 않았다. 아내와 딸을 잃은 그의 정상이 가슴 아파 주몽은 온 힘을 다해 사방을 두루 달리며 도적의 자취를 찾았다. 하지만 끝내 그들의 종적은 보이지 않았다.

그때 문득 한 생각이 번갯불처럼 주몽의 머리를 쳤다. 주몽이 사방을 둘러보았으나 자신들을 이끌고 온 사내의 모습은 보이지 않았다.

"아뿔싸……."

주몽이 서둘러 말고삐를 돌려 소서노와 헤어졌던 곳으로 달리기 시작했다. 조바심이 바람보다 빨리 그의 등을 밀어댔다. 제발, 나의 짐작이 사실이 아니길…….

우려는 어김없이 들어맞았다. 길 위 어디에도 소서노와 두 무사의 모습은 보이지 않았다. 대신 건너편에 선 커다란 대추야자나무 가지에 흰 나무 조각 하나가 매달려 있었다. 나무 조각에 삐뚤삐뚤 조악한 글씨가 적혀 있었다.

"계집을 살리고 싶으면 황금 백 근을 가지고 배망 장군의 산채로 찾아오너라!"

길고 무거운 탄식이 주몽의 입에서 흘러나왔다. 무루막치 노인의 고을로 돌아가는 주몽의 걸음이 천 근의 쇠를 매단 듯 무거웠다. 주몽으로부터 사정을 전해들은 마리와 상단 무사들이 당장 배망의 산채를 들이쳐 소서노를 구하자고 고함을 질러댔다. 주몽이 그들을 진정시켰다.

◆ ◆ ◆

하룻밤을 뜬눈으로 지새운 주몽은 날이 새자마자 상단의 물화를 모두 거두어 말과 낙타에 나눠 싣고 단신으로 노인의 고을을 떠났다.

주몽이 설산 어귀에 도착한 것은 나절을 훨씬 넘긴 때였다. 희미한 안개가 바람에 걷히면서 저편 하늘 위로 거짓말처럼 눈부신 흰 산이 아득히 솟아 있는 게 보였다. 산을 이룬 암석 하나하나가 소금 덩어리인 산. 눈처럼 희고 아름다운 산. 아아, 저것이 바로 그 전설 속의 설산이구나. 부상수 아래서도 녹지 않을 설산이여…….

가슴속에서 감격이 채 잦아들기도 전이었다. 풀이 듬성듬성 널린 초지 건너편에서 진작부터 주몽을 지켜보고 있던 두 마필이 이쪽을 향해 다가왔다. 말 위의 사내들이 소리쳤다.

"웬 놈이냐?"

"나는 졸본 상단의 호위무사인 주몽이다! 행수 아가씨를 구하기 위해 폐물을 가지고 왔다. 어서 배망 장군에게 나를 인도해라!"

주몽이 도적의 산채로 인도되었다. 도적의 수괴인 배망은 부대한 몸집에 탐욕스러운 얼굴을 한 쉰 줄의 중늙은이였다. 주몽을 맞은 배망이 뜨악한 얼굴을 들어 말했다.

"그래, 계집을 살릴 황금은 가져왔느냐?"

"상로에 나선 장사치들이 황금 백 근을 건사하고 다닐 까닭이 있겠습니까. 더구나 이곳은 천하의 저자와 멀리 떨어진 곳이니 쉬 구해질 까닭도 없구요. 대신, 저희 상단이 상로에 나설 때 가져온 물화를 모두 내어드리겠습니다. 아마 황금 백 근의 열 곱절은 족히 넘을 것입니다."

주몽의 말에 배망의 넙데데한 입이 귀에 걸리도록 찢어졌다.

"으허허허허, 그래? 열 곱절이란 말이지? 허허허……."

주몽이 걸어가 낙타와 말에서 내린 농짝의 뚜껑을 열었다. 각가지 귀한 물건이 부담 속에서 연신 쏟아져 나오는 것을 본 배망과 도적들이 벌어진 입을 다물지 못했다. 주몽이 재빨리 눈길을 돌려 마당에 나와 선 도적들의 머릿수를 가늠했다.

"이제 우리 행수를 풀어주시오!"

부담을 열던 손길을 멈추고 주몽이 말했다. 배망이 느물거리는 투로 대답했다.

"그 계집? 낯바대기가 제법 해반주그레해 내가 소실로 거둘까 했는데, 어찌나 성깔이 더러운지 내 이년을 아예 숨을 끊어놓으려다 가두어두었다. 원한다면 가서 보거라!"

그러고는 주변을 향해 소리쳤다.

"뭣들 하느냐! 이놈도 같이 엮어서 옥에 처넣어라!"

우르르 달려든 도적들이 주몽을 결박해 어디론가 끌고 갔다. 주몽이 소리쳤다.

"이런 법이 어디 있소! 재물을 가져오면 아가씨를 풀어준다고 하지 않았소!"

"흐흐흐…… 그래도 멀리서 온 손님을 그냥 돌려보낼 수 있나. 접대는 하고 보내야 할 것이 아니냐, 이놈아!"

창졸간에 얼기설기 나무로 얽은 뇌옥 바닥에 던져진 주몽이 정신을 차려보니 옥 구석에 소서노가 맥을 놓은 듯한 모습으로 쓰러져 있는 게 보였다.

"아가씨!"

가까스로 눈을 뜬 소서노가 주몽을 발견하고는 얼굴 가득 반가운

빛을 띠었다.

"……왕자님."

"아가씨, 괜찮으세요? 어디 다친 데는 없나요?"

"예. 그런데 왕자님은……?"

"이젠 걱정 마세요. 곧 풀려나게 될 것입니다."

주몽이 날카로운 눈을 들어 다시 뇌옥 밖의 마당을 살폈다.

그날 밤, 배망의 산채에서는 뜻하지 않은 횡재에 정신이 나간 도적들이 고기를 굽고 술을 들이켜며 자못 요란한 술판을 벌였다. 밤새 계속될 것 같던 술판이 삼경을 넘기면서 점차 시들해지더니 산채 마당은 이내 주인 없는 모닥불만 여린 불땀을 지키고 있었다. 소란스럽던 도적들의 산채가 어느덧 어둠과 정적 속으로 잠겨들었다.

밤하늘을 가로지르던 조각달이 서녘 하늘로 뚜렷이 기운 무렵이었다. 희미한 달빛이 마당 한켠에 놓인 부담을 비추고 있었다. 주몽이 가져온 부담이었다. 어느 때 바람도 없는데 부담이 홀로 움찔움찔 움직이는가 싶더니 농짝 문을 밀치고 사내들이 하나둘 밖으로 나오기 시작했다. 희미한 달빛 아래 드러나는 얼굴은 마리를 위시한 졸본 상단의 무사들이었다. 잠시 사방을 살핀 사내들이 바람인 듯 소리 없이 어둠 속으로 스며들어갔다.

"왕자님……."

나직한 마리의 소리에 주몽이 기다리고 있었던 듯 대답했다.

"그래, 어찌되었느냐?"

"문제가 없습니다. 어서 옥에서 나오십시오!"

옥문이 열리고 주몽과 소서노가 밖으로 나섰다. 마리가 어디를 어떻게 손을 썼는지 이미 숨을 놓고 쓰러진 뇌옥 파수꾼의 칼을 빼어들고 주몽은 성큼성큼 배망이 잠들어 있는 방을 향해 걸어갔다.

잠시 뒤 아비규환의 소란이 정적에 잠겨 있던 산채를 덮쳤다. 술에 취한 채 잠에 곯아떨어져 있던 도적들이 미처 정신을 수습하기도 전에 난데없이 뛰어든 사내들에 의해 목 없는 몸뚱어리가 되어 나동그라졌다. 어둠에 싸여 있던 산채가 곳곳에서 타오르는 불길로 대낮처럼 환했다. 우왕좌왕 비명을 지르며 달아나는 도적들의 등 뒤로 어김없이 칼날이 날아와 박혔다. 여기저기서 쏟아지는 낭자한 비명에 온 산이 진저리를 치며 깨어났다.

어지러운 비명에 가까스로 눈을 뜬 배망이 눈앞에 다가와 있는 칼끝에 혼백이 달아난 듯한 표정을 지었다.

"누, 누구냐!"

"무도한 네놈들을 벌하러 하늘에서 내려온 신장이시다! 당장 목숨을 내놓거라, 이놈!"

어둠 속에서 주몽이 싸늘한 소리로 말했다. 잠시 멍한 눈길로 문 밖의 소란을 건너다보던 배망이 사시나무 떨듯 몸을 떨며 무릎으로 뒷걸음질을 쳤다.

"사, 살려주십시오……."

"뻔뻔스러운 놈! 네놈이 저지른 악행이 하늘을 가리고도 남는 터에 목숨을 살려달라고?"

주몽이 어둠 속에서 칼을 들어올렸다. 기겁을 한 배망이 칼보다 먼저 혼절했다.

◆◆◆

주몽과 소서노가 배망과 그 잔당을 굴비 꿰듯 두름으로 엮어 돌아온 것은 아직 해가 중천에 이르기도 전이었다. 무루막치 촌장과 온 고을 사람들이 나와서 그들을 맞았다. 주몽이 가져간 부담농 속에 몸을 숨기고 간 열 명의 상단 무사들이 쉰 명도 넘는 도적 떼를 제압한 것은 채 한식경에도 이르지 않은 시간이었다. 칼을 들어 대하는 것들은 베고, 엎드려 목숨을 구하는 것들은 묶고, 산채는 기둥 하나 온전히 남지 않도록 철저히 불태웠다.

"와! 상단 무사님들이 도적들을 물리치셨다! 와!"

늠름한 태도로 고을을 들어서는 주몽 일행을 향해 환호하던 사람들이 결박되어 끌려오는 배망에게 욕설과 저주를 퍼부었다.

"이 죽일 놈들! 꼴좋구나! 반드시 네놈들을 찢어 죽여 그동안 우리 고을 사람들이 당한 한을 풀 것이다, 이놈들!"

"배망 이놈! 다져서 장을 담가 먹어도 시원치 않을 놈! 네놈이 이 꼴이 된 걸 보니 하늘님이 살아 계시긴 한 모양이다, 이놈!"

무루막치 노인이 사람들 앞으로 나와 주몽과 소서노에게 깊이 머리를 조아렸다.

"우리 고을의 오랜 한을 풀어주신 두 분은 필시 하늘이 내리신 영웅이 분명합니다. 이 늙은이가 머리카락을 잘라 신을 삼은들 하늘같은 은혜를 갚지는 못할 것입니다."

고개를 드는 노인의 눈자위가 붉어져 있었다. 주몽이 겸사했다.

"세상만사는 반드시 바른길로 돌아가는 법이니 악인이 망하는 것은 마땅히 하늘의 뜻, 하늘이 이루신 일을 두고 어찌 저희들에게 이리도

과한 칭찬을 하십니까."

그날 밤, 수십 년 동안 본 적이 없었던 홍성한 잔치가 고산국 고을에서 펼쳐졌다. 남자들은 먼지가 앉은 부족 고유의 악기를 꺼내 음악을 연주했고, 여인들은 어머니에게서 물려받은 고운 옷을 입고 노래를 불렀다. 노인들은 아이들과 어울려 맨발로 춤을 추었다. 고산국 사람들은 세상에서 노래 부르고 춤추기를 가장 즐긴다는 동이 사람들 못지않게 온 힘을 다해 그 밤을 즐겼다. 집집마다 쟁여놓았던 음식과 술이 끊임없이 쏟아져 나오고, 술자리마다 웃음 띤 사람들이 나뭇가지로 바닥을 두드리며 노래를 불렀다. 주몽과 소서노도 사람들 속으로 뛰어들어 춤을 추었다. 상단 사람들이 손뼉을 치며 웃음을 터뜨렸다.

더없이 흥겹고 즐거운 축제의 밤이 깊어갔다.

끝이 없을 것 같던 잔치가 끝이 나고 사람도 고을도 혼곤한 잠의 바다 속으로 빠져든 시각. 사위가 밤의 정적에 깊이 빠진 가운데 소서노가 잠자리에서 빠져나와 마당으로 나섰다. 얼결에 마신 몇 잔의 술 탓인지 쉬 잠이 오지 않고 가슴이 답답하게 느껴졌다.

뜻밖에도 마당 한켠을 밝힌 모닥불 앞에 주몽이 앉아 있었다. 사방을 에워싼 빽빽한 어둠을 몰아내기라도 하려는 듯 불땀에 신경을 쏟고 있었다.

"안 주무시고 예서 뭘 하세요?"

다가와 앉는 소서노를 보며 주몽이 멋쩍은 웃음을 지었다.

"잠자리에 들었습니다만 어쩐 일인지 금방 깨고 말았습니다. 그러곤 다시 잠들기가 힘들더군요."

"어제는 하루 사이에 너무 많은 일이 있었어요."

"예."

"왕자님에게 고맙다는 말을 해야 할 것 같군요. 왕자님이 아니었다면 큰일을 당할 뻔하였습니다."

"그걸 어찌 저의 공이라 하십니까? 모든 상단 사람들이 다 같이 한 일인 걸요."

"……."

"아무튼 모든 일이 뜻한 대로 마무리되어 다행입니다. 이번에도 나를 가호하시는 신의 도움이 있었던 게 분명해요. 어때요, 내 말이 맞았지요? 신이 나의 편이란 걸 믿는다는 내 말."

"그래요. 나는 그런 왕자님을 믿었구요."

두 사람이 마주보며 소리 내어 웃었다. 불땀이 사그라지는 기미를 보이자 주몽이 몸을 기울여 후후 바람을 불어넣었다. 순간 재가 날아오르고 주몽이 눈을 비비며 얼굴을 찡그렸다. 불은 쉬 살아 오르지 않고 주몽은 눈물을 흘리며 모닥불에 매달렸다.

웃음을 참으며 그런 주몽을 지켜보던 소서노가 말했다.

"이리 나와 보세요! 무슨 남자가 모닥불 하나 피우지 못해 쩔쩔매고 그래요!"

소서노가 부지깽이를 빼앗아 들고 모닥불 앞으로 다가앉았다. 이내 모닥불이 빨간 불꽃을 허공 속에 피워 올리며 타올랐다. 주몽이 놀란 소리를 냈다.

"야, 아가씨는 정말 못하는 일이 없군요!"

소서노가 풋 웃음을 터뜨렸다.

"한심해."

"하하하! 그때도 그랬지요. 형혹산에서 날 처음 만났을 때, 한심하다고…… 그때 날 노예로 팔아버리겠다고 한 거 기억해요?"

"그땐 정말 한심했지요. 목숨을 살려준 사람한테 고마워할 줄도 모르고 욕하고 고함지르고 달아날 궁리만 하니……."

소서노가 문득 주몽을 돌아보며 말했다.

"참, 그때 무슨 일이 있었던 거예요? 무슨 일로 그리 심한 상처를 입고 그 구덩이에 버려졌던 거예요?"

주몽의 얼굴이 갑자기 흐려졌다. 소년 같은 천진한 웃음이 사라지고 무언가 우울한 빛이 얼굴에 떠올랐다.

"왜 그러세요?"

"아닙니다."

타오르는 불꽃에 비친 주몽의 얼굴이 우울하고 쓸쓸하고 슬프고 외로워 보였다. 소서노는 손을 내밀어 그를 위로해주고 싶은 충동을 안간힘을 다해 참았다. 그제야 소서노는 자신이 이 멀고 힘든 길을 나선 것이 실은 소금에 대한 욕심이 아니라, 거래를 성사시켜 아버지와 상단 사람들에게 인정받고 싶은 마음 때문이 아니라 이 남자, 늘 혼자인 듯 외로워 보이고 늘 무언가에 쫓기듯 불안해 보이는 이 남자 때문이란 사실을 깨달았다.

그러자 소서노의 마음속에 떠오르는 한 얼굴이 있었다. 소서노가 모닥불을 다독이며 무심한 듯 물었다.

"왕자님. 자신을 대소 왕자님과 비교하면 어떻다고 생각하세요?"

어두운 하늘로 얼굴을 향한 채 여전히 우울한 표정을 짓고 있던 주몽이 중얼거리듯 답했다.

"어찌 나를 대소 형님에게 비하겠습니까? 형만 한 아우가 없다는 말도 있지 않습니까."

이번엔 소서노의 얼굴에 그늘이 드리워졌다. 소서노가 새침한 목소리로 쏘아붙이듯 말했다.

"그 말이 진심이라면…… 아직도 한심하군요."

이튿날 소서노의 상단은 고을 사람들의 눈물 어린 환송을 받으며 고산국을 떠났다. 도적떼에게 빼앗겼던 소금산은 이 땅과 하늘을 가호해온 신의 자손들에게 다시 돌아갔다. 소금산에서 나는 소금은 부여와 소서노의 상단에 무제한 공급하기로 계약이 이루어졌다. 무루막치 촌장과 고을의 원로들이 자발적으로 원한 것이었다. 고을의 젊은 이들이 사막의 끝까지 배웅한 뒤 큰절을 올려 예를 표하고 돌아갔다.

형제라는 적

부여로 들어오는 모든 소금의 수입선이 끊어진 지 넉 달이 지났다. 소금 부족으로 인한 혼란과 어려움이 비등점에 이르기 직전의 밥솥 사정과도 같았다. 그중에서도 가장 심하게 고통을 당하는 쪽은 가난한 하호下戶들이었다. 날마다 병아리 눈물만큼 내놓던 연타발 상단의 소금마저 끊기자 소금 구경을 못하게 된 하호들의 동네 골목마다 병자가 눈에 띄게 늘어났다. 소금을 먹지 못해 병에 대한 저항력이 떨어진 사람들은 작은 병에도 자리에 눕고 자리에 누우면 종내 일어나지 못했다. 아이들은 콧물을 훌쩍이며 서로의 얼굴에 흐르는 눈물을 핥아먹었다.

조정과 왕실을 원망하는 소리가 하루가 다르게 높아만 갔다. 지방 사출도의 제가諸家들로부터 지금이라도 한나라에 원군을 보내라는 탄원이 끊이지 않았고, 서로 눈치만 보던 조정의 대신들도 점차 불만을 드러내기 시작했다.

조정의 모든 문무백관이 자리한 대조大朝에서 금와가 엄숙히 선언했다.

"한나라의 오만한 요구로 인해 야기된 소금의 품귀 사태로 지금 부여는 큰 어려움을 겪고 있소. 부여의 온 백성이 도탄에 빠진 이 위중한 사태는 끊임없이 짐에게 어려운 결단을 요구하고 있소. 이에 짐은 부여 만백성의 안녕을 위해 중대한 결단을 하기에 이르렀소. 지방의 사출도와 조정 일각에서는 한의 요청을 받아들여 군대를 파병하라는 주장이 있으나 이는 작금 부여가 당면한 어려움을 회피하려는 일시적 미봉책에 지나지 않소. 앞으로 한이 지금보다 더한 터무니없는 요구를 해온다 하더라도 다시 이에 응하지 않을 수 없는 처지에 놓이게 될 것이기 때문이오. 이에 짐은 현재의 어려움을 항구적으로 해결하기 위해 옥저를 우리의 군사로 도모하기로 결정하였소!"

청천벽력과도 같은 옥저 정벌의 선언이었다. 온 조정이 벌집을 건드린 듯 소란스러웠지만 금와의 결심은 확고했다.

"짐이 직접 군사를 이끌고 옥저를 정벌할 것이니 조정은 출병 준비에 일호의 차착도 없도록 합심하여 힘쓰라!"

금와의 선언이 있은 다음날 여미을이 여관들을 거느리고 대전을 찾아와 알현을 청했다. 옥저 정벌의 불가함을 진언하라는 조정 대신들의 뜻을 담은 걸음이었다. 하지만 옥저 정벌을 결정하는 일에 여미을과 일언반구의 상의도 없었던 금와는 신녀의 배알조차 허락하지 않았다.

지난번 해모수의 죽음으로부터 금와왕과 신녀 여미을의 관계는 얼음과 불처럼 화합할 수 없는 사이가 되어버린 듯 보였다. 나라 안팎의 크고 작은 일을 여미을과 더불어 상의하던 금와는 그 일 이후 신궁으로의 걸음을 일절 삼갔고, 여미을 또한 신궁의 문을 닫아걸고 두문불출했다. 금와로부터 배알을 거절당한 여미을은 조용한 걸음으로 신궁에 돌아와 그날부터 기한을 정하지 않은 기도에 들어갔다.

옥저 정벌에 나서기 전날에 열린 대전 조회朝會에 그동안 모습을 보이지 않던 대소와 영포 왕자가 자리했다. 장차 있을 전쟁에 대한 예감으로 대전은 먹장구름이 드리운 듯 무거운 분위기였다. 이를 일거에 깨뜨리듯 영포가 씩씩한 목소리로 말했다.

"폐하! 옥저 정벌은 잠시 미뤄도 좋을 듯합니다. 소자가 소금 일천석을 구해왔습니다!"

조정 대신들의 놀란 시선이 영포를 향했다. 금와가 조용한 눈길로 영포를 건너다보며 물었다.

"어디서 그 많은 소금을 구하였느냐?"

"옥저와 각종 물화를 오래 거래해온 장사꾼을 알고 있습니다. 그자가 가진 비선秘線을 통해 구하였습니다."

"수고하였구나……."

"폐하!"

곁에 서 있던 대소가 읍하고 아뢰었다.

"소자, 소금 일만 석을 구해왔습니다."

대신들의 탄성이 대전을 울렸다.

"일, 일만 석이라 하셨습니까, 왕자님?"

금와가 물었다.

"어떻게 하여 그것을 구할 수 있었느냐?"

"현토 태수 양정에게서 구하였습니다."

더 큰 놀라움이 일며 대전이 술렁이기 시작했다.

"양정이 어찌하여 너에게 소금을 주었느냐?"

"양정을 설득하여 스스로 내어놓게 하였습니다."

"어떻게 설득하였느냐?"

"부여에 소금 품귀 사태가 장기화하면 부여는 군사를 일으켜 옥저를 칠 것이라 위협하였습니다. 만약 우리 부여가 옥저를 정벌하여 무릎 아래 둔다면 한으로서는 큰 손실이 아닐 수 없습니다. 하지만 지금 서남이족의 토벌에 어려움을 겪고 있는 한으로서는 이를 제재할 만한 겨를이 없습니다. 이런 까닭에 양정은 소금 1만 석을 내놓으며 옥저와의 전쟁을 만류하였습니다. 뿐만 아니라 한과 옥저의 소금 교역을 재개할 수 있도록 장안의 황제에게 주청하겠다 하였습니다."

"오, 이런 기쁜 일이……."

대소의 말에 어둡던 대신들의 얼굴이 불을 지핀 듯 환하게 밝아졌다. 대소가 계속해서 아뢰었다.

"따라서 이제 곧 소금 부족 사태가 해결될 것입니다. 또한 한과의 교역도 회복이 될 터이니 폐하께서도 옥저를 정벌하시겠다는 뜻을 거두어주십시오. 굳이 동이 땅에서 전쟁을 벌여 저들의 심기를 건드릴 필요는 없을 듯합니다."

금와가 말했다.

"백성의 어려움을 외면하지 않은 너의 태도가 갸륵하다. 하지만 내일의 출병은 예정대로 이루어질 것이다."

"폐하! 많은 피를 흘려 옥저를 정벌한다 한들 이제 우리가 얻을 것은 그다지 없습니다. 우리의 적은 옥저가 아니라 한이고 현토성의 양정인 터, 그들을 굴복시키거나 동이 땅에서 쫓아내는 것이 아니라면 전쟁은 무의미합니다, 폐하! 옥저와의 전쟁은 단지 새로운 전쟁을 예비할 뿐입니다."

"대소는 들어라! 나라의 자존은 다른 나라의 자비에 의해 지켜지는 것이 아니다. 언제까지 우리 부여의 혼란과 안정이 한의 변덕과 자비에 좌우되어야 하겠느냐? 한이 서남이를 평정한 후 그 칼날을 동이로 향하고 다시 옥저를 강박한다면 우리는 지금보다 더 큰 혼란에 빠지게 될 것이다. 나는 소금 문제를 항구적으로 해결하기 위해 옥저를 정벌하려는 것이다!"

그때였다. 대전 출입을 알리는 내관이 고하는 소리가 들렸다.

"폐하! 주몽 왕자께서 알현을 청하셨습니다!"

"주몽이? 들라 이르라!"

벌써 반년이 가깝도록 보지 못한 주몽이었다. 금와의 얼굴에 반가움과 의아함이 동시에 떠올랐다. 주몽이 조용한 걸음으로 좌우에 시립한 신료들을 지나 용상 앞에 다가왔다. 그 뒤를 한 처녀가 따르고 있었다.

여인의 얼굴을 바라본 대소의 얼굴이 놀라움으로 붉게 변했다. 저 여인…… 소서노가 어찌하여 대전을…….

대왕을 배알하는 의례가 지나간 뒤 금와가 얼굴 가득 자애로운 빛을 띠며 물었다.

"네가 궁을 떠난 시간이 결코 짧지 않거늘, 너는 어찌 이리도 무심한 것이냐? 그래 무고하게 잘 지냈느냐?"

"송구합니다, 폐하. 소자, 폐하의 크나크신 헤아림 덕분에 잘 지냈습니다."

주몽의 곁에 부복한 소서노가 무릎걸음으로 다가가 내관에게 품고 온 봉서封書를 올렸다.

"이것이 무엇이냐? 그리고 이 처자는 누구인가?"

"소녀, 졸본의 군장 연타발의 여식입니다, 폐하!"

소서노가 또렷한 소리로 거래를 올렸다. 문득 금와의 머릿속에 언젠가 어스름이 내린 기루 골목에서 주몽과 한 짝이 되어 괴한들과 싸우던 남장 여인이 떠올랐다.

"오, 너로구나! 내 너를 기억하고 있느니라."

소서노가 올린 비단 두루마리를 펼쳐보는 금와의 얼굴에 의혹의 빛이 떠올랐다. 부여의 문자와 낯선 나라의 알 수 없는 문자가 번갈아 적힌 두루마리를 훑어보며 물었다.

"이것이 무엇이냐? 보아서는 무슨 약정서 같기도 하고……."

"서역의 고산국이란 나라에서 부여에 소금을 공급하겠다는 약조를 적은 매약 문서입니다."

"소금을? 그래 얼마나 되는 양이냐?"

"부여의 모든 백성이 자자손손 대대로 취할 수 있는 만큼입니다."

대화에 귀 기울이고 있던 대신들의 입에서 놀라는 소리가 터져나왔다. 지금껏 소금의 부족으로 인해 지옥과도 같은 시간을 겪은 터라 그들의 놀라움은 실로 컸다. 그리고 그것은 금와도 마찬가지였다. 주몽이 내관을 통해 손에 들고 온 조그만 나무상자를 금와에게 올렸다. 금와가 상자를 열어보고는 물었다.

"돌 같고 보석 같기도 한 이것이 무엇이냐?"

"암염이라는 것입니다, 폐하. 소금을 지닌 돌덩이로 이것을 간단히 정제하면 양질의 소금을 얻을 수 있습니다."

주몽이 그 암염을 손에 넣기까지의 이야기를 소상히 거래해 올렸다. 이야기를 듣는 사람마다 그 대목대목 서린 기막힌 사연에 탄성을 그치지 못했다.

"오, 그래. 그 설산이 과연 그곳에 있더란 말이냐?"

"그렇습니다, 폐하! 푸른 하늘 위에 마치 흰 눈으로 지은 듯 거대한 산이 우뚝 솟아 있었습니다."

"오…… 참으로 희한한 일이로다. 내 지금껏 살아오면서 이렇게 놀랍고 신기한 이야기는 들은 적이 없다. 그래, 그러니까 바로 이 돌덩이가 그 설산에서 나온 암염이란 말이냐?"

"예. 그런 암염이 지천으로 널린 곳이 그곳 설산이었습니다."

금와와 주몽 둘 사이에 묻고 대답함이 그치지 않았다. 연신 감탄의 말을 쏟아놓던 금와가 호탕한 웃음을 터뜨리고는 말했다.

"하하하! 그렇다면 이제 소금의 부족으로 인해 우리 부여가 어려움을 겪는 일은 없을 것이 아닌가?"

"그렇습니다, 폐하."

다시 한번 대소신료들이 토해내는 탄성이 대전 위로 거품처럼 부풀어 올랐다 잦아들었다. 금와가 신료들을 향해 엄숙하게 말했다.

"대소신료들은 들으시오! 백성들을 친애하는 왕실 세 왕자의 지극한 마음이 지금 우리 부여가 안고 있는 어려움과 근심을 봄눈처럼 녹여 씻어주었소. 짐은 대소 왕자의 진언대로 옥저 정벌과 관련한 문제를 당분간 미루겠소. 군사들의 갑주를 풀고 징병한 장정들은 삯을 넉넉히 주어 고향으로 돌려보내시오. 또한 대소신료들은 어려워진 민생을 추스르는 데 만전을 기하기 바라오."

"폐하의 뜻을 받들겠습니다!"

신료들이 한 목소리가 되어 답했다. 다시 금와가 말했다.

"세 왕자의 공이 크니 성대한 연회를 열어 그 노고를 치하하시오!"

◆ ◆ ◆

연회는 사흘 낮 사흘 밤에 걸쳐 계속되었다.

온 백성을 죽음 직전의 위험에 빠뜨리고 부여 전체를 전쟁의 위기로 몰아넣었던 소금 품귀 사태를 해결하고 난 뒤의 기쁨을 나누는 잔치인 까닭에 그것은 궁궐만의 잔치가 아니라 여민이 동락하는 온 부여의 잔치가 되었다. 고통과 비통의 한숨과 울음소리가 넘쳐나던 도성의 골목마다 웃음소리가 되살아나고 사람들이 모인 곳마다 세 왕자를 칭송하는 말이 흘러넘쳤다.

마지막 날의 연회가 아직도 한창일 때 대소는 몸이 불편하다는 구실을 대고 자신의 처소로 돌아왔다. 아닌 게 아니라 미열로 머리가 묵지근하고 가슴이 때 없이 거친 동계로 울렁거리는 느낌이었다.

하지만 대소는 그것이 고뿔이 찾아왔거나 연회에서의 연이은 과음 때문이 아니란 것을 알았다.

침소에 들어 잠시 지친 몸을 누일까 생각했지만 발길은 태자전 화원으로 향했다. 너른 화원에는 여름꽃들이 한창이었다. 대소는 화원의 한가운데서 걸음을 멈추고 쏟아지는 햇살을 온몸으로 고스란히 받았다. 그러자 다시 뜨거운 열기가 가슴에서부터 머리로 확 치켜오르면서, 주체할 수 없는 분노가 온몸을 아찔한 현기증 속에 빠뜨렸다. 생각 같아서는 온 세상에 불을 지르고 자신도 그 불길 속에 몸을 내맡기고만 싶었다. 그렇게라도 해야만 이 수치심과 분노를 씻을 수 있을 것 같았다.

주몽…….

자신의 모든 노력은 무위로 돌아가고 말았다. 주몽, 그 찢어 죽여도 시원치 않을 녀석으로 인하여. 현토성에서 양정으로부터 그 치욕을 견디고, 해모수의 수급을 바치면서까지 이루고자 했던 것, 잃어버린 부왕의 신뢰와 신료들의 공경은 주몽으로 인해 한낱 희미한 연기가 되어 허공으로 날아가버렸다. 그가 기대했던 모든 것은 주몽의 것이었다. 아버지는 연회에서도 연신 주몽의 모험에 찬 이야기를 듣고자 했으며 그 성공을 자신의 것인 양 기뻐했다. 주몽을 바라보는 대신들의 눈빛도 달라졌다. 옛날 그 유약하고 한심한 막내 왕자가 아니라 마치 새로운 태자를 보는 듯한 눈빛이었다.

다시 한번 온몸을 태워버릴 듯한 분노가 대소를 사로잡았다. 몸속의 모든 피톨이 빠르게 핏줄 속을 내달리며 거친 고함을 내지르는 듯한 느낌이었다. 대소는 주몽과의 경쟁에서 완벽하게 패했음을 인정했다. 그것은 참으로 고통스러운 일이었다.

하지만 아직은 끝난 게 아니다. 아니, 네놈과 나의 진짜 경쟁은 이제부터 시작이다. 두 번 다시 어떤 사소한 승리나 사소한 영광도 네놈에게 허락하지 않으리라. 오직 참혹한 패배감과 회한과 고통만이 너의 것이 되리라. 용서하지 않으리라. 결코 네놈을 용서하지 않으리라…….

붉은 꽃들이 가득 피어난 화원 위로 한 얼굴이 떠올랐다. 대소의 마음이 뜨겁게 달아올랐다가 이내 차갑게 얼어붙었다.

소서노…….

대소는 그날 대전에서 주몽의 곁에 부복한 소서노의 모습을 잊을 수 없었다. 자신의 몸과 마음을 사로잡은 여인. 어느새 자신의 꿈, 자신의 미래와 하나가 되어버린 여인. 그 여인이 주몽과 그 먼 길을 함께 했고 그 기쁨과 영광을 나누었다. 대소의 마음이 날카로운 칼날에 갈기갈기 찢기는 듯했다.

죽일 놈…….

다시 주몽을 향한 분노가 뜨거운 불길이 되어 가슴속에서 치솟아 올랐다. 대소가 고개를 돌려 저만치에 시립한 내관을 향해 소리쳤다.

"궁 밖을 다녀올 테니 당장 말을 준비하여라!"

◆ ◆ ◆

금와왕이 베푼 연회에 참석하고 돌아가는 연타발은 흔연한 기분이었다. 기분 좋은 취기가 온몸을 떠받드는 것 같아 걸음이 날아갈 듯 가볍고 마음이 훙훙 둥둥거렸다.

허허! 금와왕의 그 어린아이같이 즐거워하는 모습이라니…….

지금껏 금와왕을 겪어오면서 언제나 근엄하고 엄격하며 사람을 대함에 작은 빈틈도 없는 사람이라 여겼는데, 어디에 저런 면이 숨어 있었던가 의아할 지경이었다. 그런데 그것이 모두 딸년 소서노 때문이라니 어찌 기쁘지 않겠는가. 고산국에서 암염을 수입함으로써 얻게 될 이문 따윈 사소한 것으로 여겨질 만큼 연타발은 기분이 좋았다.

곁에 나란히 서서 말을 몰아가는 소서노가 그런 아비의 표정을 살피곤 풋 웃음을 터뜨렸다.

"아버지, 기분이 좋으신가 봐요."

"그럼 좋지, 좋고말고. 오늘 금와왕이 너와 주몽 왕자를 보는 눈을 보지 않았느냐. 마치 사랑하는 오뉘 자식을 보는 것 같지 않더냐. 하하하……."

"어느새 고산국에 군사를 보내 혹 있을지도 모를 도적의 침입으로부터 마을을 보호하기 시작한 걸 보면 이번 일에 금와왕께서 큰 기대를 걸고 계신 게 분명해 보여요."

"왜 아니겠냐. 아무튼 너와 주몽 왕자의 힘으로 전쟁을 막았으니 참으로 장한 일이다. 하지만 하나의 전쟁은 막았지만 또 다른 전쟁은 키운 것이 아닌지 모르겠구나."

"무슨 말씀이세요, 아버지? 또 다른 전쟁이라니요?"

"대소 왕자와 주몽 왕자의 전쟁 말이다. 두 왕자 사이의 경합이 바야흐로 더욱 치열해질 텐데, 어찌 그것이 전쟁이 아니겠느냐."

연타발의 말에 소서노의 낯빛이 조금 흐려졌다.

두 사람이 상단 여각에 이르렀을 때 뜻밖의 사람이 그들을 기다리고 있었다.

"대소 왕자님! 왕자님께서 어인 일이십니까?"

사랑에서 기다리고 있던 대소가 두 사람을 향해 조용히 인사를 건넸다. 그 모습이 어딘지 평소보다 긴장된 듯 느껴졌다. 연타발과 대소가 사랑의 좌탑 위에 좌정한 것을 본 소서노가 물러서며 말했다.

"그럼 두 분께서 말씀 나누세요. 전 이만 물러가겠습니다."

대소가 말했다.

"아니오, 소서노 아가씨. 아가씨도 이 자리에 있어주시오. 두 분께 드릴 말씀이 있소."

그리하여 세 사람이 마주앉게 되었다.

하지만 뜨거운 차 한 잔이 식을 만한 시간이 흐르도록 대소는 별 말이 없었다. 다시 한참 뒤 대소가 다소 긴장한 듯한 목소리로 말했다.

"연타발 군장……."

"말씀하십시오, 왕자님."

"소서노 아가씨를 아내로 맞고 싶소!"

"……."

예기치 못한 대소의 말에 두 부녀가 할 말을 찾지 못한 채 잠시 침묵을 지켰다. 대소가 조금 용기를 얻은 듯 결연한 목소리로 말했다.

"군장의 따님을 마음에 둔 지 오래요. 이 일은 내가 오래 숙고하고 숙고한 끝에 내린 결정이오. 오늘 아버님께 이런 내 마음을 말씀드리고 혼담을 진행시킬 생각이오. 그 전에 군장의 허락을 얻고 싶어 이렇게 찾아왔소."

연타발이 나직한 소리로 대소에게 답했다.

"왕자님. 아직 어리고 부족한 아이를 그리 고이시니, 아비로서 감사천만한 일입니다. 하지만 저는 지금껏 모든 중요한 판단은 아이 스스로 하도록 가르쳐왔습니다. 왕자님의 질문에 답을 할 사람은 제가 아니라 딸아이인 듯합니다. 그러니 질문의 상대를 바꿔 다시 물어보시는 게 좋을 듯합니다."

대소의 시선이 살짝 달아오른 얼굴로 앉아 있는 소서노를 향했다.

"아가씨. 내 뜻을 받아주겠소?"

소서노가 대답했다.

"며칠만 말미를 주십시오. 뜻밖의 말씀이라 혹 당황한 마음에 경망스러운 실수라도 할까 염려스러운 까닭입니다. 며칠 숙고한 후 답을 드리겠습니다."

"알았소. 내 그때까지 기다리겠소."

대소가 떠난 후 소서노는 마당 곁 작은 화단 가에 앉아 꽃을 들여다보았다. 연타발이 그런 딸을 보고 별다른 말없이 사랑으로 돌아갔다. 하루가 이울도록 화단 가에 앉아 있던 소서노가 자리에서 일어서며 지나가는 일꾼 하나를 불러 물었다.

"주몽 왕자님은 어딜 가셨느냐? 아직 연회에서 돌아오시지 않았느냐?"

"글쎄요. 아까 오후에 잠시 얼굴을 보았습니다만 이후론 보지 못하였습니다."

"마리와 협보, 오이는 어디 있느냐?"

"그 녀석들도 아까부터 보이지 않습니다요, 아가씨."

◆ ◆ ◆

"카! 역시 남자는 출세부터 하고 볼 일이야. 야, 마리야! 이 가죽신 좀 봐. 어찌나 가벼운지 내가 걸음을 걷는 게 아니라 신이 날 태우고 날아다니는 것 같구먼 그래. 으허허허허……."

"임마, 이 절풍은 어떻고. 이 형님, 이렇게 떡하니 절풍을 올려 쓰시니까 대갓집 공자 같지 않냐? 하하하……."

너른 도성 거리가 비좁게 마리와 협보와 오이가 어깨를 으스대며 걸어갔다. 전날 부여국 왕이 베푸는 연회에 초대받아 왕에게 하사받은 물건들이 암만 보고 다시 또 봐도 신이 나고 황송한 까닭이었다. 거기다 연타발의 상단에서는 등짐이나 지는 허드레 일꾼에서 상단의 호위무사로 승격하지 않았는가. 그러니 어찌 와하하하 웃음이 나오지 않을 것인가. 세 사내가 연신 터뜨리는 웃음소리가 거리 위에 낭자했다.

"궁전 연회에 초대받은 것도 꿈만 같은데, 하늘같으신 대왕 폐하로부터 이런 귀한 물건까지 받고 나니, 이게 대체 꿈인지 생시인지 당최 구별이 안 가네."

"야, 야. 협보야! 너 연회에서 시중들던 여자들 봤지? 이건 사람이 아니라 하늘에서 내려온 선녀가 아니면 달에 산다는 항아님들이더구먼. 으이그, 생각만 해도 살 떨려……."

찧고 떠드는 그들 뒤에 주몽이 묵묵한 얼굴로 걸음을 옮기고 있었다. 저만치 도치의 객전이 보이는 곳에 이르자 떠들던 마리 들도 비로소 긴장한 빛을 보이기 시작했다.

"근데, 도치 놈이 순순히 부영이를 내놓을까?"

"안 내놓으면? 왕자님의 영인데 제 놈 목숨이 몇 개라고 말을 안 들어. 걱정할 것 없어."

네 사람이 대문을 밀고 객전 마당으로 들어서자 한쪽에 모여 앉아 있던 무뢰배 모상의 사내들 몇이 저희들끼리 귀엣말을 나누곤 슬금슬금 안쪽으로 사라졌다. 그때 막 부엌에서 그릇이 담긴 함지를 이고 나오던 여자가 그들을 보고 나직이 소리쳤다.

"왕자님! 오라버니들!"

"부영아!"

오이가 초라한 부영의 모습에 울먹이는 소리를 냈다. 몇 번이나 조각천을 덧대 바느질한 낡은 옷에 빨갛게 부르튼 손과 생기를 잃은 입술이 보는 사람의 가슴을 저미게 했다. 주몽이 안타까운 듯 가라앉은 목소리로 말했다.

"진작 찾아오지 못해 미안하구나, 부영아. 얼마나 고생이 많았느냐."

"그런 말씀 마세요, 왕자님. 이렇게 절 잊지 않고 찾아주셨다는 것만으로도 기쁩니다."

그렇게 말하는 부영의 눈에 눈물이 차오르고 있었다. 그때 안쪽 중문에서 서너 명의 사내가 마당으로 들어섰다.

"너희들이 여긴 웬일이냐?"

한당과 수하의 무뢰배였다. 마리가 한당의 말이 땅에 떨어지기도 전에 눈을 부라리며 호통을 놓았다.

"이놈이 죽으려고 환장을 했나! 이분이 누군 줄 알고 말을 함부로 하는 게냐! 부여의 왕자님이시다, 이놈!"

한당이 마지못해 고개를 숙이고는 떨떠름한 얼굴로 말했다.

"이곳엔 어인 일로 오셨습니까?"

"도치를 만나러 왔다. 안에 있느냐?"

주몽의 말에 한당이 불쾌한 기색을 감추지 않고 답했다.

"안에 계시긴 합니다만 지금 귀한 손님을 맞고 계신 중입니다. 부영이 이년! 넌 거기 서서 뭐하고 있는 게냐!"

한당의 고함에 부영이 화들짝 놀라며 부엌으로 종종걸음을 쳐 들어갔다. 잠시 안으로 들어갔다 나온 한당이 주몽을 중문 안으로 안내했다.

도축장을 지나 사랑이 있는 안마당에 도치가 서서 기다리고 있었다. 여전히 야차와 같이 잔혹해 보이는 모색이었으나 평소와 달리 비단 포로 몸을 감싼 것이 귀한 손님을 맞는다는 말이 사실인 듯 보였다.

"고귀한 왕자님께서 나 같은 놈을 찾으신 까닭이 무엇입니까?"

"부영이를 데리러 왔소."

주몽이 말했다. 도치가 기가 막힌다는 듯 허리를 뒤로 젖히며 껄껄 웃음을 터뜨렸다. 그러더니 돌연 정색을 하며 차갑기 그지없는 목소리로 쏘아붙였다.

"그렇게는 할 수 없습니다. 부영이는 엄연히 저의 노비입니다!"

"부영이는 노비가 아니오. 부영이 본래 신궁의 여관이었다는 사실을 모르오?"

"그거야 옛날 얘기지요. 지금은 제가 돈을 주고 산 노비입니다. 정 데려가고 싶다면 값을 치르고 데려가십시오."

예상했던 대로였다. 주몽이 차분하게 대꾸했다.

"좋소. 얼마면 부영을 내어주겠소?"

"어디 보자…… 그년을 사들인 값에, 그간 먹이고 입혀준 값에, 예전에 거지꼴로 오갈 데 없는 왕자님을 받아주는 대신으로 물린 값에…… 대충 청동전으로 천 냥이면 되겠습니다. 천 냥만 내시면 언제든 고년을 내드립지요."

곁에서 듣고 있던 오이가 달려들 듯 소리쳤다.

"그따위 터무니없는 억지가 어디 있느냐? 그 돈이면 네놈 객전을 사고도 남겠다!"

흘끗 오이를 쏘아보는 도치의 눈길이 모질었다. 그와 함께 등 뒤에서 있던 한당과 사내들이 여차하면 칼을 뽑아 달려들 듯한 자세를 취했다.

주몽이 말했다.

"좋소. 내 어떻게든 돈을 마련해보겠소. 그리 오래 걸리지는 않을 것이오."

"흐흐흐! 당연히 그러셔야지요. 서두시는 게 좋을 겁니다. 이 몸이 변덕이 도져 다시 팔아버리기 전에."

도치가 몸을 돌려 사랑으로 향했다. 그때 사랑의 휘장이 살짝 들춰지며 날카로운 눈길 하나가 자신을 쏘아보는 것을 주몽은 알지 못했다.

도치가 들어선 사랑 안에 영포가 앉아 사나운 얼굴을 하고 있었다.

"주몽 저놈이 여긴 무슨 일이냐? 혹 내가 여길 출입한다는 걸 알고 있는 건 아니냐?"

"아닙니다, 왕자님. 주몽 왕자가 온 것은 부영이라는 계집 때문입니다. 무슨 까닭인지는 모르겠으나 고 계집에게 단단히 정이 든 모양입니다."

"방금 누구라고 하였느냐? 부영이?"

"예, 저희 집에 있는 종년입니다. 전에 신궁의 여관으로 있었다는 계집입지요."

문득 영포의 입에서 커다란 웃음소리가 터져나왔다.

"와하하하! 부영이가 이곳에 있어? 재미있구먼. 도치야, 그 부영이란 계집을 잘 간수하여라. 어쩌면 요긴하게 쓸 수도 있을 것 같구나. 하하하!"

여미을의 잠적

소금 품귀 사태로 야기된 혼란이 빠르게 안정을 되찾아갔다. 대소와 영포가 가져온 소금이 시중에 풀리고 고산국으로부터 소금이 수입되리라는 소문이 돌면서 공급에 대한 불안감은 잦아들었다. 매점매석이 사라지고 소금 가격은 정상을 회복했다. 백성들의 얼굴에서 자취를 감추었던 웃음이 되살아나고, 소금을 두고 벌어졌던 다툼을 잊고 이웃 간의 우의도 되살아났다.

부여 도성이 남풍을 맞은 봄 들판처럼 화기애애한 분위기를 되찾아갔지만 원후의 심사는 하루하루 삭풍이 몰아치는 한겨울 들녘이었다.

"여기도 주몽, 저기도 주몽, 이놈의 나라가 대체 어떻게 되려고 가는 곳마다 주몽이놈 얘기뿐이란 말이냐!"

편치 않은 심사 탓인 듯 수척해 보이는 얼굴의 원후가 여관이 내온 다담상은 거들떠보지도 않은 채 매몰차게 말을 뱉었다. 난처한 표정을 짓고 있던 벌개가 침묵을 지키기 민망했던지 위로랍시고 말을 냈다.

"너무 심려치 마십시오, 왕후마마. 물 위에 떠 흐르는 낙엽보다 가벼운 것이 세상인심이라 하지 않습니까? 지금은 소금 때문에 혼겁이 난 뒤끝이라 그렇지, 잠시 저러다 말 것입니다. 이 나라 태자의 재목은 누가 뭐래도 대소 태자님이십니다."

"오라버니도 제발 그 태평한 소리 좀 그만하세요! 만날 괜찮다, 염려 마라 그러다가 이 지경까지 온 게 아닙니까. 이 나라가 주몽이놈 손에 넘어간 다음에도 그런 말을 하실 겁니까!"

원후가 분통이 터진다는 듯 버럭 소리를 질렀다. 원후의 눈길이 풀죽어 앉아 있는 영포를 향했다. 쯧쯧, 혀를 차던 원후가 물었다.

"대소는 어딜 간 게냐?"

"형님도 심사가 편치 않은지 아침 일찍 사냥을 나가셨습니다."

"후…… 어찌 그렇지 않겠느냐. 그 아이도 마음이 편치 않은 게지……. 오라버니?"

원후가 벌개를 향해 돌아앉았다.

"예, 왕후마마."

"대사자 부득불은 어떻게 지내고 있습니까? 요즘은 대궐에서도 통 보이지 않더군요."

"전날 해모수의 일 이후로 폐하께서 대사자를 멀리하시는 게 눈에 보일 정도입니다. 대사자도 국사에 참여는 하고 있으나 사저에 돌아가 있는 시간이 더 많습니다."

"오라버니가 대사자를 만나보세요. 대소가 보위에 오르기만 한다면 부득불은 3대조에 걸쳐 대사자의 자리에 오르게 될 거라 말하세요. 그리고 대소를 위해 할 수 있는 일을 찾아보라고 하세요. 조정에 신망이 높은 대사자가 나서준다면 얼마나 큰 힘이 되겠어요."

"그리하겠습니다."

"신궁 쪽 소식은 어떻습니까?"

"그게…… 좀 심각한 형편입니다. 여미을 신녀가 벌써 한 달 가까이 신궁 출입문을 폐한 채 두문불출 기도만 하고 있습니다. 금와왕이 신녀를 내치려 한다, 신녀가 기도로 왕을 저주하고 있다는 소문이 돌며 인심까지 나빠지고 있습니다."

"……신녀가 우리 대소를 도와주면 작히 좋으련만. 사람이 돕고 귀신이 돕는다면 안 될 일이 뭐가 있겠어요."

"그렇긴 합니다만 깐깐한 여미을 신녀가 대소 왕자님 돕기를 기대하는 것은 고목에서 꽃이 피길 기대하는 것보다 더 어려운 일입니다."

"그렇다면 바꿔야지요. 신녀를 바꿔서라도 우리 대소에게 힘이 되도록 만들어야지요."

원후가 냉혹한 표정으로 내뱉듯 말했다. 벌개가 펄쩍 놀란 얼굴로 손사래를 쳤다.

"그건 안 될 말입니다, 왕후마마. 신궁 신녀는 사출도의 신녀들이 만장일치로 추대해야 함을 아시지 않습니까. 여미을이 저리 멀쩡하게 살아 있는데 어찌 다른 신녀를 추대한단 말입니까? 여미을은 신통력이 뛰어나고 지혜로워 부여의 백성들이 폐하보다 더 공경하고 따르는 신녀입니다. 혹 여미을 신녀에게 무슨 일이 생긴다면 백성들이 가만 있지 않을 것입니다."

"방법이야 찾아보면 될 테고…… 내 알아보니 사출도 마가의 신궁에 있는 마우령馬禑玲이란 신녀가 인품이 훌륭하고 신통력도 뛰어나

마가 백성들의 신망을 한 몸에 받고 있다고 합디다. 마가는 우리 부족 사람이니 대소를 도울 것은 당연한 일이구요."

원후는 사출도 최대 세력인 마가 출신으로, 오늘날 마가의 군장이 원후의 백부였다. 전날 원후가 태자비로 간택된 데에는 마가의 강대한 세력이 그 바탕이 되었음은 물론이다.

"마우령이 왕궁 신녀가 되면 백성들의 마음이 대소에게 모아질 것입니다. 백성들의 마음이 모아져야 태자도 되고 대왕도 될 것이 아닙니까?"

벌개가 어두운 낯빛을 풀지 않은 채 말했다.

"하지만 여미을 신녀 스스로 신궁을 떠나지 않는 한 마우령 신녀를 황실 신궁의 새 주인으로 앉힐 방법이 없습니다……."

"그건 저한테 맡기십시오, 숙부! 제가 여미을을 신궁에서 쫓아버리겠습니다!"

영포가 벌개의 말을 자르며 불쑥 말했다. 이번엔 원후가 펄쩍 뛰었다.

"아서라, 영포야! 또 뭘 어쩌려고 그러느냐? 이제 나는 네가 무얼 하겠다고 하면 덜컥 가슴이 내려앉기부터 한다. 이 일은 대소와 천천히 상의해보도록 하자."

"걱정 마십시오, 어머니. 형님이 태자 자리에 오르는 것은 또한 저의 소원이기도 합니다. 저라고 눈이 없고 귀가 없겠습니까? 요즘 사람들이 너도나도 주몽, 주몽 하는 걸 보면 속에서 불이 나 잠이 오질 않습니다…… 저도 힘 닿는 데까지 형님을 돕고 싶습니다."

◆◆◆

부여궁 북쪽의 드넓은 대나무숲에 자리한 신궁에 밤이 깊었다.

하늘에 떠 있던 손톱만 한 조각달마저 구름 속으로 자취를 감추자 세상은 온통 칠흑 같은 어둠에 뒤덮였다. 신궁으로 통하는 모든 문이 굳게 닫힌 지도 어느덧 오래, 밤낮으로 무거운 정적에 싸인 신궁은 인적이 끊어진 폐가와도 같은 스산함이 떠돌고 있었다. 신궁을 둘러싼 대나무숲 속으로 불어가는 바람에 서걱대는 댓잎 소리가 적막감을 더했다.

잠시 하늘 위로 얼굴을 내밀었던 조각달이 다시 구름 속으로 사라진 다음이었다. 바람이 술렁이는 대숲 속에서 한 무리의 사내들이 조용히 신궁을 향해 나아가고 있었다. 하나같이 얼굴에 검은 복면을 쓰고 허리에는 환도를 차고 있었다.

신궁 담장 아래 다다른 사내 하나가 잠시 귀를 기울여 안팎의 기척을 살핀 뒤 몸을 솟구쳐 담장 위로 뛰어올랐다. 그러곤 잠시 안을 살피는 눈치더니 이내 담장 저편으로 사라졌다. 이를 신호로 다른 사내들도 하나씩 재빠르게 담장을 뛰어넘었다. 눈여겨보지 않았다면 어둠조차도 눈치 채지 못했을 만큼 날래고 조용한 몸놀림이었다.

신궁 안으로 들어선 사내들이 어둠을 골라 디디며 천천히 한곳을 향해 나아갔다. 신녀 여미을이 기도를 드리는 신전이었다.

복면의 사내들이 너른 후원을 가로질러 달려가고 있을 때였다. 저편 건물의 기둥 뒤편에서 물그릇을 든 젊은 여인 하나가 불쑥 나타났다.

"누, 누구세요!"

여관이 어둠 속의 사내들을 발견하곤 기함을 한 듯 소리쳤다. 사내들의 태도에 잠시 낭패한 듯한 기색이 엿보였다. 하지만 곧 무리의 앞에 선 사내가 칼을 뽑아 여인의 몸을 후렸다.

"아악!"

여관이 올리는 비명이 비단 폭을 찢듯 어두운 하늘 위로 울려 퍼졌다.

사내들의 걸음이 더욱 빨라졌다. 이미 자신들이 가야 할 곳을 정확하게 알고 있는 듯 사내들이 어둠을 직선으로 가르며 달려가기 시작했다. 궁 안 건물 이곳저곳에서 불이 밝혀지며 여인들이 하나둘 밖으로 나오기 시작했다. 신전 건물 앞에 이르렀을 때 무장한 젊은 여인들이 우르르 앞을 막아섰다. 신궁을 숙위하는 무사들이었다.

"누구냐, 네놈들은!"

신궁 무사들의 물음이 채 땅에 떨어지기도 전에 사내들이 칼을 뽑아들고 앞으로 달려들었다.

신궁을 무겁게 내리덮고 있던 정적을 깨뜨리며 갑자기 병장기 부딪치는 소리가 요란하게 들려오기 시작했다. 처음부터 신궁의 여무사들은 복면 괴한들의 상대는 아닌 듯해 보였다. 서너 합 거칠게 맞부딪친 자리에서 벌써 두어 명의 숙위무사들이 비명을 올리며 바닥에 쓰러졌다. 사내들의 칼부림이 더욱 모질어졌다.

전도를 뚫은 무장 괴한 몇이 신전의 돌기단 위로 뛰어올랐다. 무리의 앞에서 길을 열어온 사내가 문을 박차고 신전 안으로 뛰어들었다. 여미을이 벌써 한 달도 넘게 밤낮으로 기도를 드려온 곳이었다.

"신녀 여미을을 찾아라!"

신전은 캄캄한 어둠 속이었다. 사내들이 어둠 속을 들이뛰며 신녀를 찾기 시작했다. 하지만 먹물같이 짙은 어둠 속에 사람의 자취는 어디에도 없었다. 뒤이어 홰를 든 사내가 안으로 들어섰다. 홰의 불빛에 드러난 신전은 텅 비어 있었다.

밖으로 뛰어나온 사내가 어둠을 향해 소리쳤다.

"신녀가 달아났다. 반드시 찾아서 죽여야 한다!"

그런 가운데서도 살육은 계속되고 있었다. 소리에 놀란 여관과 나인들이 밖으로 쏟아져 나오는 것을 복면 괴한들이 뛰어들어 무자비하게 칼을 휘둘렀다. 일을 철저히 매조지하기로 작정한 듯했다. 사내들이 달아나는 여관의 머리채를 틀어잡고 소리쳤다.

"여미을은 어디 있느냐! 어서 말해라!"

"모, 모릅니다. 살려주세요, 제발……."

사내의 칼날이 어둠 속에서 번득이자 여관이 가슴 가득 피를 쏟으며 바닥으로 쓰러졌다. 광기에 찬 사내들이 이리저리 어둠 속을 뛰며 닥치는 대로 여관들을 찌르고 베기 시작했다. 여인의 처절한 비명이 어둠 속으로 길게 이어졌다.

◆ ◆ ◆

"신궁이 괴한들에게 습격을 당해? 그게 대체 사실이오?"

"그렇습니다, 폐하. 지난밤 정체를 알 수 없는 괴한들이 난입해 신궁 여관들을 무자비하게 살해하고 달아났습니다."

"여미을은? 신녀는 어찌되었소?"

"시신들 속에 여미을 신녀는 발견되지 않았습니다. 아마도 어디로 몸을 피한 것 같습니다."

대장군 흑치가 아뢰는 말에 금와가 긴 탄식을 쏟아놓았다.

"오, 어찌 이런 일이……."

금와가 분노에 찬 음성으로 소리쳤다.

"당장 궁궐 숙위대장을 들게 하라! 궁궐 숙위를 어떻게 했기에 신성한 신궁에서 이런 일이 벌어진단 말인가? 괴한들이 신궁에 난입해 사람을 해치다니, 이게 대체 있을 수 있는 일이란 말인가!"

"송구합니다, 폐하!"

"흑치 대장군! 대체 어떤 놈들이 그런 무도한 짓을 저질렀단 말이오?"

"너무 뜻밖의 일이라 신도 정신을 차릴 수 없는 지경입니다. 몸을 숨겨 간신히 목숨을 구한 여관들에 의하면 복면을 쓴 스무 명가량의 괴한들이었다고 합니다. 처음부터 여미을 신녀를 노린 것 같습니다."

"으음……."

"곧 조사하여 어떤 자들의 소행인지 밝히도록 하겠습니다."

"그리고 신녀를 찾으시오. 반드시 신녀를 찾아 신변을 안전하게 보호하도록 하시오!"

"폐하의 말씀대로 행하겠습니다."

"폐하!"

시립하고 있던 궁정사자 벌개가 아뢰었다.

"여미을은 백성들의 존경과 신망이 두터운 신녀입니다. 혹 이 일이 세상에 알려지기라도 하는 날에는 민심이 동요하고 백성들 사이에 혼란이 일지 않을까 실로 염려가 되옵니다."

"으음……."

"백성들 사이에 그렇지 않아도 폐하와의 관계를 두고 이러쿵저러쿵

말들이 있었습니다. 공교롭게도 이러한 때 이런 일이 일어나, 혹 백성들이 왕실과 폐하를 원망하지나 않을까 걱정입니다."

"……."

"해서 신녀 여미을의 안위가 확인되지 않는다면 이참에 신궁의 주인을 새로이 찾아보는 것도 좋을 듯합니다. 백성들이 존경하고 따를 새로운 신녀를 세운다면 여미을 신녀를 둘러싼 이런저런 말들도 곧 사라지게 될 것입니다."

"이보시오, 궁정사자! 여미을 신녀의 생사가 확인되지도 않은 터에 신궁의 새 주인 운운하다니, 그걸 말이라고 하시오! 대장군은 모든 병사들을 동원해서라도 반드시 여미을 신녀를 찾아내시오!"

"알겠습니다, 폐하!"

◆ ◆ ◆

"네놈이 기어코 일을 저질렀구나. 내 그렇게 경거망동하지 말라고 일렀건만……."

원후가 할 말을 잃은 듯 지친 표정으로 영포를 노려보았다. 화가 난 듯 뚱한 표정을 짓고 있던 영포가 투덜거렸다.

"어머니께선 어찌 일을 저질렀다 말씀하십니까? 세상에 저절로 되는 일은 없는 법입니다. 모여서 궁리나 하고 생각만 해서 천하에 무슨 일이 되겠습니까? 신녀가 문제라면 신녀를 없애고, 주몽이 문제라면 주몽을 죽이면 될 일을, 어머니와 형님은 너무 헤아리고 따지기만 하십니다. 해서 제가 그리 행하였습니다. 두고 보십시오. 이제 우리가 생각한 대로 일이 착착 진행될 겁니다."

"시끄럽다, 이놈! 일이란 게 선이 있고 후가 있는 법인데, 무어라 말을 내기가 무섭게 일부터 저지르고 보니 이 일을 대체 어떻게 수습하려는 게냐?"

"이 일은 천하를 얻는 일입니다, 어머니. 그런 일에 어찌 어려움이 없겠습니까. 아무 염려 마십시오. 결국에는 다 좋은 쪽으로 일이 될 겁니다. 어찌 됐든 그 얄미운 여미을이 신궁에서 없어졌지 않습니까?"

"후…… 네놈이랑 말을 하느니 바위를 앉혀놓고 말하지……."

듣고 있던 대소가 말했다.

"그렇다면 대체 여미을 신녀는 어디로 간 것이냐? 네가 어디로 데려간 것이냐?"

"아닙니다. 이 요물이 어느새 알아채고 몸을 숨긴 것 같습니다. 하지만 이제 다시 신궁에 나타나지는 못할 것입니다. 어디에 숨어 있든 상관없지만 세상에 얼굴을 드러내기만 하면 제가 반드시 요정을 내겠습니다."

"……."

◆ ◆ ◆

연타발을 만나고 싶다는 주몽의 청이 있었다. 이전엔 없던 일이었다. 연타발의 사랑에 마주앉은 두 사람은 잠시 어색한 인사를 나누었다. 한 사람은 상전이자 부여의 관상官商이고 다른 한 사람은 부리는 일꾼이자 왕자였다.

"신궁에 변고가 있었다는 소식은 들으셨는지요?"

"하도 뜻밖의 소식이라 믿기지가 않습니다. 신궁에 자객이 들어 여관 여럿이 목숨을 잃고 신녀는 나이 어린 여관 하나를 데리고 몸을 감추었다고 하더군요."

"여미을 신녀는 백성들의 신망이 두터운 신궁의 주인일 뿐 아니라 부여의 정세를 가장 폭넓게 파악하고 있는 사람이기도 합니다. 그런 신녀를 죽이려 했다는 것은 이 나라 부여에 어떤 무서운 음모가 똬리를 틀고 있다는 사실을 드러내고 있습니다."

주몽의 말에 연타발이 고개를 끄덕였다. 주몽이 다시 말했다.

"누가 무슨 이유로 신녀를 죽이려 했는지는 모르지만, 이는 장차 부여 땅에 불어닥칠 무서운 광풍의 전조 같아 염려스럽습니다."

"……."

"군장 어른께 한 가지 청이 있습니다."

"말씀하십시오, 왕자님!"

"강철검을 만들고자 합니다. 군장께서 이 일을 도와주십시오."

주몽의 말에 언제나 근엄하기 그지없던 연타발이 표정이 바뀔 정도로 놀라며 주몽을 바라보았다.

"강철검을 만들겠다 하셨습니까?"

"그렇습니다. 저는 지난번 소금으로 인한 환란에 부여 백성들이 당한 끔찍한 고통을 생생히 목격했습니다. 이는 곧 강하지 못한 나라의 백성, 강한 나라에 압제받는 나라의 백성이 겪는 고통이었습니다. 저는 이 나라 백성들이 다시 그런 고통을 당하는 것을 용납하지 않겠습니다. 이 나라 부여를 강한 나라로 만들어, 지상의 어떤 나라도 감히 우리 부여를 핍박하지 못하게 하겠습니다."

놀라움이 더욱 커진 얼굴로 연타발은 주몽을 건너다보았다. 주몽의 준수한 얼굴에 분노처럼 은은히 어려 있는 것이 곧 강철 같은 의지와 신념임을 연타발은 깨달았다. 주몽의 말이 계속되었다.

“한이 우리 부여를 핍박하고 강박하는 것은 그들에게 강한 힘이 있어서 그런 것이고, 그 힘은 그들의 뛰어난 강철병기에 있습니다. 우리 부여도 강철로 된 병기를 가지게 된다면 능히 한과 맞서 부족함이 없을 것입니다.”

“왕자님의 뜻이 참으로 훌륭하십니다. 하지만 어찌하여 저에게 도와달라고 하십니까. 저는 부여 사람이 아니지 않습니까?”

“군장 어른! 이 일은 우리 부여만의 문제가 아닙니다. 중원의 한이 우리 동이를 경원한 것은 어제 오늘의 일이 아닙니다. 멀리는 공손헌원*의 도발에서부터 가깝게는 조선의 패망에 이르기까지 중원족은 끊임없이 우리 동이를 넘보고 핍박하였습니다. 지금 한이 나라 안팎의 우환으로 동이를 돌아볼 겨를이 없지만 언젠가는 반드시 이 땅을 다시 넘보려 할 것입니다. 그때가 되어 스스로의 약함을 애통해한다면 이미 뒤늦은 일이 될 것입니다. 군장 어른의 졸본 또한 동이의 중한 땅입니다. 잇몸이 없으면 이가 시린 법. 우리 부여가 한의 창칼 아래 무너진 다음이면 졸본 또한 그 위험에서 안전하지 못할 것입니다.”

“왕자님의 말씀이 옳습니다. 하지만 강철기는 과거 부여에서 오랜 세월 개발을 도모해왔지만 결국은 뜻을 이루지 못한 것으로 알고 있습니다. 더구나 지금은 한의 감시 때문에 철기방도 폐하고 기껏 농공구나 만드는 야철장을 가진 정도입니다. 이런 형편에 왕자님과 제가 강철검을 개발한다는 것이 가당키나 한 일이겠습니까? 또한 저는 세상의 작은 이문을 찾아다니는 한낱 장사치에 지나지 않습니다. 그런

---

* 공손헌원 : 중국의 시조로 여겨지는 황제.

제가 어찌 왕자님을 도울 수 있겠습니까? 제가 어찌 그런 왕자님의 훌륭한 뜻을 받들겠습니까?"

"군장께서 졸본을 떠나 부여의 도성에 터를 잡고 상단을 운영하는 데는 달리 뜻이 있음을 저는 알고 있습니다. 어찌하여 부여 왕의 환심을 사려 애쓰는지, 어찌하여 옛 철기방 야장들이 그리도 자주 이곳을 드나드는지, 외방에서 들어오는 보고서에 어찌하여 유독 철기와 관련한 내용이 많은지, 군장 어른의 서가에 어찌하여 철기에 관한 책들이 그리 많은지……."

연타발의 눈이 놀라움으로 화등잔처럼 커졌다. 연타발의 얼굴에 짙은 경계의 빛이 떠올랐다.

"……."

"저는 군장 어른께서 강철기를 개발하기 위해 애쓰신다는 사실을 알고 있습니다. 때때로 직접 한나라를 다녀오시는 것도 철기와 상관이 있을 것으로 짐작됩니다. 혹 한나라 야철장에 사람이라도 심어둔 것이 아닙니까?"

폐부를 찌르는 듯한 주몽의 말에 연타발은 정신을 차리기 어려운 심정이었다. 하루 종일 등짐이나 나르는 것으로 보았던 이 젊은이가 언제 이토록 상단 안팎을 살피고 헤아려 자신의 바닥까지 들여다보고 있었단 말인가. 철없기로 소문난 부여의 셋째 왕자가……. 연타발은 마주앉은 이 젊은이에게 문득 두려움을 느꼈다.

잠시 뒤, 방 안이 온통 울리도록 연타발이 호탕한 웃음을 터뜨렸다.

"하하하…… 왕자님의 예지가 놀랍군요. 한나라 야철장에 심어둔 자는 아직껏 풀무질만 하고 있습니다. 철기 제조 기술에 대한 한의 단속이 여간 심해야지요. 하하하……."

"……."

"왕자님의 말씀이 옳습니다. 저는 오래전부터 강철기를 개발하려는 마음을 품고 노력해왔습니다. 하지만 강철기를 개발하려는 까닭이 한의 위협에 대응하기 위해 나라의 힘을 키우고자 함은 아닙니다. 단지 강철기가 세상에서 가장 비싼 값에 팔릴 만한 물건이기 때문입니다. 그래, 제가 어떻게 왕자님을 도와드려야 할까요?"

"졸본에 철기방을 세우고 싶습니다."

"졸본에 철기방을?"

"예. 한의 감시의 눈 때문에 부여에서 강철기를 개발하기란 매우 어렵습니다. 졸본에 철기방을 세워 강철기를 개발하겠습니다."

"하지만 우리 졸본의 철기 제작 기술은 부여에도 미치지 못하는 괴련강 수준에 머물고 있습니다. 제가 부여 왕실에 접근한 것도 부여의 철기 제조 기술을 익힐 기회를 얻기 위함이었습니다."

"알고 있습니다. 졸본에 세울 철기방에 부여 제일의 야철 기술을 가진 야장을 보내드리겠습니다."

"부여 제일의 야장이라 하셨습니까?"

"마음에 생각해둔 사람이 있습니다. 그자와 함께 졸본에서 철기방을 열어 강철기를 개발하는 일에 나서겠습니다."

"……."

다물의 꿈을 위하여

하루 일이 끝난 저녁, 행랑채에 차려놓은 저녁도 마다한 채 주몽이 여각 대문을 나섰다. 눈치를 차리고 있던 오이가 슬그머니 그 뒤를 따랐다. 저잣거리 도치의 객전에 이를 때까지 두 사람은 별다른 말이 없었다.

한당이 그들을 도축장 안으로 이끌었다. 어둑한 도축장 안에 들어서자 머리가 아찔할 정도로 지독한 짐승의 몸 냄새와 노린내, 비계 썩는 냄새가 온몸으로 달려들었다. 도축장 한가운데 도치가 앉아 접시에 담긴 돼지의 생간을 씹어먹고 있었다. 어둠이 눈에 익자 돼지와 개, 소 따위 짐승의 해체된 살이 허공에 걸려 있는 것이 보였다.

흘끗 주몽이 들어서는 것을 보고도 도치는 그저 손가락을 빨며 생간을 씹을 따름이었다. 오이가 울컥하여 소리치려는 것을 주몽이 말리고 나섰다.

"부영이를 데리러 왔소."

그제야 고개를 들어 주몽을 멀거니 쳐다보던 도치가 음흉한 웃음을 베어물며 말했다.

"돈은 가져오셨습니까?"

"여기 있소. 당신이 말한 천 냥!"

주몽이 품에서 꾸러미 하나를 꺼내 바닥에 내려놓았다. 전날 사정을 들은 연타발이 차용해준 청동전 천 냥이었다. 돈 꾸러미를 바라보는 도치의 눈이 잠시 탐욕으로 번득이는 듯했다. 하지만 이내 고개를 돌리며 콧방귀를 뀌는 시늉을 했다.

"왜 그러시오?"

"이젠 돈 따위론 거래 안 합니다!"

"뭐야? 이런 사기꾼 같은 놈! 부영일 당장 데려오지 못해!"

오이가 벌컥 소리를 지르며 달려드는 것을 다시 주몽이 제지했다. 주몽이 차가운 음성으로 말했다.

"원하는 게 무엇이오?"

"왕자님은 잘 모르시겠지만 지금부터 제가 하는 말은 제 입을 통해서 나오는 것이긴 하지만 제 뜻이 아닙니다. 그러니까 그분이 원하시는 거래는……."

그때였다. 도축장 안쪽의 어둠 속에서 한 사내가 천천히 걸어나오며 말했다.

"거래 조건이 뭔지는 내가 직접 말하마!"

사내를 바라보던 주몽이 놀라 소리쳤다.

"형님!"

◆ ◆ ◆

밤이 깊은 시각, 오이로부터 말을 전해들은 마리와 협보가 주몽의 행랑채 방으로 건너왔다. 잠을 이루지 못하고 있던 주몽이 그들을 맞았다.

"왕자님! 이건 말도 안 됩니다!"

마리가 분통을 참기 어렵다는 듯 거친 소리로 말했다.

"아무리 부영이의 목숨을 구하는 것이 중하다고 하지만, 그 때문에 왕자님이 태자 경합을 포기하셔서는 안 됩니다. 이건 저놈들이 왕자님을 물 먹이기 위해 짜놓고 벌이는 사기입니다."

난데없는 영포의 등장에 할 말을 잃고 있는 주몽에게 영포가 빙글거리며 말했다.

"거래 조건이 뭔지는 내가 직접 말하마. 네놈이 대소 형님과 태자 자리를 놓고 벌이는 경합을 당장 포기해. 그럼 부영이라는 년을 넘겨주마."

영포의 말이 주몽의 귀에 웅웅거리는 이명처럼 들려왔다.

"네놈이 애초 우리 형제들과 태자 자리를 놓고 다투는 것부터 말이 안 되는 일이었어. 아무리 폐하의 말씀이 계셨다고는 하나 후궁 소생인 네놈이 감히 장자인 형님과 경합을 해? 네놈이 죽기를 각오하지 않고서야 될 성부른 일이냐? 내 기회를 줄 터이니 대소 형님을 찾아가 포기한다고 말해라. 그렇지 않고 괜히 미적거렸다간 부영이의 목을 선물로 받게 될 것이다".

주몽의 침묵이 답답한지 마리가 다시 고함을 내지르듯 말했다.

"왕자님! 무슨 일이 있어도 태자 경합을 포기해서는 안 됩니다. 차라리 저희들이 오늘 밤 도치 놈을 쳐서 부영이를 빼내오겠습니다!"

"그렇습니다, 왕자님. 이 일은 저희들에게 맡겨주십시오. 이 협보, 죽는 한이 있더라도 반드시 부영이를 구해내겠습니다."

도치의 객전에서 나올 때부터 침울한 표정이던 오이가 결연한 소리로 말했다.

"왕자님께서도 아시다시피 부영인 제 누이동생이나 마찬가지인 아이입니다. 그러니 이 일엔 오라비인 제가 나서는 게 맞습니다."

주몽이 무거운 얼굴로 입을 열었다.

"그럴 일이 아니다. 저놈들이 그런 방비조차 하지 않을 듯싶으냐. 이 일은 좀더 생각해보아야 할 일이니 그만 돌아들 가거라."

"왕자님! 무슨 일이 있더라도 반드시 저희들이……."

"알았다고 하지 않았느냐! 그만 쉬고 싶으니 너희들 방으로 돌아가거라."

마리 들이 돌아간 방에서 주몽은 잠시 일어나 홀로 방 안을 서성거렸다. 깊은 환멸이 통증처럼 가슴을 아프게 했다.

부영이…….

그 곱고 수줍던 아이가 자신의 잘못으로 신궁에서 매를 맞고 쫓겨난 뒤 짐승 같은 도치 밑에서 고생하는 걸 볼 때마다 주몽은 가슴이 미어지는 듯한 고통과 슬픔을 느꼈다. 이제 그 아이를 도치의 손에서 구해낼 길을 찾았는데……. 생각하면 태자 따위가 무슨 소용이랴 싶었다. 그 환멸스러운 인간들. 오로지 죽음과 음모와 멸망만을 희롱할 뿐인 그들의 향연, 그들의 자리…….

하지만 주몽은 그날 이후 한시도 잊지 않고 있던 목소리를 떠올렸다. 스승 해모수의 목소리였다.

"비록 사직이 무너지고 강역마저 유린되어 아름다운 조선의 왕업이 사라졌다고 하나 우리들 가슴속에 깃들인 신성왕국에 대한 열망마저 사라진 것은 아니다. 하여 동이 땅 백성들의 가슴속에는 잃어버린 왕국의 부흥에 대한 열망이 요원의 불길처럼 번져가고 있었으니 다물이 곧 그것이었다."

"다물은 이 시대 만백성의 고통스러운 상처이지만 또한 이 땅에서 생명을 받아 삶을 누리게 될 모든 자손들에게 결코 잊히지 않아야 할 꿈이다. 다물은 이 땅으로부터 피와 살과 뼈를 받은 모든 동이족 겨레붙이가 반드시 이루어야 할 꿈임을 잊지 않도록 하여라……."

그날 이후, 스승이 말한 다물의 꿈은 곧 자신의 것이 되어 가슴 깊은 곳으로 들어왔다. 다물…… 그 꿈을 이루기 위해서는 부여의 태자 자리를 포기할 수 없었다. 연타발 군장에게 강철기 개발에 도움을 청한 것도 자신 속에 자리한 다물의 꿈이 그리한 것이다. 그런데 태자 경합을 포기하라니…….

느물거리며 웃는 영포의 얼굴이 떠올랐다. 대소의 얼음같이 냉혹한 얼굴이 떠올랐다. 주몽은 처음으로 온몸이 저릴 듯한 지독한 분노를 느꼈다. 대소와 영포의 공격을 받아 반은 죽은 몸이 되어 구덩이에 버려졌을 때도, 동굴 옥사에서 자객들의 습격을 받아 목숨이 위태로웠을 때도 느껴보지 못한 무서운 분노였다.

◆ ◆ ◆

여미을의 부재가 길어지고 있었다. 신궁의 참화가 있은 지도 벌써 여러 날, 나이 어린 여관 하나를 데리고 종적을 감추었다는 여미을은 아직도 나타나지 않았다. 그럴수록 신궁에서 벌어진 그 끔찍한 사건과 여미을의 잠적에 대한 소문이 꼬리에 꼬리를 물고 사람들 사이로 퍼져갔다. 사람들은 도성 골목마다 불안으로 그늘진 얼굴을 맞댄 채 자신이 들은 말들을 전하기에 바빴다.

"신녀님과 사이가 좋지 않은 금와왕이 자객을 시켜 신궁을 몰살하려 했다지. 그런데 그걸 미리 안 신녀님이 신통력을 발휘해 자객들이 보는 앞에서 감쪽같이 사라졌다는구먼."

"신녀님이 몸을 피하신 게 아니라 실은 자객들이 신녀님을 죽이고 쥐도 새도 모르는 곳에 파묻었다는구먼. 그랬는데 하늘이 벌을 내려 그 자객 놈들을 모두 급사시켜버렸대."

"하늘이 내리신 신녀님에게 그 못된 짓을 했으니 이제 이 나라도 갈데없이 망조가 든 게야. 쯧쯧…… 그 벌로 금와왕은 신병이 들어서 오늘내일 한다는구먼 글쎄."

흉흉한 소문들이 고삐 없는 말이 되어 도성 거리 곳곳으로 빠르게 내달렸다. 그럼에도 신녀 여미을에 대한 소식은 어디에서도 들려오지 않았다. 금와왕의 엄명을 받은 흑치 대장군이 신녀의 행방을 찾기 위해 백방으로 노력했지만 별무소용이었다.

비가 쏟아질 듯 하늘이 잔뜩 흐린 날이었다. 창고의 물화를 정리하고 잠시 숨을 돌리고 있을 때 주몽을 찾아온 사람이 있었다. 대문께로 나가보니 열두어 살 남짓 돼 보이는 계집아이 하나가 자신을 쳐다보며 서 있었다.

"네가 날 보자고 했어?"

"제가 아니라 저의 주인님이 왕자님을 보자고 하십니다."

어딘지 묘한 느낌을 주는 아이였다. 자신을 바라보고 있지만, 동공이 텅 빈 듯한 눈은 어딘가 시선이 가 닿지 않는 먼 곳을 응시하고 있는 듯했다. 유난히 검은 머릿결과 흰 피부가 어딘지 비현실적인 느낌을 주었다.

"네 주인님은 어디 계시니?"

아이가 대답 없이 돌아섰다. 그러곤 앞장서 걸음을 옮기기 시작했다. 보이지 않는 끈에 이끌리듯 주몽이 그 뒤를 따랐다.

아이가 들어선 곳은 도성의 동쪽 외곽에 있는 한 커다란 여각이었다. 거기까지 가는 도중 주몽은 몇 번이나 아이에게 가는 곳을 물으려 했지만 그러지 못했다. 무언가에 사로잡힌 듯 조그만 아이를 따라가는 자신이 스스로도 이해할 수 없었다.

여각은 장사를 하지 않는지 폐가처럼 고요했다. 중문을 지나 집 안 깊은 곳으로 들어선 계집아이가 외진 별채의 방 앞에서 걸음을 멈췄다.

"모시고 왔습니다."

"안으로 드시라 일러라!"

방 안에서 들려온 것은 뜻밖에도 나직한 여인의 목소리였다. 주몽이 열린 방문을 지나 휘장 안으로 들어섰다.

방 안쪽 평상 위에 여미을이 그린 듯한 모습으로 단아하게 앉아 있었다.

"여미을 신녀님!"

"기다리고 있었습니다. 자리에 오르시지요."

여미을의 조용한 눈길이 주몽을 평상 위로 이끌었다. 신궁에서 맡곤 하던 특유의 그윽한 향내가 공간 속에 떠돌고 있었다. 일신에 닥친 어려움 탓인지 신궁에서 보던 때보다 무척 수척해진 모습이었다. 흰 얼굴은 더욱 희어 병색이 도는 듯했고, 지치고 피곤한 기색이 역력했다. 더 이상 젊어 보이지도 더 이상 강해 보이지도 않았지만, 보는 사람으로 하여금 절로 감탄이 우러나오게 하는 특유의 고결함만은 여전했다.

얼떨떨한 기분을 다스리며 주몽이 자리에 앉았을 때였다. 한동안 깊은 눈길로 주몽을 바라보던 여미을이 조용히 자리에서 일어났다. 그리고 주몽을 향해 큰절을 올렸다. 주몽이 화들짝 놀라며 소리쳤다.

"신녀님! 어이하여 이러십니까!"

단아한 태도로 절을 올린 여미을이 다시 자리에 앉았다. 잠시 무거운 침묵이 두 사람 사이에 가로놓였다. 이윽고 여미을이 영원히 열릴 것 같지 않던 입을 열어 말을 시작했다.

"이 몸은 왕자님께 씻지 못할 큰 죄를 지었습니다. 이제야 그 사실을 고하고 왕자님께 용서를 구하려 합니다."

"……."

"이 몸은 왕자님의 아버지를 죽인 죄인입니다."

"아버지라구요?"

주몽이 멍한 표정으로 여미을을 올려다보았다. 여미을이 회한으로 가득한 눈을 들어 주몽을 바라보았다.

"예, 왕자님의 생부, 해모수 장군이십니다."

◆ ◆ ◆

하늘을 쪼갤 듯 날카로운 번개가 지나가자 세상을 무너뜨릴 듯 요란한 천둥이 일었다. 하늘과 땅을 가득 채우고 있는 것은 칠흑 같은 어둠과 세찬 빗줄기였다.

"이랴!"

주몽은 쉴 새 없이 채찍을 휘둘러 말을 달렸다. 다시 땅을 가를 듯한 천둥소리가 뒤를 쫓아왔다. 주몽은 천둥소리로부터 달아나기 위해 있는 힘껏 말을 몰았다. 하지만 그가 정작 달아나고 싶은 것은 자신의 가슴을 천둥처럼 두드리는 그 지독한 고통과 슬픔으로부터였다. 세차게 쏟아지는 비가 주몽의 얼굴에 흐르는 눈물을 씻어냈지만 뜨거운 눈물은 멈추지 않고 흘러나왔다.

아버지…….

어둠에 잠긴 비탈진 산길을 주몽은 무서운 속도로 달렸다. 그럼에도 가슴속 고통과 슬픔은 조금도 줄어들지 않았고, 오히려 눈물이 되어 끊임없이 밖으로 흘러나왔다.

정적에 휩싸인 여각의 그 방에서 자신에게 들려준 여미을의 말이 머릿속에서 공명을 일으켰다.

"당시 다물군을 이끌던 해모수 장군은 동이 땅의 모든 뜻있는 이들을 규합하여 한과 일전을 치를 준비를 하고 있었지요. 현토성 공략이 그것이었습니다. 그때 저는 그 일이, 그리고 그 일을 이끄는 해모수 장군이 부여의 앞날에 큰 장애가 될 것이라 생각하였습니다. 설혹 한과의 전쟁에서 승리를 거둔다 하더라도 그것은 해모수 장군의 승리이지 우리 부여의 승리는 아니었습니다. 오히려 해모수 장군을 추앙하는 동이 땅 백성들이 장군을 동이의 새 황제로 추대하리라 판단하였습니다. 그래서 제가 선대왕과 대사자 부득불을 설득하여 결전을 앞둔 해모수 장군을 한나라 장수 양정에게 넘기고 말았습니다. 야비하고 교활한 간계였지요. 해모수 장군이 두 눈을 잃은 것이 바로 그때입니다."

아, 두 눈에 공허한 어둠만을 안고 있던 아버지…… 처음 동굴 옥사에서 아버지를 보았을 때 가없는 어둠으로 가득하던 동공 없는 눈이 떠올라 주몽은 숨이 막히는 기분이었다.

동이 백성들의 한결같은 추앙을 받던 청년 영웅. 그 뛰어나 무용과 드높은 기상이 하늘 아래 다시없을 것이라던 절세의 풍운아. 신성왕국 조선의 부흥이라는 웅지를 가슴에 품은 천하의 기재. 그러나 아아, 원수의 모진 혹형에 두 눈을 잃은 아버지. 사랑하는 여인과 동지들을 잃고 홀로 버려진 그 고통, 그 분노, 그 절망감이 얼마였을까를 생각하면 온몸이 터져버릴 듯 고통스러웠다.

"하지만 한나라 군에 쫓기다 죽은 줄로만 알았던 해모수 장군은 살아 있었습니다. 다행히 그 사실을 아는 사람은 저 말고는 아무도 없었습니다. 저는…… 해모수 장군을 세상이 모르는 깊은 곳, 동굴 옥사에 가두었습니다. 그리고 그곳에서 장군의 목숨이 다하기를 기다렸습니다. 그렇게 20여 년의 세월이 지나갔습니다…… 하지만 하늘이 정한 운명은 신녀인 저로서도 어쩔 수가 없었습니다. 왕자님께서 해모수 장군을 만나고 그분으로부터 무예를 전수받은 것은 결코 우연이 아니었습니다. 아득한 옛날 이 땅에 신국新國의 기업을 여시고, 세상이 다하도록 이 땅을 가호하실 거룩한 천제의 섭리가 있지 않고서는 있을 수 없는 일이었습니다."

어두운 산비탈을 뛰어오른 말이 널찍한 공터 앞에 걸음을 멈추었다. 마침내 엄청난 질주에서 풀려난 말이 고개를 흔들며 숨을 몰아쉬었다.

아아, 이곳…… 아버지의 마지막 순간과 함께했던 다물군의 군영 터였다. 이곳에서 아버지와 나, 우리는 따뜻하고 평화로운 시간을 보냈다. 그것은 바깥세상 어디에서도 경험하지 못한 시간이었다. 오직 서로에 대한 애정과 신뢰, 결속감으로 가득 찼던 시간들. 그러나 그 시간은 너무나 짧았다.

"그러나 이제 저는 깨달았습니다. 해모수 장군께서 그토록 뜨거운 열정을 불태웠던 다물의 대의, 신성왕국 부활의 꿈이야말로 우리 동이족의 참된 꿈이자 매진해야 할 진리임을. 그리고 편협한 조국애가 가져올 것은 서로에 대한 살의와 음모와 배반밖에 없다는 것을. 청맹과니의 어두운 눈으로 장군의 드높은 뜻을 알지 못해 저지른 그 악역무도한 죄를 어찌해야 씻을 수 있을까요. 이것이 제가 해모수 장군과 왕자님께 지은 죄입니다……."

주몽은 말에서 뛰어내려 미친 듯이 군막으로 달려갔다. 그곳 어디에선가 아버지 해모수가 걸어나와 자신을 따뜻이 맞아줄 것만 같았다.

오, 사랑하는 나의 아들아. 어디 갔다 이제야 왔니. 내가 너를 얼마나 간절히 기다렸는지 알겠니…….

그러나 어디에도 아버지는 없었다. 주몽은 쏟아지는 비를 맞으며 공터 한가운데로 걸어갔다. 무언가가 자신의 무릎을 꺾어 주몽은 바닥으로 쓰러졌다. 주몽은 공터의 풀에 얼굴을 부비며 고통스러운 울음을 토해냈다. 밤안개처럼 끈끈하고 천둥처럼 격렬한 울음이었다.

"아, 아버지……."

◆ ◆ ◆

창밖에서 들려오는 빗소리가 밤의 정적을 더욱 속 깊게 만드는 듯했다. 가만히 빗소리에 귀를 기울이고 있던 유화는 다시 격렬한 가슴의 동계를 느꼈다. 요즘 들어 때 없이 찾아와 마음을 불안으로 떨게 만드는 동계였다. 작은 소리에도 흠칫흠칫 놀라고 자주 가슴이 답답한 것도 가슴의 동계와 무관하지 않은 듯했다.

생각하면 신궁에 괴한이 들어 그 연약한 죄 없는 생명들을 무참히 살상했다는 소식을 들은 뒤부터 생긴 증상이었다. 무덕이 성화를 낸 끝에 의원이 찾아와 기력을 보하는 약을 지어주고 갔다. 연회가 끝난 이후 주몽을 못 본 지도 벌써 여러 날째였다. 비가 내리는 밤이어서인지 오늘따라 더욱 아들이 보고 싶었다.

"아무래도 나이가 들어서 그런 모양이구나."

거울을 들여다보고 있던 유화의 말에 머리를 빗질해주던 무덕이 웃음 띤 얼굴로 말했다.

"그런 말씀 마세요. 아직 젊은 저보다 더 고우신 걸요."

"네가 그런 아부를 하는 걸 보니 내가 늙긴 늙은 모양이구나."

둘이 얼굴을 마주보며 웃음을 주고받았을 때였다. 밖에서 사람의 기척이 들렸다.

"어머니, 소자 주몽입니다."

유화의 얼굴이 금세 불이 켜진 듯 환해졌다.

"그래, 어서 들어오너라!"

서둘러 빗질을 마친 무덕이 밖으로 나서다 방을 들어서는 주몽을 보고 놀란 소리를 냈다.

"어멋!"

온몸이 비에 흠뻑 젖은 채 쓰러질 듯 지친 모습으로 주몽이 유화 앞으로 다가왔다. 그 해맑고 청수하던 얼굴이 고통으로 일그러져 마치

다른 사람을 보는 듯했다. 유화가 놀란 소리를 냈다.

"무슨 일이 있었느냐? 왜 그러느냐?"

주몽이 쓰러지듯 스르르 유화의 무릎에 젖은 몸을 기댔다. 젖은 몸이 어깨를 들썩이며 울고 있었다.

"주몽아, 왜 그러느냐? 대체 무슨 일이 있었던 것이냐?"

아들의 등을 어루만지며 유화가 안타깝게 물었다. 하지만 주몽은 그저 어깨를 들썩이며 울음을 쏟을 뿐이었다.

온몸의 슬픔과 고통이 모두 눈물이 되어 쏟아졌을 법한 시간이 흐른 뒤, 주몽이 잠긴 목소리로 말했다.

"……그곳을 다녀왔어요."

"그곳이라니, 어딜 말이냐?"

"아버지가 돌아가신 곳, 아버지가 괴한들의 손에 그토록 참담한 죽임을 당하신 곳을 다녀왔어요."

유화의 얼굴이 핏기를 잃으며 백랍처럼 하얗게 변해갔다.

"주, 주몽아……."

"그리고 아버지와 제가 마지막 시간을 함께 보낸 그곳, 다물군의 군영 터에도 다녀왔어요, 어머니. 하지만 어느 곳에도 아버지는 계시지 않았어요."

다시 주몽의 울음소리가 높아졌다. 유화의 몸이 허물어져 내릴 듯 비틀거렸다.

"주몽아……."

유화의 눈에서도 걷잡을 수 없는 눈물이 흘러내렸다. 신음처럼 유화가 같은 말을 되뇌기 시작했다.

"미안하구나. 정말 미안하구나……."

격렬하게 떨리던 주몽의 몸이 점차 안정을 되찾아갔다. 유화가 주몽의 등을 쓰다듬으며 그간 한 번도 들려주지 못했던 이야기를 풀어놓기 시작했다.

벽옥 같은 푸른 물이 흐르던 아름다운 봄날의 개울. 분홍빛 복사꽃잎이 떠 흐르는 그 개울가에 쓰러져 있던 한 아름다운 젊은이……. 서하국 성 밖의 초가, 그곳에서 중한 상처를 입고 의식을 잃은 채 누운 그. 그리고 조선의 원수 양정에 의해 도륙당한 그날의 그 참극……. 다물군 군영. 참으로 아름답고 늠름하였던 다물의 영웅. 아, 그리고 그 빛나던 달빛 아래의 숲. 지금도 때 없이 귓가에 들려오곤 하는 그날의 새 소리, 풀벌레 소리, 바람 소리……. 그리고 사로잡히게 된 그와 참혹한 혹형. 아아, 결코 믿지 않았던 그의 죽음에 관한 소식…….

이야기는 밤새도록 그칠 줄 몰랐다.

◆ ◆ ◆

부여의 아침이 밝았다.

세상의 아침은 소리로부터 시작된다. 동녘 하늘이 환해지기 시작하면 벌레들의 울음소리가 잦아드는 대신 밤새 비좁은 둥지에서 새벽이 오기만을 기다리던 텃새들이 목을 뽑아 다투어 지저귀기 시작한다. 그리고 먼 동네로부터 들리는 가축의 여운 긴 울음소리.

그때쯤이면 세상의 공기 속으로 사람의 소리들이 섞여들기 시작한다. 문을 여닫는 소리, 노인의 밭은 기침 소리, 마당에 물을 끼얹는 소리, 잠이 모자란 아이들이 칭얼대는 소리, 아낙네의 밥 안치는 소리…….

나직한 지붕의 굴뚝에선 하나둘씩 연기가 피어오르고, 이윽고 거리는 느리게 수레를 끄는 소와 사람들로 번잡해지기 시작한다. 사립문이 열리고 농기구를 든 사람들이 논밭으로 흩어지는 시간. 그렇게 또 하루가 시작되고 인간이 만든 길들은 다시 한번 단단하게 다져진다.

전날 무섭게 쏟아지던 비가 그친 부여의 아침은 눈부신 빛으로 가득했다. 그날은 부여 궁궐 대전에서 문무백관이 참례한 조참朝參이 열린 날이었다. 조회가 끝나갈 무렵 왕자 주몽이 알현을 청했다.

주몽이 대전에 들자 좌우에 시립한 대소신료들의 시선이 주몽을 향했다. 금와가 얼굴 가득 자애로운 미소를 띠며 주몽이 예를 올리는 것을 지켜보았다. 주몽이 용상을 향해 예를 올린 뒤 아뢰었다.

"폐하! 소자 주몽, 부여의 세 왕자를 경합시켜 그중 뛰어난 자를 태자로 삼겠노라 하신 폐하의 영을 받들지 못하겠습니다. 너그러이 통촉하여 주시기를 바랍니다!"

대전 안이 일순 물을 뿌린 듯 고자누룩해지며 모든 이의 시선이 주몽을 향했다. 금와의 얼굴에서 미소가 천천히 걷혔다.

"그것이 무슨 말이냐? 경합을 그만두겠다는 말이냐?"

"그렇습니다."

"……그 까닭이 무엇이냐?"

주몽이 다시 한번 부복하고 아뢰었다.

"이 일은 처음부터 소자의 능력에는 당치 않는 일이었습니다. 어리석고 불민한 소자가 두 분 형님과 태자 자리를 놓고 능력을 다툰다는 것은 세상이 웃을 일입니다. 이치와 도리를 따져도 태자 자리는 장자가 승계함이 마땅한 법. 혹 못난 저로 인하여 왕실의 평화와 형제간의 우의가 깨진다면 사직과 왕실에 큰 죄를 짓는 일이 될 것입니다."

"태자 자리를 놓고 경합하라는 것은 짐의 뜻이다. 감히 누가 장자 승계를 운운한단 말이냐? 이에는 필시 다른 이유가 있을 것이다. 참된 까닭을 말해보아라!"

"다른 이유는 없습니다. 폐하께서 부디 너그러이 헤아려주시길 바랍니다."

금와의 얼굴에 실망으로 인한 노기가 어렸다.

"스스로에 대한 자존감과 자부심이 없는 자는 군왕의 자격이 없다. 네 뜻이 그러하다면 할 수 없는 일. 이제 그만 물러가도록 하라!"

◆ ◆ ◆

주몽이 왕자들의 경합에서 물러났다는 소식은 오래지 않아 졸본 상단의 연타발에게 전해졌다. 뜻밖의 소식에 연타발과 소서노는 아연한 표정을 지었다. 전날 강철기 개발에 대한 주몽의 굳은 의지를 들은 연타발은 더욱 요령부득의 표정을 지었다. 하지만 가장 큰 충격은 소서노의 것이었다. 연타발의 사랑을 물러나온 소서노는 마리 들이 있는 호위무사의 방으로 건너갔다. 그들 세 사내도 소식을 들은 뒤인 듯 심각한 얼굴을 맞대고 얘기를 나누고 있었다.

"주몽 왕자님이 태자 위의 경합을 그만두신 까닭이 무엇이냐?"

갑작스런 소서노의 등장에 놀란 세 사람이 제대로 말을 잇지 못했다. 서로 눈치만 보는 듯하더니 마리가 더듬거리며 입을 열었다.

"저, 그게…… 왕자님께 직접 들으시는 게 좋을 것입니다."

"지금 말해보아라!"

소서노의 단호한 말에 난처해하는 빛이 더했다. 잠시 망설이던 마리가 그예 내키지 않는 입을 열어 말했다.

"그게, 실은 부영이 때문입니다."

"부영이?"

"예, 도치 객전에서 일하고 있는 처녀아입니다."

"그 아이랑 왕자님이 태자 경합을 포기하는 것이 무슨 상관이란 말이냐. 뜸 들이지 말고 소상히 말하지 못하겠느냐!"

"그, 그게…… 영포 왕자하고 도치 그놈이 작당을 해서…… 왕자님이 경합을 포기하지 않으면 부영일 해치겠다고 하였습니다."

그리고 저간의 사정에 대해 주섬주섬 주워섬기기 시작했다. 소서노는 어이가 없기도 하고 화가 나기도 해 욕이라도 하고 싶은 심정이었다.

"정말 그 아이 때문에 경합을 포기했단 말이냐? 부영이라는 아이가 태자 자리를 포기하고라도 구해야 할 만큼 왕자님에게 소중한 사람이란 것이냐?"

다들 꿀 먹은 벙어리로 있는데 오이가 말했다.

"왕자님께서 부영일 아끼시는 마음이 큰 것은 사실입니다만 자세한 속사정이야 저희들이 어찌 다 알겠습니까……."

자신의 방으로 돌아온 소서노는 쉬 마음을 진정시키기 어려워 방안을 서성거렸다.

부영이라는 여인…….

주몽이 태자 위를 놓고 벌이던 경합에서 물러났다는 사실보다 그것이 한 처녀아이 때문이란 사실이 소서노에게는 더 충격이었고 상처였다. 누구일까, 그 여인은. 주몽이 태자 자리를 포기할 만큼 마음을 준 여인이란…….

하지만 소서노는 곧 고개를 가로저었다.

그렇지 않을 것이다. 아마도 그렇지는 않을 것이다. 주몽 왕자가 태자 자리를 포기한 것은 그에 더하여 무언가 더 큰 절박하고 돌이킬 수 없는 일이 있었을 것이다. 나는 그를 믿어…….

하지만 무엇을 믿는단 말인가. 그의 무엇을…….

그때였다.

"아가씨, 주몽입니다. 잠시 뵈었으면 합니다."

방문 밖에서 들려온 소리였다. 소서노는 미묘하게 떨리는 가슴을 가까스로 진정시키며 우정 차가운 표정으로 탁자 맞은편 의자에 앉는 주몽을 바라보았다. 소서노의 얼굴에 문득 의혹의 빛이 떠올랐다.

그는 어딘가 다른 모습이었다. 무어라 콕 집어 말하기는 어렵지만 지금 눈앞에 있는 그는 분명 이전의 그와는 다른 사람 같아 보였다. 며칠 사이에 갑자기 몇 살은 더 나이가 들어버린 듯했고, 또 어딘가 깊어지고 무거워진 듯한 느낌이었다. 무엇 때문일까, 이런 변화는.

주몽은 좀처럼 입을 열지 않을 듯한 모습이었다. 소서노 또한 많은 것을 묻고 싶었지만 그런 물음이 불필요할 것 같은 느낌에 사로잡혔다.

주몽이 천천히 손을 내밀었다. 그 손바닥 위에 무언가가 놓여 있었다. 그것은 푸른빛이 무척 아름다운 비취색 옥가락지였다.

"이것이 무엇이죠?"

소서노의 물음에 주몽이 대답했다.

"아가씨에게 드리고 싶어요. 이 가락지는 제 어머니가 가장 사랑하는 분에게서 받은 것입니다."

소서노의 가슴이 무섭게 두방망이질을 쳤다. 잠시 뒤 소서노가 물었다.

"이걸 왜 나에게 주는 거죠?"

"……모르겠어요, 나도. 하지만 아가씨에게 주고 싶어요. 가장 소중한 것을…… 이것은 지금 나에게 가장 소중한 것입니다."

"……."

주몽이 천천히 고개를 숙였다. 한참 뒤 다시 고개를 든 주몽이 말했다.

"전 부여를 떠날 것입니다. 떠나서는 하늘의 주인이신 천제께서 지으신 조선을 이어받을, 영원히 사라지지 않을 거룩한 신성왕국을 이 동이 땅에 세울 것입니다!"

(4권에서 계속)

주몽 3

1판 1쇄 인쇄 2006년 9월 6일
1판 1쇄 발행 2006년 9월 11일

극 본 | 최완규 · 정형수
소 설 | 홍석주
발행인 | 박근섭
펴낸곳 | 민음사출판그룹 (주) 황금나침반

출판등록 | 2005. 6. 7. (제16-1336호)
주소 | 135-887 서울 강남구 신사동 506 강남출판문화센터 4층
전화 | 영업부 (02)515-2000 / 편집부 (02)514-2642 / 팩시밀리 (02)514-2643
홈페이지 | www.gdcompass.co.kr

값 8,500원

ISBN 89-91949-91-6 04810
89-91949-73-8 (세트)